U0951275

1985—1989：

我们眼中的彼此

葛绮云◎回忆及资料提供
阮　虹◎执　笔

世界知识出版社

▲ 1985年5月29日，韩叙接受美联社记者古莱格瑞·诺克斯（Gregory Nokes）（左二）的采访。

▲ 1985年8月30日，韩叙夫妇访问明尼苏达州的卡尔森（Carlson）公司。右三、右二为董事长夫妇，左一、右一为州长夫妇。

▲ 1986年2月4日，韩叙在华盛顿特区国际新闻俱乐部发表演讲。

▲ 1986年2月26日，韩叙夫妇访问新泽西州的沃利德·西格诺（Allied-Signal）公司。

▶ 1986年3月6日，韩叙在俄克拉何马市政厅演讲。

▲ 1986年3月18日，韩叙夫妇参观位于佐治亚州亚特兰大市的可口可乐公司技术实验室。

▲ 1986年4月24日，韩叙夫妇参加在亚拉巴马州举行的南方国际贸易会议招待会。

▲ 1986年7月31日，韩叙夫妇访问俄亥俄州克利夫兰市的一家动物园。

▲ 1986年9月3日，韩叙夫妇访问位于芝加哥的贝克—麦肯锡（Baker & Mckenzie）律师事务所。

▲ 1987年8月24日，韩叙在阿拉斯加州安克雷奇市同州参议院议长简·菲克斯（Jan Faiks）女士一起举行记者招待会。

▲ 1987年11月19日，韩叙参加在纽约州霍夫斯塔（Hofstra）大学举行的“尼克松的对外政策”研讨会时，同校长詹姆斯M. 绍特（James M. Shuart）(左一）合影。

▲ 1988年11月20日，韩叙出席美国州立大专院校联合会第28届年会，并被授予“杰出服务奖”。

目　录

1989 年

序 我的心愿

31年前，也就是1985年5月，我随丈夫韩叙出使美国。在他担任大使的四年时间里，我曾以札记的方式记录了我在美国的主要经历。后来再翻看那些札记，发现其中多一半的篇幅都是随韩叙出访的见闻。算起来，我们在那段时间里，竟先后访问了美国四十多个州的七十多个城市。韩叙频繁而广泛地接触美国各界人士，向他们介绍中国，并通过他们更深入和更全面地了解美国。三十多年过去了，有关的经历在我的记忆中仍然栩栩如生。

这些访问都不是官方安排的，如果用今天的话来说，它们应该属于公共外交的范畴。但那时，我们大多数人的头脑里还完全没有这样的概念。我那时把他的马不停蹄简单地归结为勤奋，因为他喜欢用工作填满自己的时间，也包括周末的时间。不过现在，我对他的做法有了更多的理解。

当然，这一点在今天已经成为越来越多人的共识。是的，公众并不直接参与外交政策的制定，但是公众对对方国家的看法，同各自的国内政治和对外政策之间，存在着密切的互动关系。

美国盖洛普公司在2014年2月进行的一个民意调查的结果让我感到了担忧，在这个以“世界事务”为主题的调查中，中国第一次取代伊朗，成为美国人心目中的“头号敌人”，其理由是在未来10年中，中国将对美国的重大利益构成关键威胁。持这种看法的人占到了被调查者的20%。其中52%的人认为，这种威胁来自于中国日益增长的经济实力，46%的人认为，这种威胁来自于中国的军事力量。

我想，这个调查结果反映了目前中美关系中的某些紧张因素。有人形容说，中美两国的利益相互渗透，早已到了我们任何一方都难以想象切断我们之间联系的程度，但是我们相处时又感到不舒服。

是什么让我们感到不舒服？其原因是否也包括“头号敌人”和“关键威胁”的判断呢？但问题是，这个判断本身符合事实吗？又是什么原因让越来越多的美国人对中国持有这样的判断呢？

当然，中国在崛起，这是一个不争的事实。但崛起是否就意味着中国必然会成为美国的“头号敌人”和“关键威胁”？在大多数情况下，当人们听到别人或舆论在这样谈论问题时，人们可能根本就无从辨别这些看法是否符合事实，问题就出在大多数人对事实并不了解上。或者说，人们对事实的了解程度，还远不足以帮助他们做出正确的判断。

这个世界是复杂的，人与人之间的关系尤为复杂，就更不要说两个国家之间的关系了。彼此之间的利益冲突和观念分歧常常导致纷争、摩擦，甚至是战争，这就是我们今天看到世界上的很多地方深陷动荡的原因。

但是还有一种原因绝不应该被忽视，那就是误解。误解是导致我们彼此不信任的重要原因之一，而不信任，又为各种没有事实根据的猜忌和阴谋论提供了生长的土壤和环境。每天早晨当我们醒来，我们面对的就是对对方越来越深的猜忌和越来越强烈的不满，这是我们想要的吗？当然不是，除非是某些别有用心的、只关心自己或自己所属集团狭隘利益的人。既然如此，我们为什么要让误解不断加深各种猜忌，并且左右我们对对方的判断和态度呢？是时候彻底搬掉“误解”这块妨碍中美关系继续发展的绊脚石了。而要搬掉这块绊脚石，我们就要更努力地去了解对方。

有人会认为这种想法过于天真。那么怎么办呢？明里暗里地对着干吗？但是千百年来，这种选择给这个世界带来了什么？看看今天的世界，答案不是已经很清楚了吗？如果我们足够理性和智慧的话，我们就应该承认，事实上，除了继续对话和合作，我们别无选择。中美两国如此巨大，这个世界无法承受我们之间的冲突和对抗。所以，我们唯有拿出最大的诚意，去努力了解对方，努力消除偏见和误解，并在此基础上，逐步建立起程度越来越高的互信。这样的了解远不只是官方之间的事情，更重要也更具基础性的，是两国公众之间的了解。

当然，中美两国之间的相互了解注定了会是更加艰难和旷日持久的过程，因为我们是两个如此复杂和不同的大国。正因为如此，我们才应该用更多的时间、更大的精力，去做让两国公众更充分地了解对方这件基础性的工作。而且，越是在两国关系中出现紧张因素的情况下，我们越是需要推动相互了解和信任，而不是放任紧张因素的存在和发展，更不应该放任某些制造紧张的言论和行动，用理性的而不是情绪化的态度对待问题，否则，我们都将被带入一场灾难。

本书所提供的，就是在两国相互了解的过程中，我们和美国公众之间交往的一些片段。我相信，这些发生在上世纪80年代中后期的事情，对我们今天思考和处理两国关系仍然具有一定的借鉴意义。回望那段历史，就好像打开一本一直压在我们书橱底层的老相簿，它可以让我们再看看我们当年的模样以及我们眼中的彼此，并且重温一下我们当年的对话。把那时的情况和今天作个对比，还可以让我们看到这些年来我们在彼此眼中的变化，更可以让我们看到，我们在相互了解和发展双边关系的道路上又走了多远。当然，尤为重要的是，这可以帮助我们思考该怎样面对我们的未来。

当年的驻美使馆一秘、现任驻英大使刘晓明曾经将韩叙与美国公众广泛接触的做法描述为“到处播种”。我想，这样的种子，需要有更多的人不停地去播撒。这也正是我愿意和大家分享我们那段经历的最重要的原因之一，因为我希望这本书也能像一粒新的种子，播撒在两国公众相互了解的土壤中，并且在未来结出美好的果实。

2016年5月

1985 年

10月3日—6日

西雅图：中国大使发出警告

10月6日—7日

洛杉矶：中国正在发生什么

12月3日—5日

北卡罗来纳：皮德蒙特三角区的渴望

10月3日—6日

西雅图：中国大使发出警告

西雅图之行差不多是我们“走遍美国”计划的开始，当然，我们那时并没有一个那样的计划，只是后来回过头看，它确实成了我们频繁出行的开端。

虽然我们到华盛顿已经三个多月了，而且各地的邀请函也已经在桌子上堆了一摞，但我们始终没时间安排这样的出行。我把我们此前的状态视为一种“非常态”，因为我们要面对刚刚上任后的大量的工作衔接问题，包括与美方的衔接以及使馆内部工作的衔接，其间排满了递交国书、上任拜会、与各方见面等各种活动。这些事情还没告一段落，我们又开始紧张筹备中国国家主席李先念的访问。访问圆满结束后，韩叙又回国参加中国共产党第十二届中央委员会第四次全体会议。等他从北京再返回华盛顿时，已经是9月中下旬了，他到任后的第一个国庆招待会已经进入了最紧张的筹备阶段。由于副总统布什夫妇将要出席，各项准备工作都更加严格。有如此高规格的来宾出席，这还是中美建交以来的第一次，这也从一个侧面反映了当时中美关系的良好状况。

招待会是在10月1日晚上举行的，相当成功，这让我们大家都很兴奋。第二天，我稍稍放松了半天，然后便开始做出行的各种准备，而韩叙则在一大早就赶往了纽约，陪同参加联合国大会的吴学谦外长出席国务卿舒尔茨的工作午餐。从纽约回来后，他一直工作到深夜2点。但不管怎么说，能够开始安排这样的出行，意味着我们的工作终于进入了常态。

因为要赶6点45分起飞的航班，我们3日早上5点多就离开使馆了。这是一次横跨美国东西部的飞行。除去在明尼阿波利斯转机的那段时间，整个飞行过程中我们一直都在补觉，一来是因为前段时间太过劳累，二来也是在为完成抵达目的地之后的紧张工作储备能量。

西雅图和华盛顿之间有三个小时的时差。我们下飞机时，是当地时间10点45分。到机场迎接我们的，是这次西雅图之行的邀请方——亨利·杰克逊基金会的主席海伦·杰克逊（Helen Jackson）夫人。这位美丽、干练的女士是中国人民的老朋友。当然，她已故的丈夫亨利·杰克逊（Henry Jackson）参议员也是中国人民的老朋友。

杰克逊参议员是1983年9月1日不幸去世的，当时他刚刚结束对中国的访问五天，那是他第四次访问中国。他最早的一次访问甚至可以追溯到1974年。那一年的7月5日，因病住院的周恩来总理在医院会见了杰克逊夫妇，他请杰克逊参议员回国后转达他对尼克松总统和基辛格国务卿的问候。那是周恩来总理住院后第一次会见外宾。

当时担任驻美联络处副主任的韩叙经手安排了这次访问，他和参议员夫妇之间的友谊也始于那个时期。韩叙一直将杰克逊参议员视为

• 站在韩叙身边的那位女士就是海伦·杰克逊夫人。这是在与华盛顿州副州长约翰·钱伯格（John Cherberg）先生（右一）共进早餐时拍摄的。

中国的“真挚的朋友”。长期以来，杰克逊参议员为发展中美两国关系和增进两国之间的友谊做出了卓有成效的努力，尤其是在与美国国内的针对中国的偏见做斗争方面，更是显示出了一位正直的政治家的过人勇气和远见，他也因此赢得了中国人民的尊敬和由衷的钦佩。韩叙在纪念他的一次讲话中曾经这样说：我相信，对参议员而言，没有什么是比成为世界上四分之一人的真正朋友更好的奖励了。

杰克逊夫人一直都是丈夫所作出的这一努力的坚定支持者和积极参与者。事实上，她，或者说她的家族，同中国有着更深的历史渊源。她的祖父母在中国做过多年的传教士，而她的母亲则出生在中国的苏州。对中国的深厚感情，使杰克逊夫人成为丈夫未竟事业的继承者，她继续以极大的热情推进两国关系的发展。我必须要说的是，在那四年期间，我们的“走遍美国”计划之所以能够实现，就是因为得到了很多像杰克逊夫妇这样的老朋友的热情支持和鼎力帮助。

而且，他们的想法总是那么令人赞赏。比如这一次，杰克逊夫人和她领导下的基金会就将在4日举办一个研讨会，主题是“世界经济中的中国”。他们还向西雅图最著名的商界领袖发出了邀请，他们届时都会出现在为我们举办的一个午餐会上。参加这个研讨会，并在午餐会上发表演讲，这就是我们此行的主要目的和核心活动。在当时的背景下，没有什么是比这样的安排更恰到好处的支持了，因为我们迫切需要与美国各界人士，特别是商界人士好好谈谈有关中国经济，尤其是对美贸易的问题。

一段时间以来，韩叙一直在各种公开场合直言不讳地批评美国日益抬头的贸易保护主义倾向。能够证明这种倾向正在抬头的突出例证是，7月份，也就是我们刚刚到任不到两个月时，一项旨在通过大幅度削减纺织品和服装进口数量来保护美国业者的法案——“纺织品与服装贸易实施法案”，在国会山的讨论中获得了广泛的支持。这无疑是纺织品和服装企业长期游说的结果。但是，该法案一旦获准实施，中国出口美国的纺织品和服装配额就将比此前减少56%，这意味着中国至少将损失5亿多美元的外汇收入。要知道，在当时的情况下，纺织品和服装出口占到了中国对美贸易总量的35%，再加上中国对美贸易一直存在巨大逆差，所以，该法案一旦出台，对中美贸易关系发展的阻碍作用是不言而喻的。7月11日，韩叙致信美国总统贸易代表克莱顿·尤特（Clayton Yeutter），警告说，该法案一旦获得通过，势必严重危及两国的贸易关系。他还通过媒体大声呼吁：我们首先应该考虑的是如何推动整个中美贸易的发展，而不是让某个领域的贸易冲突变成阻碍这种关系发展的绊脚石。

这正是我们的立场，也是韩叙在西雅图演讲的主题之一。令人鼓舞的是，西雅图不是国会山，我们在这里拥有很多支持者，他们和美国的纺织品及成衣业者不同，他们来自那些最先从中美贸易中获益的行业和企业。当韩叙的演讲结束后，在场的400位来宾以起立鼓掌的方式表明了他们的态度。西雅图的媒体在报道中也恰当地突出了韩叙对贸易保护主义倾向的批评。

谈到那些最先从中美贸易中获益的行业和企业，在西雅图，大概没有谁可以和波音公司相比了。1972年以来，这家公司已经向中国出售了39架飞机，价值超过10亿美元。和那时中美之间的贸易额相比，10亿美元绝对是个大数字了。波音公司也因此成为美国向中国出口商品的最大出口商之一，这正是波音公司总裁威尔森（T.A.Wilson）先生非常愿意亲自将大使介绍给午餐会来宾的原因。除此之外，波音公司还包揽了我们在午餐会结束后的行程安排。

公司的一架直升机将我们带到了它所创立的那个全球最大的民用和军用飞机制造基地。直到我们走进面积相当于57个足球场，并且容纳了7500名员工的装备车间时，我才真正理解了什么是“全球最大”。在负责政府和国际事务的公司副总裁罗伯特·贝特曼（Robert E Bataman）先生的陪同下，我们乘上了一辆车间管理人员日常乘坐的电瓶车，它带着我们在巨大的车间里快速穿行。当我们看到整个车间整洁、高效的运转状态，以及流水线上正在为很多国家组装的飞机时，更是为在背后支撑着这一切的强大的科技研发实力和卓越的管理能力感到惊叹和钦佩。

登上正在流水线上为中国组装的第二架767飞机，这是整个参观过程中最令人兴奋的环节。这应该是波音公司为中国生产的第40架飞机。

但是有谁能想到呢：2013年3月，波音公司向中国交付了他们为中国生产的第1000架飞机。所以今天回过头来看，我们那时只是站在双方合作的起点上。如果从波音公司对中国市场需求预测的角度来看就更是如此，因为他们认为，中国在未来20年间还需要购买5260架飞机。

不过，中国也早已不是波音公司的一个仅次于美国的大买家，事实上，在目前全世界超过7000架的现役波音飞机上，都安装了中国制造的主要部件和组件。中国参与了所有波音机型的制造，包括737、747、767、777和最具创新意义的787梦想飞机。时至今日，波音公司从中国的采购量已经大大高于业内的其他任何一家公司，与此同时，波音公司也成为中国航空工业最大的海外客户。2015年9月，双方又推出了更加鼓舞人心的合作计划：波音公司将和中方共同出资，在中国本土建立737飞机的完工中心，这是波音公司首次将它的总装生产系统的一部分延伸到海外。波音和中国之间的合作，无疑树立了一个让彼此都能够长期获益的双赢的榜样。

如果说，我们从国会山听到的更多的是来自美国纺织品和服装业

• 约翰·贝尔福德先生（右一）还向我们赠送了礼物。

者的抱怨的话，那么在西雅图，我们则遇到了和他们的感受完全相反的人，他们是西雅图港务局的官员们。作为离中国最近的港口城市之一，西雅图成了中国对美纺织品和服装贸易的直接受益者。从那时直到今天，中国对美出口的纺织品和服装，大部分都是从西雅图港登陆的。中国纺织品海运量的增加，为当地提供着不断增长的码头装卸、仓储、卡车运输和铁路运输等工作机会。他们不想让纺织品和服装业者的抱怨导致这些机会的丧失。我们时刻都能够感受到来自港务局方面的热情和友谊，港务局全美亚洲业务经理肯尼斯·派（S. Kenneth Pai）先生从我们一下飞机开始就一直陪着我们。港务局副局长约翰·贝尔福德（John G. Belford）先生还特意在5日下午邀请我们乘汽艇游览了整个海港。当时的天气非常好，就如同我们相互交谈时的心情。

我们在西雅图的最后半天，是在一家叫做Weyerhaeuser的大型木材公司的林场、出口基地和育种温室度过的。这家公司拥有的森林面积多达上百万亩，当然，它正在向中国出口木材。主管亚洲业务的子公司总裁威廉·富兰克林（William Franklin）先生为我们安排了一系列令人心旷神怡和大开眼界的活动。我们乘坐一架直升机，在霏霏细雨和偶尔飘过的薄雾中俯瞰了西雅图一望无际的森林。直升机驾驶员热情健谈，他让我们的空中之行充满了欢声笑语。

尽管我事前对育种温室有个大致的想象，但是，当我走进Weyerhaeuser公司的温室之后还是不免大吃一惊，因为眼前出现的是一大片白花花、排列整齐的塑料试管，当然，所有的种苗都生长在其中，它们只是在试管上方露出一个细细的枝丫。在那间仅有5位员工管理的巨大温室里，令人不可思议地生长着1000万株这样的树苗！看来，人们实在不必为西雅图森林资源会日益减少这样的问题担忧了。

午餐是在公司总部的一间办公室里用的。我们和富兰克林先生一边吃着简单的盒餐，一边愉快地交谈。那个时刻，仿佛我们不再是客人，而是公司的一员。而我的目光，总是忍不住地投向宽敞玻璃窗外的茂密森林。在我的感觉中，那就像是一次美妙的林中野餐。在以后的日子里，每当我想到西雅图，眼前就会出现这幅美丽的图景。然而，

• 我们手中拿着的，就是培育中的树苗。

大片的林木不仅将西雅图装扮得如同翡翠般迷人，它还让大洋彼岸的中国人民深受其惠。有个事实能让我们知道我们彼此之间是多么相互需要，那就是，中国长期以来都是华盛顿州针叶树原木出口的最大目的地国。

当然，中美贸易受益者的名单还应该长得多，这远比排除某个领域，比如纺织品和服装贸易领域的障碍重要得多，这也正是5日上午我们在华盛顿州中国交流理事会董事会安排的一个早餐会上和更多商界人士相聚的原因。事实上，那是一场热闹的座谈会，因为到场的企业家们都迫切想要进一步拓展中国市场，他们需要非常具体的建议。刚好韩叙可以在这件事上帮上一点忙，这让他们感到大有收获。我们相信，在这些企业和中国之间，一定会结出丰硕的合作之果。

就是在整理有关西雅图之行的各种资料时，我看到了2015年的一组数据：32年来，也就是从1983年以来，中美之间的贸易额从44亿美元增长到了6540多亿美元。这意味着在2014年时，中美之间每天就能做成超过17亿美元的生意。我们访问西雅图时，中美之间的贸易额是

61亿美元。我们当时曾为这个数字感到欣喜，然而今天，它看起来已经小得令人难以置信。但是没错，我们就是从那时走过来的。

这就是中美经贸关系的大局。不过，我们在那时谈论这个问题时还根本无法想象，中美之间的贸易规模会发展到如此巨大。但是，我们现在不应该想象不到了，6540亿美元还远不是双边贸易的顶点，未来的发展空间仍然不可限量。

• 访问西雅图时，我们还曾到该市市民乔伊·弗瑞亚（Joey Furia）家做客。

韩叙在亨利·杰克逊基金会和杰克逊国际关系学院午餐会上的演讲

1985年10月4日

世界经济中的中国

女士们，先生们，

我对西雅图怀有一种特殊的感情。它是距离中国最近的一个港口城市。我每次到西雅图，都觉得离自己的祖国更近，同时也更加想家。当我从西雅图向西眺望时，我仿佛能看到中国。的确，我们被同一片水域连在了一起。

我对华盛顿州也怀有一种特殊的情感。亨利·杰克逊参议员就出生在这个州，他是中国的好朋友，他对中美关系的贡献将被永远铭记。他也是在这里去世的，在结束了第四次对中国的访问五天之后，这让人感到悲伤。

带着这种特殊的情感和进一步发展我们两国关系——这是时代的需求——的愿望，我再一次来到西雅图，希望我们能将友谊推向一个新的阶段。

我非常感谢亨利·杰克逊基金会和杰克逊国际关系学院能给我这样一个机会，让我在西雅图见到了这么多杰出人士。有这么多人出席今天的活动，足以证明西雅图对发展与中国的关系抱有极大的兴趣。在今天上午举行的“世界经济中的中国”研讨会上，我也看到了许多杰出的学者们为了更深入地了解中国所做出的另一种令人钦佩的努力。越来越多的美国朋友都在致力于推进与中国建立更加紧密的联系，我们可以预计，在不久的将来，中美关系将呈现出更好的前景。

中美之间在13年前开始重新接触，在6年多前建立了双边外交关系。虽然时间不长，但是前后对比，反差如此强烈。

在以往的日子里，两国政府不断探索我们相互接触的途径。我们在1955年开始了大使级谈判，它断断续续地进行了15年。这场外交上的马拉松，使我们两国的大门都为对方留了一道缝，其宽度可以让我们相互窥视，但却小到了无法溜进一只猫，它甚至能让大门在一瞬间砰地一声关上。今天，我们有中美三个联合公报所确立的基本原则指导着我们的全面关系。它们明确规定，只有一个中国，并且台湾是中国的一部分，美国承认我的政府是中国唯一的合法政府，美国承诺将逐步减少它对台湾的军售，直到经过一个阶段后最终停止。我相信，只要我们双方严格恪守这些原则，我们的关系就没有理由不保持持续稳定的发展。

值得一提的是，两国领导人的互访对我们关系的发展起到了良好的推动作用。中国国家主席李先念最近的成功访问，为我们的关系注入了新的活力。他和他的同事们都被里根总统的热情感动了，因为总统先生当时刚刚从一场手术中恢复过来。

在经济领域，反差也是令人印象深刻的。在中华人民共和国成立后的30年间，中国和外部世界实际上是隔绝的。但那不是出于我们自身的选择，而是外界强加于它的长期封锁与隔绝的结果。在那个时期，中美之间要展开大宗的贸易是不可能的。但是我们建交6年来，双边贸易增长了5倍还多。去年，我们双方的贸易额从1983年的44亿美元跃升到了61亿美元。今天，美国是中国的最大投资者，投资总额为7亿美元。有超过一打的美国公司正在与中国进行海上石油勘探和开采合作，并且已经在中国建立了超过60家合资企业。1979—1984年间，中国和华盛顿州的航运贸易增长了3倍。华盛顿州还和中国的四川省建立了姐妹关系，这个省拥有1亿人口，是中国人口最多的省份。华盛顿州和四川省以及中国其余地方的贸易发展潜力将是巨大的。

在文化领域，自从1971年美国政府取消了到中国的旅行限制以来，两国人民的交往也发生了巨大的改变。1971年4月，一支美国乒乓球队受邀访问了中国。它开启的乒乓外交，是一次震惊世界的神奇事件，它带来了我们两国关系的突破。今天，我们两国人民之间的友好交往前所未有地活跃。今年上半年，11万美国人访问了中国。与此同时，1.5

万名中国学生和学者在这里学习。

尽管我们取得了如此巨大的成就，但我们合作的潜力还远未被充分挖掘。在我看来，至少还有三个有利因素将进一步发展：

首先，美国是最大的发达国家，中国是最大的发展中国家，所以，我们两国的经济是互补的。此外，中国目前正在大力发展自己的能源、运输、交通以及其他行业，美国在上述领域占据领先地位，可以充分发挥自己的优势。

第二，中国的经济开放政策将为美国的投资和其他经济活动创造更好的环境。从美国商人的角度讲，他们会清晰地看到越来越多的机会，而且有些富有开创精神的美国公司已经收获了丰硕的成果。

第三，越来越多的人开始认识到，中美之间经济合作的发展将有助于巩固我们的全面关系。这一认识鼓励人们以更加认真和审慎的态度对待我们之间的合作。

我们为两国关系的发展感到高兴。但是，我们的关系也并不是一幅完美的玫瑰色图画。问题确实存在。它们一部分来自太平洋东岸的美国，一部分来自太平洋西岸的中国。位于华盛顿特区的中国大使馆和位于北京的美国大使馆刚好被夹在中间。我们也许不能做得更多，但是，我们至少可以尝试着探究这些问题，并且为人们提供一些思考的线索。正是基于这种想法，我不揣冒昧地谈谈以下这些问题：

1. 对我们两国关系的稳定和持续发展而言，台湾问题仍然是一个主要的障碍。将台湾从中国的版图上人为地分离出去，这违背了海峡两岸所有中国人的共同愿望。必须尽早结束这种分离，实现国家统一。我们希望美国在促进两岸和平统一的进程中扮演一个正面的而不是负面的角色。只有这样，我们的双边关系才能得到稳定的发展，并且拥有牢固的基础。我们不妨设想一下，如果我们的道路上没有台湾问题这个障碍的话，我们的关系就会变得更加顺畅，并且能以更快的速度发展。

2. 美国政府已经正式宣布，中国是一个非结盟的友好国家。但是直到今天，美国一些歧视中国的过时的法案仍然保持不变。不仅如此，这些法案已经造成了负面影响，对中美两国企业的长期合作投下了阴影。中方欢迎美方做出放松针对中国的出口管制的决定，并且将中国从P类转为V类，但值得一提的是，中国是V类国家中唯一的需要由巴黎统筹委员会复审的国家。我们相信在不久的将来上述歧视将得以改变，从而使这些法案更加符合我们双方的利益。

3. 1972年以来，中国对美贸易赤字累计超过了140亿美元。另一方面，中国1984年的对美出口额连美国进口总额的1%都不到。我们并不追求绝对的平衡，但中国购买更多美国产品的能力依赖于它向美国出口更多产品的能力。“1985年纺织品和服装贸易强制法案”（也称国会680法案）已经引发了中美关系的危机。这个法案一旦被执行的话，美国从中国进口的纺织品就将减少56%，这将让中国每年损失超过5亿美元的外汇收入。

4. 在与其他国家的合作中，我们需要考虑如何提高我们自身的设计和制造能力。对我们来说，一个重要的原则就是将获取技术和贸易结合起来。在选择合作伙伴方面，我们将不仅关注产品的质量和价格，我们还将更加关注合作条款是否有利于技术转让。因此，在技术转让方面实行更加开放的政策，将提高美国企业在中国的竞争力以及带给他们更多的机会。

5. 在过去的几年间，中国国民经济保持了很高的增长速度，从1981年到1984年，工农业总产值的平均增速达到了9.4%。去年，更是跃升到了14.2%。今年上半年，工农业生产均呈现增长态势，和去年同期相比，工业的增长率达到了23.1%。显而易见，我们现在更强调的是经济效益，而不是增长速度。经济的过度扩张不是一个好消息，特别是当中国还没有打破能源、原材料和交通运输瓶颈的情况下。不及时解决这些问题，就将影响中国经济在未来的健康和稳定。但这既不意味着是中国对外开放政策的一种改变，也不意味着是一个挫折。事实上，中国的统计数据显示，今年的前6个月，中国的收入超过了支出40多亿美元，这是中国近年来最高的预算盈余。由去年第四季度贷款和货币投放量过多所引发的问题已经得到了缓解。国家已经采取措施解决工业增长过快和固定资产投资过大的问题。然而，中国在1985年的前7个月里，贸易赤字已经达到了78亿美元。这将使我们的外汇储备进一步减少。作为平衡战略的一部分，中国将对进口产品进行更多的选择，我们将减少对生活消费品的进口，同时增加对那些有助于国家现代化建设的产品的进口。但是，我们将继续履行那些已经签订的对外合同。

6. 由于中国在过去的长时间内被隔离和禁运，我们在对外经济和技术合作方面还缺乏经验，这也束缚了我们的头脑，导致我们缺乏现代管理能力和效率低下。从某种程度上讲，中国目前的投资环境还不理想，但是我们确信，这种情况将会改变。为此，中国政府已经通过了五十多部有关中外经济关系的法律法规。这将有助于我们逐步建立起一个完善的经济法律法规体系。中国还签署了一系列保护境外投资和避免双重征税的双边协议，同时还加入了有关的多边协议。我们还将改进我们的进出口管理，并且让美国商人更多地了解这个国家和它的做法。我们正在学习游泳，这么说吧，我们不在岸上，而是在水里。衣服可以干洗，但是游泳不能没有水。我们可能游得不够快，但是我们正在学习又好又稳地游向目的地。在这个过程中，我们已经准备好以开放的心态去听取批评意见，以及真诚地听取所有合理的建议。我吁请你们提供帮助。

9月召开的中国共产党第十二届中央委员会第四次全体会议是中国现代史上的又一个里程碑。它通过了中国的第七个五年计划（1986—1990），这是中国现代化建设的又一张蓝图。包括经济、科技和教育在内的全方位改革，在未来五年间将形成新的动力，以确保中国经济的长期发展。这次会议还对党的中央委员会做出了调整，以便使我们的核心机构成员更加年轻和得力，从而确保我们现行政策的连续性以及改革的最终成功。中国独立自主、和平和开放的外交政策将不会改变。

7月23日，李先念主席在白宫欢迎仪式上说："中美关系已经有了很好的发展。12年前，只有极少数人能够预见到我们的双边关系会发展到今天这一水平。然而我想说的是，即使是在今天这样的水平上，我们的关系仍然有巨大的潜力可挖，而那些障碍和困难都将被克服。我们的关系就像一株得到悉心照料的树苗一样，将会长得高大而强壮。新的形势需要我们做出新的努力并且取得新的成就。我希望，再过12

年，当我们再度回首时，我们能像今天一样感到高兴，当我们继续前行时，困难日益减少，而我们的步伐更加有力。”这是对中国人民在发展中美关系方面愿望的最好表达，也是对我们面对问题和困难时态度的最好描述。李主席的话还在我们的大厅里回响，我想是时候结束我的讲话了。

谢谢你们！

《西雅图时代报》(*The Seattle Times*) 1985年10月5日

中国大使警告：配额威胁中国

记者：Svein Gilje

美国削减纺织品进口有可能引发对策。

美国即将实施的限制纺织品进口的法案，将使中国减少超过一半的贸易，或者说一年减少大约5亿美元的贸易额。中国大使昨天在这里说。

由丹·伊万斯（Dan Evans）和R.沃施（R. Wash）提出的纺织品提案，"已经引发了中美贸易关系的危机"。韩叙大使告诉西雅图的400位商界和民间机构的领导人。

如果国会通过了这个从中国和其他11个国家减少购入纺织品的法案，中国有可能采取某些相应的对策。大使暗示道。

"我们将在进口方面做更多的选择。"他这样说。

当反对进口产品像洪水般涌入美国的情绪出现时，纺织品法案和其他类似的法案，正在逐渐打开它们在国会获得通过的道路。

但是另外一些人群，其中包括来自航天工业的企业，也在游说抵制这样的法案。

大使是由波音公司的总裁威尔森介绍给来宾的。波音公司是向中国出口产品的最大的美国出口商之一。1972年以来，它已经卖给中国39架飞机，价值超过10亿美元。波音公司反对进口配额和其他的贸易限制。

对美纺织品出口方面的损失，将加剧中国贸易的不平衡。韩大使指出，在1985年的头七个月里，中国对美贸易赤字增加到了78亿美元。

"这将耗光我们的外汇储备。"他说。

埃文斯和华盛顿州议会的其他成员反对限制纺织品进口，他们担心亚洲国家将通过减少进口美国产品来实施报复。另外，他们也注意到，当地港口数以百计的工作岗位是靠大量的进口纺织品支持的，这是美国进口最多的商品之一。

《美国人杂志》(*Journal-American*) 1985年10月5日

中国大使眼中的好与坏

记者：Mike Heatherly

中国驻美大使韩叙周五对西雅图听众说，他为中美之间不断发展的经济和文化关系感到高兴，但是“我们的关系也并非一幅完美的玫瑰色图景”。

“我们被同一片海域连接在一起。”大使说。他列举了中美关系中令人充满希望和感到担忧的方面。

至少有个变化已经冒头了，他说，那就是中国将在进口商品的类型上变得更有选择性，我们将增加制造设备的进口，同时削减非必需品。

中美两国在1972年开始重新接触并且在7年后建立了外交关系。去年，两国之间的贸易额达到了61亿美元。

不仅如此，“美国是最大的发达国家，中国是最大的发展中国家，所以，我们两国的经济是互补的。”韩说。

中国所实行的对外开放的经济政策使美国人的投资环境得以不断改善，他提醒人们注意，美国目前是中国最大的投资者，投资总额为7亿美元。

与此同时，更多的人意识到，国家间的经济合作“将非常有助于巩固两国间的全面关系”。他说。

“台湾问题”是韩列出的两国关系症结清单上的一个标题。“在致力于两岸的和平统一方面，我们希望美国扮演一个积极的，而不是消极的角色。”他说。但美国向台湾出售武器的行为可能终止积极的角色，当随后被问到这一问题时他对记者说。

韩列举的另一个有碍双边关系发展的障碍是美国的贸易保护主义

立法的威胁。1972年以来，中国对美贸易的赤字已经超过了140亿美元。他说。“我们不要求绝对的平衡，但中国进口更多美国商品的能力，依赖于我们向美国出口更多商品的能力。”

参议院的一项提案建议限制从中国和其他亚洲国家进口纺织品和服装，这“已经引发了中美贸易关系的危机”。韩说。

如果这项提案被通过，和1984年相比，美国从中国进口的纺织品数量预计将减少56%。他说。中国一年就将因此损失超过5亿美元的外汇收入。

韩还敦促美国否决这个“过时的法案”，因为它会给中国和其他国家的贸易带来不同程度的损害，而且美国应该在向中国转让技术方面采取更加开放的政策。

在谈到中国的国内问题时，韩说，由于经济增长太快，中国自己的能源生产、原材料和运输业已经无法保证其需要了。

1984年，中国的工农业总产值增长了14.2%，比之前的年份大幅提高，他解释道，而今年的增长幅度将更大。

“很显然，我们现在要强调的是更好的经济效益，而不是更高的增长率。”他说，中国的对外开放政策不会改变，但是我们在进口什么产品时会更有选择性。

“我们需要进口我们最需要的产品，”韩告诉记者，“而不仅仅是电视机。”

作为一个过程它已经开始了，中国将继续购买设备去构建它自己的工业体系。家用电器和汽车之类的消费品的进口将会减少，他说。当然所有已经被订购的产品我们仍然会购买，他又补充道。

中国的工业在管理和效率方面仍然很欠缺，他说，但中国将努力使自己成为一个对投资更有吸引力的地方。

10月6日—7日

洛杉矶：中国正在发生什么

在制定出访计划时，韩叙通常喜欢将行程安排到满得不能再满的地步，因为他希望尽可能广泛地接触所到之处的各界人士。不过是否能够安排一次这样的出访，主要取决于我们有多少时间。因此，在大多数情况下，我们总是将出访安排在周末。但是在有些时候，即使不是周末，即使我们只能挤出一点点时间，我们也会接受某个热情或重要的邀请。这次的洛杉矶之行就属于后一种情况。

我们是10月6日下午从西雅图直接飞往洛杉矶的，这虽然比从华盛顿飞过来要节省许多时间，但是满打满算，我们只能在这座城市停留27个小时，因为我们要在这里度过的是星期一，那通常是我们在华盛顿最忙碌的一天。这真是令人遗憾，要知道，我们在这里有那么多老朋友，大家彼此都很想见一见，不过这次只能让他们失望了。但是，我们无论如何都不能让加州大学北岭分校（California State University, Northridge）的朋友们失望，因为他们要在周一举行一个研讨会——"变化中的中国"。为了筹备这个为期四天的研讨会，他们已经忙碌了整整一年。他们特别希望中国大使能够参加开幕式，并且作为开幕式的主讲嘉宾，向与会者谈谈中国正在发生什么。

在今天看来，要筹备一个这样的研讨会不会是一件太困难的事情，但那时却全然不同。虽然中美之间已经建交六年了，然而民间的信息交流渠道还远不像今天这样广泛和畅达，因此，一般的研究者还很难及时获得有关对方国家准确而充分的信息，这使得研究本身困难重重。7日早晨，当我们和北岭分校研讨会的几位组织者共进早餐时，他们向我们介绍的有关情况，使我们对此有了更深刻和更具体的了解。

尽管困难重重，但这却丝毫也没有影响到他们筹备研讨会或者说了解中国的热情，这一点令我们深为感动。我想我至少可以从政治学教授莫顿·奥尔巴赫（Morton Auerbach）先生身上找到这种热情的来源。当他还是一个年轻人时，他的人生轨迹就与中国发生了交叠，1945—1946年间，他曾经访问过延安，并且结识了当时担任中共中央宣传部部长的陆定一。他那时是美国战略情报局（OSS）派往中国的工作人员，而OSS的使命之一，就是向包括中国在内的各个被占领国家派遣行动小组，在当地组织并训练别动队以抗击占领军。

研讨会是在北岭分校的圣费尔南多大厅揭幕的。第一个单元的时间全部留给了韩叙，由他向与会者发表演讲，并且回答大家提出的问题。北岭分校的校长詹姆士·克莱瑞（James W. Cleary）先生亲自将韩叙介绍给了来宾。演讲极为成功。特别是随后的问答环节，更是引起一阵阵掌声和笑声。这通常都是最受欢迎的部分，因为与事先准备好的演讲稿比起来，问答的内容显然更有针对性，同时彼此的沟通也更为直接。坐在我旁边的校长夫人、北岭分校教育系的主任以及我们的

• 韩叙在回答听众提出的问题。

老朋友——洛杉矶—广州姊妹城市协会主席卡罗琳·阿玛森（Caroline Ahmanson）夫人常常不约而同地发出叫好声。人们用“坦率、诚恳和幽默”来描述韩叙留给他们的印象。洛杉矶的媒体也从他的演讲和答问中捕捉到不少令他们感兴趣的内容，他们后来在报道此事时的确不惜版面。

北岭分校的情况其实是一个缩影。美国那时正处在一轮持续的“中国热”中，不论走到哪里，我们都能感受到人们渴望了解中国的热情。当然，在洛杉矶，迫切希望通过我们了解中国情况的不只是北岭分校的朋友们，还有美国最著名的决策咨询机构——兰德公司（Rand Co.），他们很希望借此机会从我们这里直接获取一些最新信息。

向我们发出邀请的是老朋友理查德·所罗门（Richard H. Solomon）先生，他那时是兰德公司政治学部的负责人。当我们离开北岭分校赶到兰德公司所在地时，他已经站在大门口等着迎接我们了。

能够见到他真是太令人高兴了！他和韩叙之间的牢固友谊是从尼克松访华时开始建立的。如果你想要知道什么是美国政府和智库之间的“旋转门”，看一看所罗门先生的经历就清楚了。因为在麻省理工学院攻读政治学博士学位时研究的课题是中国政治，所罗门先生得以在1971年进入美国国家安全顾问委员会，担任负责亚洲事务的顾问。他去的正是时候，作为基辛格的助手，他成为随尼克松访华的美国代表团的成员，或者说，他成为“改变世界的一周”的亲历者和见证人。1976年，他辞去了在政府部门的工作，进入兰德公司。从那时起直到我们此刻见面，他一直担任政治学部的负责人。但是一年后，也就是1986年，当我们再见面时，他已经重新回到政府部门，担任美国国务院政策规划室主任。而当我们将要离开美国时，他又有了一个新头衔——负责东亚及亚太事务的助理国务卿。1993年，他彻底脱离政府部门，成为美国和平研究所的所长。尽管他是一个频繁推开“旋转门”的人，但不论他在门的哪一边，他的工作在很大程度上都与中国有关。事实上，那正是他的专长。

但长期打交道并不是使我们和他成为好朋友的最重要的原因。谈到这一点，我很想讲讲这之后发生的一些事。1989年7月，当我们处于任期内最困难的日子时，当大多数美国官员对我们唯恐避之不及时，所罗门先生和平时一样如约到我们官邸做客。他那时刚刚被任命为助理国务卿，那不是一个无关紧要的角色，但他迈进我们大门时的脚步没有丝毫犹疑。就像他不希望他和韩叙之间的友谊受到伤害一样，他也不希望中美关系受到伤害。中国有句老话叫“患难见真情”，我想，所罗门先生的到来，就是对这句话的最好诠释。尤其令我们赞赏的是，所罗门先生始终怀有了解中国的真诚愿望，并且一直在为中美关系的发展采取切实而有效的行动。他后来的研究成果足以证明这一点，他在离开政界后出版了一本颇有影响的著作《中国人是如何谈判的》，这是他所从事的跨文化谈判研究的重要成果之一，而这一研究的基本主张，就是要尽可能充分地了解对方社会的基本文化，因为谈判实际上反映的正是这一点。我对他的这一见解非常赞同，当然也包括他对中美关系的见解，他认为我们应该寻找一种新的外交形式，而这种外交形式可以让不同的国家和不同的人们在差异中相处，因此，中美之间也应该为未来积极寻找合作共识，最大程度地扩大中美关系正常化的好处，避免由于回到对抗而带来的巨大损失。这正是一个真正的朋友所应有的态度和认识。

在兰德公司的一间会议室里，我们见到了六位来自政治学部和经济学部的研究者，他们当中既有中国问题专家，也有苏联问题专家。他们既想了解有关中国改革开放的最新动态，同样也想了解中苏关系的最新动态。

半个多月前刚刚结束的中国共产党十二届四中全会所制定的中国全方位改革开放政策是我们讨论的第一个议题。不论是对这些政策本身，还是它们所预示的中国未来改革开放的前景，兰德公司的专家们都给予了相当积极的评价。但在谈到中苏关系时他们却显露出了担忧，他们认为，中苏之间的重新接近有可能改变中国对中美关系战略重要性的评估，因而有可能不利于中美关系的发展。

事实上，他们为此而感到担忧已经有一段时间了，因为中国从1982年起开始逐渐摆脱“大三角战略”思维的束缚，以更加灵活的方式处理中美和中苏关系。尤其是中苏关系在此后出现的解冻和改善迹象，更是刺激了美方的敏感神经。但中苏接近丝毫也不意味着中美关系战略重要性的下降，韩叙向专家们解释道，如果说有什么和以前不一样了的话，那就是中国不仅需要良好的中美关系，也希望能改善中苏关系，因为中国比以往任何时候都更加迫切地需要长期的国际和平环境来建设自己的国家，正因为此如，中国将同样乐见美苏关系的改善。

卡罗琳·阿玛森夫人坚持要以一场正式的招待会和晚宴为我们只有一天的洛杉矶之行画上句号。但是因为要赶当晚起飞的航班，我们最多只能为她的晚宴留出两个小时。那天晚上，我们索性带着行李过去，这样就把回住处取行李的时间节省下来了。

为了答谢阿玛森夫人的盛情，我们送给她一份礼物———条景泰蓝项链。她当即戴在了脖子上。项链和她那天的晚宴上装———件绿色缎子面的中式短袄交相辉映，使她看上去格外美丽。

我们在宴会上见到了洛杉矶企业界的众多要人，其中一部分人还将在两天后同阿玛森夫人一起去中国访问，这使我们之间有了更多的话题。遗憾的是，两个小时一晃而过，我们不得不辞别这些热情的朋友和这座城市了。但是我们知道，我们一定会再来洛杉矶的，而我也将在后面给你们好好讲讲阿玛森夫人的故事。

飞机是在西雅图时间10点半准时起飞的，那已经是华盛顿时间8日凌晨了。如果一切顺利的话，我们将在第二天早上回到使馆。不用说，新的一天的紧张工作已经在等着我们了。

韩叙在加州大学北岭分校的演讲

1985年10月7日

能够参加你们在加州大学美丽的校园里举行的“变化中的中国”座谈会，我感到非常高兴和荣幸。当我决定接受克莱瑞校长的邀请时，我想，我将要去北加州，地点是“加利福尼亚州，北部的山脊”，这似乎是在告诉我，学校一定是在加州北部一座大山的山脊上。不过正确的答案把我带到了南加州，我再次来到了洛杉矶。我很高兴来到这里。我常常觉得我亏欠了我在洛杉矶的朋友们，因为我没能和他们保持密切的联系。这次访问虽然依然短暂，但却多少能让我还上一点欠账。

女士们，先生们，

我注意到一个有趣的现象，那就是美国的报纸和杂志在拿出他们的版面报道发生在中国的事件时非常慷慨。这些报道可能是真实的，也可能是半真实的，或者是不真实的，但是他们都说明了一个基本事实，那就是，中国已经成了美国人关注的焦点。你们可以回忆一下，中国在1949年已经发生了一个重要的变化，当时我们从半殖民地半封建的旧中国转变成了社会主义新中国。这一转变震惊了世界。但遗憾的是，没有多少美国人对这一变化做好了准备。今天，中国正在发生另一个重要的变化——变成有中国特色的社会主义现代化国家。这里的每一个人都同意，中国正在发生变化，而且是相当大的变化。但是她要往何处去？变化的本质是什么？她的成功之处和问题又是什么？人们的评价千差万别。但让人感到安慰的是，美国人正密切关注着这种变化。我相信，这一次他们将不会措手不及。这个座谈会和我的受邀出席，就是美国人这种意识的反映，至少是在北岭，这个名字我是不会轻易忘记的。

女士们，先生们，

通过太平洋的波涛和潮汐，你们可以感受到中国社会主义现代化建设的脉搏。我们的目标是在本世纪末，使工农业总产值在1980年的基础上翻两番，并且在21世纪中叶赶上或接近世界上发达国家的水平。我们相信，实现这一目标的关键在于经济改革的成功，其中包括实行对外开放政策。今天，我想就那些人们还不太了解的问题提供一些个人见解，同时交换一下我对中美关系的看法。

首先，为什么改革是必要的？

事实上，我认为改革是绝对必要的。自从中华人民共和国成立以来，前30年间中国在经济上取得了重要的进步，但也受制于某些政策，比如分配上的平均主义挫伤了人们的工作热情，不按市场定价抑制了企业的生产积极性，过度集中的中央计划导致了整个经济运转的笨重低效，缺乏与其他国家的经济往来致使经济发展缓慢。在权衡各种利弊后，我们得出的结论是，为了使我们的经济效益最大化，我们必须将国家计划和市场体制结合起来，同时向世界打开大门。特别是，我们在农村实行了联产承包责任制，在城市，我们减少了国家对企业的控制，对国有企业的所有权和经营权实行了明确的分离。在与国外开展经济合作和贸易方面，我们也采取了一系列新的做法，比如设立经济特区，在一些沿海城市采用类似的做法建立合资企业、外商独资企业或开展其他形式的合作。

但是，这是否意味着中国要走资本主义道路呢？

答案肯定是“不”。首先，中国现行的“按劳分配”政策是一项社会主义的原则，国家仍然控制着主要的生产资料。私人经济、合资企业等非公有经济，扮演着一个重要但仅仅是补充的角色。没错，在这种改革下，一部分人将会比另一部分辛勤工作以及更有才华的人更快地富裕起来。但这并不意味着两极分化。其他人的生活也将得到改善。大家将一起朝着共同富裕的目标前进。

有人会问：你们怎么应对西方文化进入的影响？在有着不同意识形态的国家之间，有可能建立起经济合作的长期基础吗？

引进西方的技术和资本，肯定会给中国带来更多的西方文化的影响，但中国人也肯定会对这些影响加以鉴别。一个有着五千年文明传统的人民，将有足够的智慧去吸取精华，同时抛弃那些已经被大多数西方人自己都视为糟粕的东西。顺便说一句，人们有不同的喜好，比方说，我更喜欢踢踏舞而不是迪斯科。在历史上，中国的丝绸之路和早在哥伦布之前的南亚、东非远航，都对中国和其他文化的发展有所贡献。新的交流也将被证明对双方都更加有益。

有着相同意识形态的国家并不一定就能很好地相处，但意识形态不同的国家却有可能相处得不错。这是国际生活中的一个事实。中国坚持和奉行互相尊重主权和领土完整、互不侵犯、互不干涉内政、平等互利、和平共处这五项原则。我们相信，只要意识形态不同的国家也遵守这些原则，富有成效的和长期的经济合作就不仅是一种可能而是一种必然。如果人们仅仅因为一些过时的观念而错失了合作的机会，那将是一种遗憾。

我最经常被问到的大概是这样一个问题，那就是中国的对外开放政策是不是仅仅是现领导层的政策？

在我看来，任何政策的活力，首先或者说最基本的一点，是看它能否给人民带来切实的利益。在中国，自从实行经济改革和对外开放政策以来，生产上去了，人民的生活水平也上去了。举个例子，1984年，我们的粮食产量达到了4亿零700万吨，比1983年提高了5.1%。国民生产总值超过了4550亿美元，比前一年增加了13%。今年，经济在继续上行。法律方面也是如此，中国已经制定了50项有关对外经济合作的法律法规，它们涵盖了合资、专利、贸易等诸多方面。

9月召开的中国共产党第十二届中央委员会第四次全体会议，是中国现代史上的又一个里程碑。它通过了中国第七个五年计划（1986—1990），它是中国现代化建设的又一张蓝图。包括经济、科技、教育在内的全面改革，将成为下一个五年的新动力，以确保中国的长期发展。这次会议还更新了党的中央领导集体，从而使我们的中央领导层更加年富力强，这是继续我们的现行政策并且确保我们的改革最终能够成功的保证。中国独立自主、和平和对外开放的政策不会改变。

中国人民已经清楚地认识到，没有和其他国家之间的经济往来，我们将不可能实现国家的现代化。上述所有因素，将确保我们的现行政策将继续下去。如果说会有什么变化的话，我认为，那就是中国的大门将会越开越大。

女士们，先生们，

在我们了解中国的开放政策对未来中美经济合作的意义之前，请允许我引用一组数据：

1984年，中美双边贸易从1983年的44亿美元跃升到61亿美元。今天，美国已成为在中国的最大的外国投资者，投资总额超过了7亿美元。有超过12家的美国公司正在与中国合作勘探和开采海上石油。目前在中国设立的合资企业已经超过了60家，业务涵盖能源、机械、轻工业、服务贸易和其他许多领域。今年上半年，我们已经购买了不少美国的飞机和机车，双边贸易额比去年同期增长了13.6%。这些数字生动地说明，我们合作的潜力还远未被充分挖掘。

在我看来，至少有三个有利因素：

第一，美国是最大的发达国家，中国是最大的发展中国家，因此，我们两国的经济是互补的。此外，我们将集中精力发展能源、运输、通讯和其他产业，美国商人处于一个有利的位置，可以在这些领域大展所长。

第二，中国的对外开放政策为美国的投资和其他经济活动创造了一个越来越好的环境。从美国商人的角度讲，他们也越来越清晰地看到了机会，有些美国公司已经凭着他们的闯劲儿收获了丰硕的成果。

第三，更多的人已经逐渐意识到，中美经济合作的发展将极大地有助于巩固两国间的全面关系。这一认识鼓励人们以更加严肃和谨慎的态度对待经济合作。

教育交流的美好前景也出现在我们面前。这是中美合作的另一个重要领域。此刻，大约有1.5万名中国的学者和学生在美国的大学里学习。其中的大多数人专注于科技方面的学习和研究，但也有越来越多的人开始关注人文科学。他们今天在这里可以拓宽知识和经验，明天，他们将在中国的现代化建设中担当更大的责任。他们的学术成果将成为这些大学卓越的教学品质的反映，同时也是对这些学校的聪明才智和对知识追求的回报。我相信，我们两国之间学者和学生的交流，是我们付出和投资的双通道。它的影响是长期和深远的。美方的教授和学者们一直工作在推动我们两国人民之间更好地了解和合作的第一线。

他们的贡献是不可缺少的和最令人印象深刻的。举例来说，加州大学在过去的5年间，已经向中国的大学赠送了大约10万本图书，并且还在继续做出有价值的和慷慨的捐助。我想借此机会向你们表达我的最深切的感谢。

女士们，先生们，

说到这里，我想提醒大家，我们也不能无视现存的困难和前方的问题。比如说，美国政府宣布将中国视为友好的、不结盟国家，但是，美国法律歧视中国的情况依然存在。美国对中国技术转让的限制有所放松，但是这种转让仍然要由美国国家安全部门和巴黎统筹委员会批准。1972年以来，中国的对美贸易逆差已经达到了140亿美元，但是，美国的保护主义依然高涨，对中国的对美出口，特别是纺织品出口构成了威胁。我希望上述障碍能够得以清除。说到底，中国需要卖得更多，才能从你们那里买得更多。伴随着技术转让的贸易，在今天的世界上是一种完全正常的做法。

在政治层面，台湾问题依然是两国关系中的主要障碍。我们要为解决我们两国关系中的这一主要分歧继续努力。我相信，中国政府提出的"一国两制"概念有利于实现两岸的和平统一，这将给有关各方带来最大的利益。我们中方由衷地希望，美国政府对此采取一种明确和积极的态度，并且切实尊重中国的主权和领土完整。

女士们，先生们，

更好的中美关系符合两国人民的利益和世界和平的维护。这就是中国国家主席李先念为什么要在今年7月访问美国的原因。这是中美关系中的一件大事。访问期间，李主席与罗纳德·里根总统以及其他美方高级官员举行了成功的会谈。双方就双边关系和我们共同关心的国际事务广泛地交换了意见。我们在访问期间还签署了四个重要的双边协议，内容涉及核能的和平利用、文化、教育和渔业等领域，这标志着我们在上述领域的合作发展到了一个新的阶段。这次访问对在未来推动中美关系的全面发展具有重要作用。大约一周之内，布什副总统又要访问中国。我们高兴地期待着他的访问能够为中美关系注入新的活力。

女士们，先生们，

7月23日，李先念主席在白宫欢迎仪式上说：“中美关系已经有了很好的发展。12年前，只有极少数人能够预见到我们的双边关系会发展到今天这一水平。然而我想说的是，即使是在今天这样的水平上，我们的关系仍然有巨大的潜力可挖，而那些障碍和困难都将被克服。我们的关系就像一株得到悉心照料的树苗一样，将会长得高大而强壮。新的形势需要我们做出新的努力并且取得新的成就。我希望，再过12年，当我们再度回首时，我们能像今天一样感到高兴，当我们继续前行时，困难日益减少，而我们的步伐更加有力。”这是对中国人民在发展中美关系方面愿望的最好表达，也是对我们面对问题和困难时态度的最好描述。李主席的话还在我们的大厅里回响，我想是时候结束我的讲话了。

谢谢你们！

《洛杉矶日晷报》(*The Los Angeles Sundial*) 1985年10月8日

大使先生告诉人们中国的现代化和贸易政策

记者：Aary Yim

中国社会主义现代化的关键是经济改革，以及向包括美国在内的其他国家开放市场，中国大使在周一说。

“中国目前正在经历一次重大转型，就是将自己建设成为有中国特色的现代化的社会主义国家。”韩叙告诉加州大学北岭分校的学生和教师们，这是他第一次在南加州露面。

中国大使的讲话揭开了加州大学北岭校区“第二届中国研讨会”的序幕，这是一个为期四天的关于这个亚洲国家正在发生的变化的研讨会。

韩说，中国的目标是到本世纪末时使工农业产值在今天的基础上翻一番，并且“在21世纪中期赶上或接近世界发达国家的水平”。

“我们确信，成功的关键在于经济改革。”他说。

韩说，“为了取得最大的经济效率”，中国正在减少国家对经济的控制。

韩还说，中国已经通过一系列新的途径与世界各国展开了经济合作和贸易。比如设立经济特区，引进合资企业和外商独资企业。

这些改革并不意味着中国将朝着资本主义的方向前进，因为，韩说，“中国现行的‘按劳分配’政策是一项社会主义的原则，并且国家仍然掌控着主要的生产资料。”

虽然中国目前正在使用西方的技术和资本，韩说，但是中国将不会吸收资本主义的糟粕。

“一个有着五千年文明传统的人民，将有足够的智慧去吸取精华，同时抛弃那些已经被大多数西方人自己都视为糟粕的东西。”他说，然后又补充道：“人们有不同的爱好，比方说，我更喜欢踢踏舞而不是迪斯科。"

大使还谈到了于9月举行的中国共产党第十二届中央委员会第四次全体会议。他说，权力正在向更年轻的领导人手中过渡。

"这次会议重新调整了党的中央委员会，这使我们的核心领导层更加年富力强。"韩说。

在谈到中美关系时，韩说，目前有大约1.5万名中国学者和学生在美国的大学里学习。

"其中的大多数人专注于科技方面的学习和研究，但也有越来越多人开始关注人文科学。"韩说，"他们今天在这里可以拓宽知识和经验，明天，他们将在中国的现代化建设中担当更大的责任。"

韩说，中美关系中仍然存在一些障碍。

在政治层面，韩说，主要的障碍就是美国不承认中国对台湾的主权和领土完整，以及统一国家的努力。

"我们需要为解决两国之间的这一问题而继续努力。"他说，"我相信，中国政府为实现两岸和平统一而提出的'一国两制'概念，符合有关各方的最大利益。"

《洛杉矶时报》（*Los Angeles Times*） 1985年10月9日

中国的"按劳分配"政策是一项社会主义的原则

加州大学北岭校区，这个校园一直以来都是这样一个问题的受害者——"那是哪儿?"即使是很多洛杉矶本地人，也一直搞不清"北边的山脊"是哪儿。但是本周，一场适时的外交活动，有可能帮助人们在一张国际关系的地图上找到它。

刚刚到任不久的中国大使韩叙，周一上午在加州大学北岭校区"第二届中国研讨会"开幕式上做了他的第一次讲话。

大约600名学生和教师穿过了足球场和田径场，赶往学生会，听韩大使讲述了中国社会正在发生的变化。

当人们进入学生会的圣费尔南多大厅时，韩和大学校长詹姆斯·克莱瑞先生一起坐在了一张白色长桌的一端，克莱瑞先生穿了一件红色的西装上衣。

克莱瑞先生首先站了起来。他说，他对韩大使选择加州大学北岭校区而不是本地其他更棒的机构来做自己的首次亮相并不感到惊奇。

"自1978年以来，加州大学北岭校区就与中国开始了持续不断的联系……我们曾经向中国派出了三个官方代表团，其中的两个都是由我率领的。"他说。

他说，加州大学北岭校区已经同中国的13所大学签署了交流协议，并且接待了25个代表团以及由中国教授和科学家组成的研究团队。

"所以，韩大使今天作为主讲人，是我们之间长期以来富有成效的教育互动过程的一个高潮。"他说。

身着一身剪裁考究的灰色西装的韩，以符合外交礼仪的姿态走上讲台，脸上展露出友好的微笑。

他读了一份英文演讲稿，稿件用词精准，但他有时会稍作停顿。

他显然知道有关北岭校区的那个"那是哪儿"的典故。

“当我决定接受克莱瑞校长的邀请时，我想，我要去的是北加州，”他说，“地址是‘加利福尼亚州，北边的山脊’，这似乎是说，学校一定是在加州一座大山北边的山脊上。”

这番话赢得了一阵笑声，而韩看上去也很高兴。

在谈到中国正在发生的变化时，他的话语直接而乐观。但有时，他的语言几乎可以说是诗意的。

“女士们，先生们，通过太平洋的波涛和潮汐，你们可以感受到中国社会主义现代化的脉搏。”韩说。

他说，中国的发展曾经受制于某些政策，其中包括分配上的平均主义，不按市场定价和过度集中的中央计划，中国正在采取措施纠正这些错误。

“但这是否意味着中国要走资本主义道路?”他问。“答案肯定是‘不’。毕竟，中国现行的‘按劳分配’政策是一项社会主义原则……”

辩证法对问题的解释恰恰是两面的，人们并不拒绝它，它甚至还被韩所推崇：

“的确，在现行改革政策下，有些人（注：指部分按资分配者）致富的速度，可能会超过另一些工作更加努力和更有创造力的人，但这并不意味着两极分化。其他人的生活也将得到改善。他们将一起朝着共同富裕的目标前进。”

这样的信息似乎也深受欢迎，比如韩并不担心西方文化会侵蚀他的国家。

“一个有着五千年文明传统的人民，将有足够的智慧去吸取精华，同时抛弃那些已经被大多数西方人自己都视为糟粕的东西。”他说，“顺便说一下，人们有不同的爱好，比方说，我更喜欢踢踏舞而不是迪斯科。”

这个双关语引发了又一阵笑声。

在讲话即将结束时，韩简短地提到了中美两国政府之间依然存在的分歧，其中包括美国对中国技术转让的限制，进口方面的障碍，当然，还有对台湾问题的不同看法。

“我希望以上障碍将会被清除。”他说，以他乐观的立场看，清除障碍并不意味着要做出让步。

然后他引用了中国国家主席李先念今年夏天在白宫讲话中的一段话：

“我们的关系就像一株得到悉心照料的树苗一样，将会长得高大而强壮。”

“李主席的话还在我们的大厅里回响，我想是时候结束我的讲话了。”

接下来是现场提问，提问很有礼貌，但问题都很尖锐。

学生们要求他解释中越边境冲突、中国的核能源政策和台湾问题。

他只回避了一个问题，那就是当一位年轻的女士要求他就美国干涉尼加拉瓜一事发表评论时，考虑到中国的不干涉政策，他未予置评。

这个问题引起了一点儿让人透不过气来的尴尬。

韩面带微笑，简单地拒绝了回答。

演讲结束时，韩和数十位学生及老师一一握手。

在那之后，韩还就台湾与大陆的关系以及各自与美国的关系问题接受了两位记者的简短采访，他们来自一家中文电视台和一份中文报纸。采访是用中文进行的。韩从始至终都面带微笑，看上去他很欣赏这种交流。

但是当助手将韩带离时，两位记者耸了耸肩。他们了解到了什么？

“你能从外交官们那里听到的答案。”其中一个说。

12月3日—5日

北卡罗来纳：皮德蒙特三角区的渴望

一进入12月份，华盛顿最忙碌的社交季就开始了。我们不仅要应邀出席各种活动，还要在中国大使馆接待络绎不绝的访客。官邸的厨师们整天都在忙着为客人们准备餐饮，而让他们格外忙碌的是，他们还将第一次为布什副总统夫妇和他们的家人准备圣诞晚宴。

尽管我们的日程表已经排得密密麻麻了，但我们还是将北卡罗来纳之行加了进去，因为不论是那里的朋友们，还是我们自己，都不希望将这次行程推迟到下一个年份。

在介绍我们的这次行程之前，我想我必须先介绍一下我们此行的目的地——皮德蒙特三角区。你在地图上恐怕找不到这个地名，但是你可以很轻松地找到位于北卡罗来纳州中北部的三个城市：温斯顿—塞勒姆、格林斯伯勒和海因波特。当你用笔在这三个城市之间画出一条连线时，你就会得到一个倒三角形，这就是人们所说的皮德蒙特三角区。

三角区的朋友们向我们发出邀请，肯定会让那里的纺织品和服装企业感到不高兴。作为美国纺织业和服装业的大本营之一，北卡罗来纳州拥有超过60家以此为生计的重点企业和超过10万名雇员。特别是在12月，对他们来说，来自国会山的消息多少有些令人沮丧，因为迫于各方面的压力，那些一开始坚决主张大幅度削减纺织品和服装进口数量的国会议员们不得不提出了一个相对温和的修正案。国务院的有关部门也在积极工作，希望通过其他方式补偿中方的损失。在这种情况下，没有几个纺织品和服装企业的老板会想在自己的家门口见到令他们头痛的竞争对手。

但是三角区还有更多令北卡人骄傲的企业，它们生产和加工的鸡肉、猪肉以及家具和烟草蜚声海外，而这些企业都迫不及待地想要和中国发展经贸关系。当地商会的朋友们已经等不及了，他们想马上见到我们，因为商会计划在未来两年内向中国派出一个商贸代表团，要知道，这将是北卡罗来纳州第一次组织一个前往中国的商贸代表团。这当然是我们要全力支持的计划。推动更多的行业和企业与中国合作，这远比解决纺织品和服装贸易领域的争端重要得多。

商会的朋友们为我们安排的参观项目极为丰富。由霍利农场提供的一架小型公务机，在上午9点钟就把我们从华盛顿带到了位于三角区北面的威尔克斯伯勒县。霍利农场的总裁肯尼斯·梅（Kenneth May）博士亲自赶到机场迎接我们。一辆大轿车将我们从机场直接拉到了农场的种鸡孵化场。我们在副总裁艾沃瑞特·索罗蒙（Everett Solomon）先生的陪同下，开始了解著名的北卡肉鸡的生产和加工过程，用陪同我们参观的当地商会官员彼得·瑞查德（Peter Reichard）先生的话说就是，从看着“小鸡们活着来到这个世界，直到它们被包装得像个鼓槌一样离开”。

瑞查德先生的话一点都不夸张，我们的参观的确是从人们将鸡蛋放进特制的孵化盒开始的，而我们在这里看到的最后一个场景，则是已经孵化出来的毛茸茸的小鸡被装进箱子拉走。我们用一个小时看到的孵化过程，实际上需要21天。令我们印象深刻的是，每一只小鸡在出厂前都经过了消毒处理和疫苗注射。为了防止它们将来互相啄咬，小鸡的嘴部还经过了烧灼处理。

不过我们那天跳过了饲养过程，直接进入了宰杀和加工环节。在全美排名第四的威尔斯伯勒加工厂里，从活鸡到变成我们在超市货柜里看到的各类生鲜鸡肉产品的整个过程，全部是在高度自动化的流水线上完成的。最超乎我们想象的是，在这里几乎看不到什么废料，因为鸡身上的每一个部分都得到了充分利用。骨头上的碎肉被加工成了制作热狗香肠的原料，而骨头本身和鸡毛则被加工成了猫、狗的饲料。拥有如此先进的加工设备、如此高的生产效率以及如此出色的成本控制，难怪北卡的鸡肉产业能够称雄于世呢！

• 养鸡场的管理人员在向我们详细介绍有关工艺流程。

我们于当天下午抵达了位于三角区左上角的温斯顿—塞勒姆市。呈现在我们眼前的是另一条令北卡人自豪的流水线。在这条流水线上，本地出产的上好的烟叶，在经过了一道道工序后，变成了著名的“骆驼”和“Winston”牌香烟。这是我们在理查德·雷诺兹公司里看到的情景。这些著名的香烟为这家公司带来了滚滚财源。我们参观公司总部时，副总裁罗宾·查克莱因（Ronben V. Chakalian）先生告诉我们，公司每年的销售额高达200多亿美元，净利润超过20亿美元，而且公司的业务范围已经覆盖了160多个国家，当然，这其中也包括中国。事实上，雷诺兹公司在1981年就开始与中国企业合作，为中国的旅游和外汇商店生产骆驼牌香烟——这是在中国获准生产的第一个外国品牌香烟。而在1984年，雷诺兹公司又同中国签署了一份协议，在厦门开设一家合资企业，它不仅生产雷诺兹公司的传统品牌香烟，还将开发新的品牌。不用说，在与中国合作方面，雷诺兹公司已经捷足先登了。

第二天上午，在同北卡罗来纳大学的师生们进行了近两个小时的座谈之后，我们于中午时分赶到了位于三角区最下角的海因波特市。我们和托马斯客车制造有限公司的三位托马斯先生——现任总裁约翰·托马斯（John Thomas）以及他的弟弟和儿子——共进了午餐。这是一家典型的家族企业。从创建这家企业的老托马斯，也就是现任总裁托马斯的曾祖父开始，这个家族中的每一位叫托马斯的后代，首先必须能像熟练工人一样，胜任客车制造流程中每道工序的具体操作工作。当他们在这些岗位上学习和工作时，他们的薪酬待遇和工作时间与其他工人毫无二致。正是这种严格的家族规制，确保了这家企业在每一代托马斯手中不断发展壮大。当我们参观生产车间时，我们看到不少设备已经显得有些陈旧了，但它体现出来的却是一种节俭的精神，这不仅没有妨碍甚至还有助于家族生意的发展。到了第四代托马斯的时候，公司的雇员超过了800人，年产客车9000辆。这些令托马斯家族骄傲的、打着他们标记的客车，被销售到了世界各地。

为了欢迎我们的到访，当天晚上，三个城市的商会代表们齐聚海因波特，为我们举行了高规格的联合晚宴。这成了我们此行的高潮，当然，这也成了当地的一个大事件。韩叙在晚宴上发表了演讲，并且

• 在万豪酒店（Marriott Hotel）举行的联合晚宴上。

回答了大家提出的各种问题。现场的气氛极为热烈，我相信，我们在这里看到的不少热情的面孔，肯定会出现在北卡将要派往中国的第一个商贸代表团中。

• 在晚宴上与来宾热烈交谈。

最后一天的行程同样令我们印象深刻。你们也许很难想象，我们在那天早上是同一家名为“蓝钟”的服装企业的董事长爱德华·鲍曼（Edward J. Bauman）先生以及其他高管一起共进早餐的，我们甚至还进行了座谈。“蓝钟”是一家专门生产牛仔裤的企业。我必须说，我对爱德华先生的豁达表示由衷的钦佩，尽管他的产品不大可能进入中国市场，而且中国还日益成为他在美国市场上的强大竞争对手，但他还是愿意向我们敞开大门。是的，他也许无法收获订单，但是，他肯定收获了友谊。

我们那天下午的安排是临时加进去的，因为艾普斯—勒努瓦眼保健公司的所有人理查德·艾普斯（Richard Epes）博士无论如何都要邀请我们参观他的眼科中心，他正计划到中国去推广他的眼科治疗技术，但是在此之前，他想让我们先了解一下他准备推广些什么。我一点儿都不后悔我们为这项安排延长了半天的行程。艾普斯博士的眼科中心不仅拥有先进的治疗设备，还拥有令人产生宾至如归之感的医疗服务。

不过最精彩的部分是艾普斯博士为我们所做的一项特殊安排——我们通过电视屏幕，观摩了一场摘除白内障的显微外科手术。手术进行得又快又好，而且病人看上去没有任何痛苦。在参观完眼科中心之后，我甚至比艾普斯博士还要急切地盼望着能在中国推广这样先进的眼科治疗技术。

由于韩叙是第一位到访北卡罗来纳州的中国大使，我们的活动成了当地媒体报道的热点。我们每天都会出现在电视台早间和晚间黄金时段新闻节目的要闻中。媒体所表现出来的对中国的热情令我们感动。不过它们并不仅仅满足于这样的新闻报道，它们还希望我们能够抽出更多的时间接受它们的专访。

韩叙从不拒绝媒体的请求。不管行程多么紧张，他都会见缝插针地与媒体接触。事实上，我们在三角区度过的两个早晨，都是从接受媒体采访开始的。第一个早晨，韩叙在赶往北卡罗来纳大学之前，首先造访了《格林斯伯勒新闻报》报社。在那里，他不仅接受了专访，而且还和更多的编辑、记者共进了早餐，并且回答了他们提出的问题。而第二天一大早，我们又一起赶到了海因波特一家电视台的演播室，他们在当天7点30分播出的早间新闻节目中，拿出了整整20分钟的时间，对我们两个人进行了专访。那是我第一次面对直播镜头。在后来的日子里，我们也总是尽可能地不让媒体失望，因为如果你想让更多的人了解中国的话，那就一定不要错过与媒体打交道的机会，尤其是，当有关中国的信息是通过美国媒体传播出去的时候，它们也更容易为美国公众所接受。

在谈到这次紧张而收获颇丰的三角区之行时，全程陪同我们的彼得·瑞查德先生说："这个代表团如此脚踏实地，这一点让我非常高兴。"而我想说的是，东道主的安排能够让我们如此脚踏实地，并且让我们真切地感受到了这里的人们渴望与中国发展经贸关系的热情，这也让我们非常高兴。

韩叙在格林斯伯勒地区商业协会晚餐会上的演讲

1985年12月4日

中美关系与经济合作

女士们，先生们，

非常感谢你们的接待。过去的两天令我非常难忘。你们美丽的家园，富有活力的经济，特别是你们的热情，给我妻子和我留下了深刻的印象。今晚，能和各位聚集一堂，我们感到很荣幸。经由你们允许，我想谈谈中美关系和经济合作。有一句话说："你问一个美国人时间，他会告诉你如何制造钟表。"很遗憾我没有这样的本事，所以我的见解只是概略的。

很多美国孩子都被告知，如果他们挖的洞足够深的话，他们就能一直挖到中国。在某种意义上，我们两个国家就处在彼此的对立面，我们在政治、社会和经济制度上都有很大的不同。但更引人注目的事实是在过去50年间中美关系的变迁。第二次世界大战中，中美两国曾并肩抵抗法西斯主义。然后，双方又在战场上相互交手。在经历了很长一段时间的对抗和隔绝之后，双方又实现了和解。我们为这些翻转付出了沉重的代价，并且从中汲取了重要的教训。中美两国正式的友好关系与合作，是建立在尊重彼此的独立、领土和主权完整基础上的，这使两国和整个世界都受益。相反，当两国关系不好时，双方都受到了伤害，而且其他国家也要蒙受动荡之苦。

从这段历史中，中美两国正在学习如何描绘双边关系的未来前景。一个好的基础已经被建立起来。太平洋再也不是一个巨大的鸿沟，每年都有成千上万的中国人和美国人互相访问对方的国家。中国的省份和城市与美国的州、市、县再也不是陌生人，而成了姊妹，已经有几十个地方建立了这种关系。我们的校园再也不对彼此关闭，有1.5万名中国学者和学生正在美国的大学里学习，美国学生也络绎不绝地前往中国。贸易、经济、文化、科技领域的交流再也不被禁止，而成为令人兴奋的、日益增长的现实。当然，所有这一切都必须建立在良好的政治根基之上。今年7月，中国国家主席李先念访问了美国，这是中国国家元首的首次到访。访问期间，我们两国签署了四个重要的双边协议，内容涉及核能的和平利用、文化、教育和渔业。紧接着这次访问之后，布什副总统又于10月份访问了中国。他的访问增进了我们之间的相互了解和友谊，并且为中美之间各领域的关系在未来的发展开辟了道路。

但是，我们的关系也不是一幅完美的玫瑰色图景。台湾问题仍然是两国关系稳定和发展中的主要障碍。台湾从来都是中国固有领土的一部分。虽然它曾经被日本占领过一个时期，但是根据开罗宣言和波斯坦公告——美国是它们的签署国之一，它已经被中国收回。然而，到了1940年代末，当中国被压迫的人民站起来，并且明确选择了一个新的政府时，美国政府选择了站在逃往台湾的蒋介石一边，并且支持他所代表的名不副实的中国。我们可以回忆一下，中美关系正常化以后，也就是在美国政府承认中华人民共和国政府为中国唯一合法政府、而且只有一个中国、台湾是中国的一部分之后，台湾问题就应该已经解决了。但是，美国政府立刻通过了一个《与台湾关系法》。这部法案背后总的想法是，将中国的台湾省作为一个独立的政治实体对待，并且承诺美国保证台湾的“安全”，不是不受任何外国的侵略，而是不受中国中央政府所谓的可能的威胁。因此，美国继续大规模地向台湾出售武器，在质量和性能上都超过了中美在1982年8月17日签署的联合公报所设定的上限，在这件事上，美国政府实际上已经违反了它自己所做出的逐渐削减对台军售、并且在一个时期后最终解决这一问题的承诺。“一个国家……不可分割”——当我听到美国人对着国旗说出的誓言时，我想知道你们如何看待我的国家的不可分割性呢？

中国的重新统一，是我的所有同胞的共同愿望。我们用“一国两制”的办法解决了香港问题，这对台湾问题产生了直接的影响。如果这个模式能够被台湾当局接受，那对有关各方都是有利的。台湾将享有比香港更有利的条件。如果国家重新统一，台湾作为一个特别行政区，将保留它的社会制度和生活方式不变。它也可以继续进行它与外部的经济和文化交流，国外的投资也将受到保护。大陆既不会向台湾派出行政官员，也不会派驻军队。台湾的政党、政府和军队都将由台湾自己掌控。用一句话来说，就是重新统一后，台湾什么也不会损失，而且还会在各个方面受益。和平解决台湾问题，也可以消除笼罩在中美关系之上的阴云。所以，中方诚挚地希望，美国政府能够严格遵守中美三个联合公报所设定的原则，并且对“一国两制”的构想采取一种明确和积极的态度。

鉴于政治和经济关系之间的相互作用，怎么强调后者的重要性都不过分。我们在经济领域已经取得了显著的进步。我们的双边贸易总额已经从1978年的10亿美元增加到1984年的61亿美元。今年的数字将达到70亿美元或者更多。美国已经成为我们最重要的贸易伙伴之一以及在中国的最大的外国投资者。据不完全统计，1985年上半年，我们两国已经签署了264份合同，其中包括合资、合作生产、合作管理、外商独资企业、补偿贸易等内容。但是，问题依然存在。比如美国的针对中国的歧视性法案、美国的保护主义以及对中国技术转让的不必要的限制。以纺织品为例。我知道这是个很敏感的问题，特别是在你们州。但是我相信，作为朋友，我们应该对彼此开诚布公。在我看来，目前正在国会山讨论的“1985纺织品和服装强制法案”，也被叫作“参议院680法案”，正在严重危害中美贸易关系。如果这个法案被实施，它将使中国对美出口的纺织品在1984年的基础上减少56%，其结果将使中国每年损失5亿美元的外汇收入。但是自1972年以来，中国的对美贸易总赤字已经高达150亿美元，而在目前阶段，纺织品是中国能够对美出口的少数几种商品之一。还有，我们备受争议的纺织品仅仅是美国进口总量的1%。我们挣美元是为了更多地购买美国商品，也包括从北卡罗来纳州购买很多商品。因此，我诚挚地希望，在解决任何一个特殊问题时，人们都不要忘了发展中美贸易关系这一全局利益。

女士们，先生们，

中国的目标是社会主义现代化。我们正在加大力度实行经济改革和对外开放政策。重点是要建立一个健全的经济基础，比如能源、运输和电信。在从明年开始的第七个五年计划期间，中国的对外贸易将要实现40%—50%的增长。我们将通过更大规模的投资和技术引进实现加快推进现代化进程的目标。美国公司拥有雄厚的资金、丰富的管理经验，而且在石油、煤炭、发电、电子技术以及其他专业领域都具有竞争力。因此，在与中国合作方面，你们处在一个有利的位置，你们可以充分发挥自身的优势。

当然，同中国做生意有时也需要耐心。刚好，美国是以此而著称的。中国才刚刚对外开放，可以理解，由于缺乏有关经验，我们非常谨慎小心。坦率地讲，我们的审批还很繁琐。然而互信一旦建立，而且彼此都熟悉了对方的商业做法，合作关系往往会带来丰厚的收益。

有些美国人对该不该进入中国市场还拿不定主意。他们不确定他们有可能投到中国的资金是否安全。我可以向你们保证，中国的经济改革政策和对外开放不会改变。我们非常清楚，如果没有与外部世界的经济往来，我们不可能实现现代化。我们的人民已经从当前的政策中获得了实实在在的好处，所以他们毫无保留地支持这些政策。很难想象有哪个人同10亿人对着干能获得成功。虽然中国目前的投资环境还不完美，但是政府已经制定了50项有关同外商展开经济合作以及有关专利和商标的法律法规。我们在未来还将做得更多。中国的4个经济特区可以为外商提供更加灵活和优惠的条件，14个开放城市也准备为前来洽谈业务的外商做得更多。更重要的是，党的中央委员会的年轻一代领导人将保证现行政策的延续。简而言之，现在是你们同中国做生意的恰当时机。

我在这儿想说，北卡罗来纳和你们著名的三角研究园，能够带给你们一个良好的开端。事实上，你们与中国在计算机、电子产品和许多其他领域的合作已经开始了。当然，Tar Heel州（北卡的别称）还有其他的尖端技术可以提供，例如怎样打高尔夫球，怎样钓鱼以及怎样享受北卡罗来纳式的烧烤（北卡罗来纳州的达勒姆被称为烧烤的发源地），甚至还包括像烟草那样的传统工业，同样有合作的机会。雷诺兹就在中国的厦门市建了一家合资企业。烟草肯定也对中美关系有好处！

女士们，先生们，

八十多年前，怀特兄弟在北卡罗来纳州的小鹰城完成了一次历史性的起飞。今天，我看到你们完成了另一次惊人的起飞——与中国开展经贸合作的起飞。谁说这个州是“两座山峰之间的谦逊的峡谷”？对我而言，这个州是一个巨人，也是一座连结伟大的中美两国人民的令人骄傲的桥梁。这座桥是稳固的，它注定了要扮演一个更加了不起的角色。

谢谢你们！

《格林斯伯勒新闻报》(*Greensboro News and Record*) 1985年12月3日

中国人在三角区旅行中碰到了小麻烦——拐错弯，中途抛锚

记者：Jim Schlosser

在霍利农场参观了如何屠宰鸡之后，他们品尝了鸡肉。他们在去海波因特的路上拐错了弯，他们的车在繁忙的格林斯伯勒高速路上抛了锚，于是，他们的美方陪同人员施以了援手。

如果没有这些的话，中国驻美大使韩叙、他的妻子以及四位中国贸易官员为期三天的三角区之行，可谓完美和内容丰富。

实际上，随行人员已经把他们的行程延长到了星期三，以便观摩在格林斯伯勒一家眼科医院里实施的白内障手术，然后他们再搭乘医院的包机离开。

访客飞走了，他们留下的礼物虽然丰厚，但显然不是每个人都对他们的到来感到高兴。

据说，这个地区的纺织品企业高管们，对在北卡这样一个纺织品之乡，为来自一个出口布匹的国家的贸易官员们铺开红地毯的想法感到恼火。

“这只是个小麻烦，”彼得·瑞查德说，他是格林斯伯勒商会的一名官员，他全程陪同了那些中国人，“这个代表团如此脚踏实地，这一点让我感到非常高兴。”

他发现了什么是最好的运动，当他们借来的“气流牌”客车——它属于汉斯-莱博瑞殡仪馆，它通常用于葬礼——周一下午坏在了40号州际公路和西温多弗大街交界处时。

当瑞查德宣布他要到路边寻求搭车帮助时，一名中国人脱掉了自己的外套，把他包裹起来以抵御寒冷。

“我跳出车，然后竖起了大拇指。”瑞查德说。经过他的第四辆轿

车将他带到了加油站，他在那儿给自己的房东查理·亨德瑞克斯——圭尔福德学院的一名退休官员——打了个电话。

“感谢上帝他在家。”瑞查德说。亨德瑞克斯开着自己的面包车赶来救援。

“在那个时刻，大使决定了我可以创造奇迹。”瑞查德说。

第二天，代表团的驾驶员像许多到海因波特去的人们那样，选择了一条位于海因波特南边的非常通畅的新的州际公路，而不是待在那条老旧的85号州际公路上。

当终于抵达海因波特时，中国人收到了商会赠送的一个城市杯，杯的底部还刻着“中国”。

有一句古老的谚语，或许是中国谚语，意思是说，任何旅行中最好的部分只有到了那儿才知道。当这些来自东方的访客们登上了霍利农场的公务机时，他们发现此话不假，这是他们从华盛顿到北卡罗来纳的旅行中最棒的部分。那架由以色列制造的公务机是天空中最豪华的飞机之一。

“飞机内部全部是铜制品，每天至少要清洁一次；也有木饰。”瑞查德说：“中国人对此印象深刻。他们当中的大多数人还从未体验过如此美妙的飞行。”

瑞查德说，代表团的成员们被告知，这架飞机的速度就像旋风一样快，从华盛顿到威尔克斯伯勒只用25分钟，但因为周一是逆风，所以需要45分钟。

但是没问题，飞机上备足了食物和咖啡。

“飞机上有一个设备齐全的酒吧，不过在那么短的时间里没人打算喝什么。”瑞查德说。“飞机上只缺一样东西，那就是大多数中国人都非常喜爱的——茶。”

飞机降落在威尔克斯伯勒，访客们带着复杂的心情去参观霍利农场的那些不幸的禽类。

“我们参观了整个过程，从小鸡们活着来到这个世界，直到他们被包装得像个鼓槌一样离开。”瑞查德说。

代表团没有看实际的屠宰过程，但他们的确看了如何褪毛。

参观刚一结束，他们就被带去用午餐，当然，吃的是鸡肉。中国客人们吃得很不忍心。

“我也一样，当我吃饭时，满脑子想的都是刚刚看到的情景。”瑞查德说。

代表团所到之处，人们都赠与了礼物。客人们打开一个箱子，拿出回赠的礼物。格林斯伯勒的市长约翰·弗贝斯收到了一张挂毯，上面是两只鹳。州长获赠的那张挂毯上是熊猫。

有些人要求被关照。格瑞斯利高中篮球队去和自己在达德利高中的对手比赛，当时大使正在达德利高中发表讲话，这支球队要求大使帮助他们安排一次去中国的旅行，如果他们能募集到资金的话。

行程中没有参观纺织品企业的安排，虽然中国人的确和“蓝钟”的管理层举行了一场气氛亲切的座谈。

据说，一家纺织品公司对商会大声抱怨中国人的到来。

但瑞查德说，“只是听到了某些意见，说访问应该被安排在一个更好的时候，但是没有人公开表示不满。”

有个人对访客的到来感到很高兴，瑞查德说，那就是理查德·艾普斯博士。他是位于战斗广场大街的东南眼科中心的拥有者。作为艾普斯—勒努瓦眼保健公司的所有人，他设法让中国人停留了更长时间，以便参观他的诊所。

访问结束后，中国人登上了当地机场的一家私人飞机，它是由艾普斯—勒努瓦眼保健公司提供的。

艾普斯希望随后访问中国。他很高兴终于可以在中国介绍他的眼科治疗技术了。

《温斯顿-塞勒姆报》(*Winston-Salem Journal*) 1985年12月3日

三角区城市正在为向中国派出商贸代表团与中国人一起努力

记者：Alan Willis

温斯顿-塞勒姆商会、格林斯伯勒和海因波特正忙着高规格接待中方官员，因为他们计划在未来两年内，向中国派出一个商贸代表团。

这显然将是北卡罗来纳州第一次组织一个前往中国的商贸代表团，地方商会的一位发言人说。

吴曙东，中国驻美使馆商务一秘，同时也是本周正在此地进行商务访问的中国团组的成员之一，他表示，中国将欢迎来自三角洲的商贸人士的访问。

吴在7月份曾经陪同一个来自中国的代表团访问过温斯顿-塞勒姆，当他在周一与一个团组再度来访时，同行的人中还有中国驻美大使韩叙。

"我们已经讨论过三角洲商贸代表团的事情，我们将欢迎这个代表团。"星期二，吴在位于机场附近的玛丽尔特旅馆为韩叙举行的招待会结束后说。

"很多美国城市都已经向中国派出了商贸代表团，访问都取得了很好的结果。我们没有一个具体的时间表，我们很愿意在我们国家找到恰当的伙伴，去和你们讨论如何在商贸领域开展合作。"吴说。

大温斯顿-塞勒姆地区商会公共事务主管沃润·斯蒂恩说，派出商务代表团的想法，是过去若干年间三角洲地区商会会员们不断推动与中国经贸合作这一努力的合乎逻辑的结果。4月份，一个由三角洲商界领袖和官员组成的团组访问了中国驻华盛顿大使馆。

"大三角地区已经有若干企业明确表示了他们对开发中国这一巨大市场的兴趣。"斯蒂恩说。"没有哪个精明的商人会忽视一个拥有10亿人口和占世界市场20%份额的国家。"

R. J. 雷诺兹国际烟草有限公司已经与中方签署了一份为中国市场生产香烟的有关协议，它也因此成为第一家进入中国的外国烟草生产商。去年签署的合资协议将在厦门投资建设一个烟草企业，为中国市场提供一种年产量为1万亿根香烟的新品牌产品，合资企业同时也生产以供出口的R. J. 雷诺兹公司的现有品牌产品，这些产品还将允许在中国限量销售。

雷诺兹在1981年签署了一份协议，其结果是使骆驼牌过滤嘴香烟成为在中国生产的第一个外国品牌香烟，当时是在中国已有的企业中生产，以供在中国的旅游商店和使用外汇的商店里销售。

格林斯伯勒地区商会的公共事务主管彼得·瑞查德说，这个高规格中国团组的来访，将有助于加快组建商贸代表团这一非常缓慢的进程。

斯蒂恩说，商贸代表团有可能在未来两年内组成。

中国人尤其感兴趣的，是与美国公司在运输、通讯、食品加工以及能源发展等领域进行合作，“北卡罗来纳州在上述绝大部分领域都占据了非常有利的地位，可以为中国提供有关的商品和服务。”瑞查德说。

在本周的访问中，中国官员参观了霍利农场位于威尔克斯伯勒的家禽加工厂、位于本地的怀特克·帕克（Whitaker Park）烟草企业以及海因波特的托马斯客车制造有限公司。

星期二，韩大使在对三角区商界人士和地方官员的讲话中说，“中国现行的发展经济和对外开放的政策不会改变。”

中国人看上去相对谨慎，因为他们在开展世界贸易方面经验不足，“我们的审批还比较繁琐，但我们的人民已经从我们的新政策中获得了实实在在的好处，”他们将继续推进现代化进程和扩大对外贸易，他说。

韩叙答《格林斯伯勒新闻报》（*Greensboro News and Record*）记者问

1985年12月5日

问：美国人对你的国家很着迷，但是他们对这个世界的想法也很矛盾。你认为你们是美国的盟友还是敌人？

答：你是从你的角度来定义这个问题的。我们不是盟友，但我们是友好国家。当然，我们奉行的是独立自主、和平的外交政策。我们不会和任何超级大国结盟。我们奉行和平的外交政策，是因为我们需要一个和平的环境来建设我们的国家。

问：我们的报刊上最近刊登了一篇学术性的文章，说到2000年的时候，中国将超过苏联，成为另一个经济强国。你对中国经济的前景是怎么看的？

答：我们无意成为另一个超级大国，因为我们始终认为中国是发展中国家。我们属于第三世界。我们至少还需要70年的和平发展。

我们的第一步，就是用下一个20年，达到一个小康水平。到2000年的时候，使国民收入翻两番。也就是使国民收入达到大约1万亿美元。但是那时我们将有12亿人口，所以人均水平还远远低于你们。

我们还需要50年才能赶上或接近西方国家的水平。

问：关于邓小平总理领导的“第二次革命”，西方有很多推测。它在多大程度上是一场马克思主义的革命？又在多大程度上是一场拥抱资本主义和自由企业制度的革命？

答：不是这样理解的。我们仍然坚持马克思主义的原则。第一是提高生产力，第二是我们仍将坚持按劳分配。主要的生产资料仍然属于国家所有。

还有就是共同富裕。我们不会有寡头，这是不同之处。肯定有一部分人会比另一部分人更加富裕，但是总地讲，我们不想有阶级分化。

我们现在采用了市场机制，但它是在中央体系指导之下的，意思就是说，我们想自觉地运用价值法则。

比如说，我们目前正在改革我们的价格体系，目的是使价格能够反映价值。用这样的方法，我们活跃了我们的经济。

问：邓小平已经81岁了。很多人都在猜测，邓小平去世后中国会发生什么。这也是你们自己非常关心的问题对吗？

答：我知道所有的外国人都很关心这个问题，因为这个问题我被问过太多太多次。我可以向你们保证，你们不需要担心。

首先，现行政策不会改变，因为这些政策给所有的中国人带来了实实在在的好处。所以人们不希望倒回去。新的领导人怎么能和10亿人对着干呢？

第二，我们已经采取了步骤以保证权力的顺利交接。在最近一次召开的党的全国代表大会上，64位委员自愿退出了中央委员会，代表们选出了64位新的委员。他们都很年轻，而且都是现行改革政策的执行者。他们致力于改革和坚持现行的对外政策，他们代表着未来的走向。

问：但是难道没有陈腐的势力反对改革吗？

答：不是太多。你不应该过高地估计这种力量，因为所有的中国人都得到了实实在在的好处。

无论如何，中国已经懂得了，如果不和其他国家互通有无，中国就无法成为一个现代化的国家。我们已经把门打开了，怎么还能关上呢？如果说真会有什么变化的话，我相信，我们的门将越开越大。

问：你能谈谈中国为吸引西方投资而创造的经济特区吗？

答：当然，但要点是创造外汇，这不是去花外汇，我们的外汇是有限的。我们希望能更多地出口，然后我们就能更多地进口。

问：中国对国会最近通过的限制从中国和其他亚洲国家进口纺织品的法案有什么看法？

吴曙东：我的政府高度关注这一事件。我们认为这个法案完全违背了双边纺织品协定和我们两国间的贸易协定。它也违反了多纤维协定，或者说MFA。

我们有一个协定，这个协定非常明确地写明，如果有什么问题，我们应该坐下来谈判。我们反对通过这个法案的单边行为。这个法案在纺织品问题上对我们伤害很大，应为它采用的是1980年代早期的基准，这将使我们倒退差不多四年。我们将蒙受很大的损失。这些损失大约是5亿—6亿美元。

韩大使：我们向美国出口的纺织品数量还不到你们进口纺织品总量的十分之一。我们的全部出口总量，还不到你们从全球市场进口总量的百分之一。

比如说，我们去年的出口总量是23亿美元，但你们的进口总量是3000亿美元。所以，对我们来说还有很大的发展空间。1972年至今，我们在对美贸易方面已经有15亿美元的逆差。

吴曙东：以去年为例，纺织品出口对我们来说非常重要。我们对美出口几乎一半的商品是纺织品和服饰，大约有13亿美元。我们希望能向你们出口飞机和计算机，但是我们还不能。

那么我们该到哪儿去挣这些钱呢？这就像一个家庭，如果我们没有足够的钱去购买，我们就不能为它提供更多的美国商品。

这个法案肯定会削弱我们在未来购买美国商品的能力，因为我们没有那笔钱。

问：你们国家已经签署了一个解决香港主权问题的协议，你怎么看香港的前途？

答：我们已经用一国两制的方式与英国解决了香港问题。香港回归后，我们将保持香港的社会制度50年不变。香港是中国的一部分，但它仍然可以保留资本主义制度。香港将仍然是一个自由港，并且拥有自己的法律。

问：你认为对中国的其他地区而言，这会成为一个榜样或模式吗？

答：我认为它将为台湾提供一个榜样。台湾也将享有这些条件，而且我们将会为它提供更好的条件，我们将向香港派驻军队，但是我们不需要向台湾派驻，因为台湾已经有自己的军队了。

我们希望台湾和平回归。我们希望和他们和平谈判。我们已经采取了一些主动，但是还没有回应。他们拒绝这样做。但是我们有耐心。我们相信时间是站在我们这边的。我们可以等和看。

问：你如何评论不久前与中国间谍有关的中央情报局前雇员被逮捕一事？

答：我们否认这一指控，因为这是莫须有的。

问：你也否认有关中国为控制人口而强制堕胎的报道吗？

答：我们是一个有10亿人口的国家，这已经是一个很大的基数。我们想要控制人口的自然增长。我们想要提高我们人民的生活水平。最好的办法就是遵循我们国家的传统实行计划生育。

在城市，一对夫妇，只生一个孩子，这是事实。但是在农村，一对夫妇可以生两个孩子。你必须慢一点生，而不是很密集地生，因为你不仅要少生，还要优生，要给你的下一代更好的教育和关爱。

在少数民族地区，我们没有计划生育，因为那些地区人口稀少。

我们在实行计划生育时，当然会有一些滥用我们人口政策的个案。所以我们会通过媒体告知公众，我们也批评这样的做法。但是你们的一些记者把这些个案集中起来，就好像它们是我们的全部。我们不能说美国都是拉斯维加斯，这是不公平的。

现在世界上的大多数国家都赞赏我们实行的计划生育政策。此外，我们实行什么政策这是我们的内部事务。我们实行这一政策不仅有利于中国人民，也有利于整个世界。

1986 年

1月15日—18日

佛罗里达：棕榈滩的好奇目光

4月18日—24日

休斯敦：坦陈立场

4月30日—5月3日

科罗拉多：变化中的中国充满机会

7月17日—21日

洛杉矶：姊妹之情

9月11日—13日

西弗吉尼亚：问答之间

11月4日—8日

波士顿：谈笑有鸿儒

1月15日—18日

佛罗里达：棕榈滩的好奇目光

听说我们在1月中旬要去佛罗里达州的棕榈滩，我们在华盛顿的一些美国朋友都不约而同地为我们感到高兴，言谈话语之间还流露出一丝羡慕。一开始我还不知道棕榈滩有何特殊之处，所以对他们的反应颇有些摸不着头脑。等我了解了情况之后才知道，原来棕榈滩在美国一直头顶着超级富有地区的桂冠，因为这里是美国亿万富豪们冬季度假的首选地。有一则报道这样说，每逢旅游旺季时，亿万富豪们聚集到此挥金如土，以至于美国1/4的财富都在棕榈滩流动。

正是出于这个原因，棕榈滩的媒体也早已睁大了眼睛，它们想看看来自共产党国家的大使出现在这个纸醉金迷的“富人天堂”会是什么情景。在它们看来，这本身就是个新闻。当然，这是我们到那里之后才了解到的情况。如果时间倒退几年的话，这或许是个值得一写的题目，但是在中国已经实行改革开放政策六年之后，至少对我们来说，这已经不是什么问题了。

相比之下，我们倒是和向我们发出邀请的棕榈滩圆桌论坛俱乐部的负责人弗兰克·怀特（Frank Waight）先生关心的问题高度一致，那就是我们应该在论坛上讲些什么。

怀特先生负责运营的论坛俱乐部在当地非常有名。俱乐部实行的是会员制，而怀特先生的工作，就是为会员们安排他们感兴趣的演讲。没错，他的会员们都对中国很感兴趣，不过，怀特先生对发出邀请之事格外慎重，因为他不想让会员们失望。在挑选合适的人选时，前国务卿基辛格对韩叙的一个评价引起了他的极大兴趣，基辛格将韩叙描述为“一个非常专业、很有魅力、高度敬业、善于运用高超的技巧坚韧不拔地奉行中国政策的人”。但是在向中国大使发出邀请之前，怀特先生还想亲自验证一下前国务卿的评价，于是，他在去年8月，也就是我们刚刚到任两个多月时，专门往华盛顿跑了一趟。此行帮助怀特先生做出了决定，他后来对他的会员们说，他只同韩叙谈了20分钟，就非常清楚地知道——“我们需要在圆桌听听他的精彩讲话。”他是这样向会员们预告演讲内容的：“在更好地服务于人类寻找一个光明的新世界方面的优先考虑；中国对美国为世界和平而努力的看法；两国如何最好地解决詹金斯法案问题；韩认为听众关心的其他问题。”事实上，这意味着并没有某个特定的话题，或者说，大家可以无所不谈。

中午1点时分，我们乘坐的航班降落在西棕榈滩机场。怀特先生和圆桌论坛俱乐部的总裁多罗斯·劳瑟德（Dorothy Rauthord）先生一起到机场迎接我们，而此时，棕榈滩的市长约莱·玛丽克斯（Yuelyne Marix）女士也正赶往我们将要下榻的希尔顿酒店。当然，赶往酒店的不只是玛丽克斯女士和她的陪同人员，还有很多记者。我们原以为他

• 到机场迎接我们的还有圆桌论坛俱乐部罗伯特·戈登（Robert Gordon）夫妇（右二、右三）和当地华人名医冯增瑞大夫的夫人（右一）。

们只是前来报道我们和市长会面活动的，结果没想到，会面活动结束后，当我们准备离开酒店去参加下午的其他活动时，其中的一些记者仍然等候在酒店大堂，原来他们打算对我们进行跟踪采访。

当天傍晚，Patrick Lannan基金会的主席派屈克·莱恩纳（Patrick Lannan）先生要为我们举行一个招待会。在此之前，当地的一位华人名医冯增瑞先生，见缝插针地先带着我们在岛上转了一圈。怡人的气候，漂亮的房屋，洁白的沙滩，高大的棕榈树，的确能让人感受到这是个理想的度假之所。当我们路过一幢巨大的住宅时，冯先生告诉我们说，那就是已故总统肯尼迪父母的宅邸。在佛罗里达州这个最靠近墨西哥暖流的不大的堰洲岛上，类似的显赫家族的住宅还有很多。你既可以找到像范德比尔特家族、洛克菲勒家族、卡耐基家族、梅隆家族这样的延续了数代的富豪家族的宅邸，也可以找到更多新贵的宅邸。

莱恩纳先生的宅邸就是其中的一个。莱恩纳先生曾经担任过美国一家非常著名的公司——ITT的董事长。这家总部位于纽约州白滩市（White Plains）的公司成立于1920年，它在全球防卫与安全、水与流体管理以及运动与流动控制等关键领域拥有举足轻重的地位。但是眼下，莱恩纳先生的兴趣是打理设在棕榈滩附近的Patrick Lannan基金会。

傍晚时分，当我们走进莱恩纳先生家的大门时，我们看到的显然是一个盛大的场面，聚集到此的富贾名流多达二百多人。觥筹交错之间，不时有漂亮的模特向来宾们展示莱恩纳先生收藏的价值不菲的艺术珍品。据说，他有意挑选藏品中的部分油画去中国展出。

然而，这场持续了两个半小时的盛大招待会，不过是我们当晚活动的一个热身项目，接下去，在当地最高档的社交场所——州长俱乐部，还有一个长达四小时的正式晚宴在等着我们。缓慢地端上桌子的一道道珍馐美味，每一位主人的长篇祝酒词，让我们真正领教了什么是典型的或者说最寻常不过的棕榈滩式晚宴！如果说这个美丽的小岛带给了我们什么和其他地方截然不同的感受的话，那就是这里的生活节奏极其缓慢。在棕榈滩，没有什么工作在等着人们去做，人们要做的只是悠闲地享受生活。出于礼貌，我们不能半途而退。但对我们来说，这场一直持续到12点多才结束的晚宴不仅不是享受，反而成了对体力和精力的一场不小的考验，因为我们已经一整天都没有休息了，尤其是，在接下去的两天里，我们还必须像在华盛顿一样“疯狂地”工作。

圆桌论坛的演讲被安排在了第二天下午。然而这一次和以往有所不同，我成了先于韩叙走上讲坛的人——第二天上午，我在由当地女性社团组织的一场活动上发表了一个有关中国妇女儿童问题的演讲，并且回答了来宾们提出的问题。

五十多位女士出席了当天的活动，当然还有不少记者，他们手中的镜头不时发出“卡拉卡拉”的声响。对富有经验的人来说，应对这样的场面不是什么问题，但对我来说，却是到美国后的第一次，所以心里还多少有点紧张。问答环节的气氛十分活跃，女士们对中国的传统文化格外感兴趣，以至于我们的话题总是离不开有关问题。不过，她们对中国的现实问题同样关心，比如计划生育，这是被大家问得最多的问题。由于我事先做了充分的准备，答问过程中，我从大家脸上看到的基本上都是满意的表情。

在接下去的一个小时里，我先后接受了两位女性记者的采访。她们提出的问题，要比会场上的听众来得尖锐和宽泛得多。“中国人一向

• 演讲现场

• 第一次站在演讲席上的我。

把美国说成是帝国主义和走狗，后来是怎么转变的？中国政府是如何说服它的人民的？”首先采访我的年长女记者一上来就问了我这样一个问题。“我们从来都没有把美国政府和美国人民混为一谈。中国政府一向都是根据问题本身的是非曲直来分析形势和制定政策的。由于美国政府在60年代，特别是尼克松总统执政期间转变了对中国的态度，所以中国政府对美国政府的态度也开始转变。我们就是用这样的事实来说服人民的。”我这样回答了她的问题。“中国的女性能不能穿自己喜欢的衣服？”“可不可以化妆？”“中国的年轻人有没有婚姻自由？”“中国的离婚率如何？”“中国有没有吸毒问题？”“中国有没有艾滋病？”这是接下来采访我的年轻女记者提出的一连串问题。我在回答了这些问题之后，也问了她一个问题：美国所出现的高离婚率、吸毒、艾滋病等社会问题，是不是在提醒我们，民主和自由也应该有一定的限度呢？

这个上午的经历让我感受到，棕榈滩的人们，也包括媒体，的确对中国很感兴趣。我原来还以为，我们的主要听众在圆桌论坛俱乐部，但事实上听众到处都有。我们在棕榈滩的三天时间里，几乎从早到晚不停地在各种场合与人们谈论有关中国和中美关系的各种问题。相比之下，在论坛俱乐部的演讲不过是一连串演讲的一部分，而且其间还穿插着不间断的记者采访。

- 主办方在向来宾们介绍韩叙。（上）
- 演讲中的韩叙。（中）
- 我们向东道主赠送了一张长城挂毯。左二为杨洁篪，他那时担任大使秘书。（下）

当我在独自应对我的第一个“大场面”时，韩叙则接连访问了两所学校。我们下午的主要活动是在论坛俱乐部发表演讲，但是由于要求采访的记者太多，而我们又没时间逐一满足他们的要求，所以韩叙索性利用中午的时间，在我们所住的酒店里举行了一场记者招待会。

圆桌论坛俱乐部离希尔顿酒店只有五分钟的车程。记者招待会结束后，我们迅速赶往俱乐部。当我们走进俱乐部的会议大厅时，里面已经座无虚席。怀特先生主持了当天的活动，总裁劳瑟德先生代表俱乐部发表了简短的致辞。韩叙演讲的主题是《中国的对外政策》，而整场活动，则是以掌声和笑声不断的、涉及各种问题的问答环节画上句号的。

当我们走出论坛俱乐部时，早已等候在那里的《棕榈滩邮报》的编辑托马斯·凯利（Thomas A. Kelly）先生，立即用他的车子将我们拉到了报社总部，报社编辑部的工作人员已经在等着和我们座谈了。

这家报社的规模超出了我们的想象，它竟然拥有1200多名员工。但当我们惊讶于报社的人数之多时，我们却被告知，若就规模而言，这家报社在佛罗里达州的所有报社中只能位居第七，可见当地的媒体行业有多么发达。

当天晚上，美中友协棕榈滩分会的朋友们为我们举行了晚宴。韩叙在晚宴上再次发表了演讲，并回答了人们提出的问题。我们原本计划在晚宴结束后去观看刚刚到访的上海杂技团的首场演出的，但无奈这是在棕榈滩，负责为我们安排日程的怀特先生不停地离开餐桌，跑出去给剧场方面打电话，向他们报告宴会的进展情况。尽管他已经急得像热锅上的蚂蚁了，但他还是无法让大厨和侍者更快地上菜，而宴会的主人则坚持让我们用完最后一道甜点，结果我们错过了整场演出。情急之下，怀特先生只好临时找了一辆大轿车，将杂技团的成员们拉到了我们下榻的酒店，好让我们见上一面。好在宴会终于在11点时结束了，所以还没有让已经辛苦演出了一个晚上的演员们在酒店里等太久。

我们在第二天上午离开了棕榈滩，前往位于佛罗里达州西部沿海坦帕（Tampa）市的南佛罗里达州大学，因为该校的“外交论坛”早就向韩叙发出了演讲的邀请。演讲结束后，照例进行了一场气氛热烈的座

• 韩叙在南佛罗里达州大学“外交论坛”发表演讲。

谈。但这只是韩叙在坦帕的首场演讲，当天晚上，他在当地对外关系委员会为我们举行的晚宴上做了第二次演讲。当然，演讲结束后，自然也少不了要回答大家提出的各种问题。

晚宴是在刚刚落成的塔楼俱乐部举行的。我们的宴会厅位于塔楼的最顶层。从窗口望出去，坦帕市的美丽夜景尽收眼底。我们明天就要返回华盛顿了，我们已经完成了此行的全部工作。只有到这时，我才有闲情逸致欣赏佛罗里达州的美丽，我也才真正理解了我们在华盛顿的那些朋友们为何对这里那么向往。

这次的棕榈滩之行，让我们和这个美丽的小岛以及圆桌论坛建立了某种很特别的联系。但是当我们在几个月前决定接受怀特先生的邀请时，我们对此却全无所知。两天前，当我们到达棕榈滩时，玛丽克斯市长热情地对我们说，我们会再次收到重返棕榈滩的邀请的，她希望我们到时能够接受。三年后，我们的确收到了重返棕榈滩的邀请，而且我们的确接受了。但不论是玛丽克斯市长，还是我们自己，当我们在1986年1月这样约定时，我们谁都无法想象，那将是一次多么不同寻常的经历。

- 坦帕市的市长助理乔治·潘宁顿（George Pennington）先生向韩叙赠送城市金钥匙。（上）
- 韩叙向乔治·潘宁顿先生回赠礼物。（下）

《棕榈滩邮报》（*The Palm Beach Post*） 1986年1月16日

中国茶带给棕榈滩的满足

记者：Scott G. Campbell

就像是对“铁幕”背后的一次窥探，来自世界上人口最多的共产主义国家——中国——的大使，向这个国家最富有的资本主义飞地之一——棕榈滩——的市长，端上了中国茶。

他们还为世界和平和两国间的友谊相互敬酒。

“这是为了中美两国人民之间的友谊。”中国大使韩叙说。

“他们属于两个伟大的国家。”

韩和夫人葛绮云昨天抵达这里，开始为期两天的访问，访问是由棕榈滩圆桌会议和美中友协棕榈滩分会资助的。

昨天下午，当大使和夫人到达希尔顿机场酒店时，前往迎接的人中有棕榈滩市长玛丽克斯以及西棕榈滩城市专员瑞克·瑞肯尼斯。

在大堂内寒暄之后，韩邀请所有的客人到他们在饭店里的套间去，品尝专门从中国带来的茶。

“请坐！”韩夫人对在房间里走来走去的客人说。

茶泡好了，韩夫人就像一位操心的母亲在进餐时所做的那样，开始环顾房间，她要在坐下来喝自己的茶之前，确保每位客人的杯子已经被斟满了。

当玛丽克斯——她已经数次访问过中国——同韩夫人谈起中国的花卉如何美丽，不同的茶有什么味道，以及中国的城市正在发生什么变化时，任何意识形态的差异都消融了。韩和西棕榈滩公共事务主管弗兰克·怀特——他协助安排了这次旅行——谈论起了吸烟的危害。

玛丽克斯向大使夫妇赠送了一枚由珊瑚制成的城市印章的复制品，瑞肯尼斯则给了他们一把西棕榈滩的钥匙。

韩回赠给两位官员的礼品是一幅中国画。

他说，他没发现一个共产主义者访问棕榈滩——作为一个休闲地，它被归为美国那些最了不起的灵感和遗产的代表之列——有什么奇怪的。

“在中国，我们也有海滨度假村。”韩说，“我刚刚在这儿作了一个讲话。这是一种讽刺吗？不。”

但两国之间还是有很多不同。而且韩的工作的一部分，就是以最礼貌的方式强调那些不同。

韩说，中国人所关心的地区问题之一，是第六舰队在利比亚附近的活动，这是对所谓的卡扎菲支持了发生在罗马和维也纳的恐怖袭击这一说法所做出的反应。

“我们不支持恐怖主义或是那些支持恐怖主义的国家。”他说。但中东的恐怖主义比巴勒斯坦和卡扎菲有过之而无不及，韩说。

“举个例子，人人都谴责以色列对突尼斯的炸弹袭击。”他说，他指的是位于突尼斯的巴勒斯坦解放组织总部被炸事件。

中国不支持美国攻击利比亚，也不支持第六舰队在地中海活动。

在经济方面，韩说，他的国家不会走向资本主义，尽管在经济上实行了“自由化”。

“那不是资本主义，”他说，“那是中国特色的社会主义。”

“马克思说，首先到来的是资本主义，然后是社会主义，再然后是共产主义。我们国家正处在社会主义阶段。”

但是，为了和平，世界上所有经济制度不同的国家和政府，都要学习如何共处，韩说。他的国家和世界上的其他国家都期待美国和苏联能为世界的持久和平共同努力，他说。

“我们奉行独立自主的和平外交政策，”韩说，“我们不需要战争，我们渴望的是和平。”

“仅仅是两个超级大国就足以打一场世界大战。他们拥有世界上95%的核武器。和另一个超级大国坐下来，试着去认真地谈判，这是你们的职责。”

当玛丽克斯准备离开时，她和韩握着手互道“再见”，就像亲戚们过感恩节时那样，人人都希望等到下次见面时，彼此度过的都是美好的一年。

“我现在要提醒你，你将会经常收到重返棕榈滩的邀请，并且我们希望你能来。”玛丽克斯说。

韩徵笑着回答：“我们也期待着你再次访问中国。”

目光相对，笑脸相迎，两个相互对立的制度的代表们在告别时感情上没有对立。

《棕榈滩每日新闻》(*Palm Beach Daily News*) 1986年1月17日

中美关系是韩叙的关注点

记者：Chris Romoser

新任中国大使周四在西棕榈滩希尔顿机场酒店举行的棕榈滩圆桌会议上就美中苏关系发表讲话。

中国大使韩叙——曾任外交部美大司司长——说，中美关系是好的，但是还可以更好。

“我们两国的关系正处在一个良好的时期，比以前任何时候都好，但是还有严重的分歧。”

台湾是中美之间的主要的楔子，韩叙说。

“我们希望美国能尊重中国的主权。台湾是中国的一部分——以前是，今后也将是。”他说，“中国希望美国今后削减对台军售的数量。这是对我们内部事务的干涉。如果夏威夷想成为一个独立的国家，你们的政府会允许它离开美国吗？我对此表示怀疑。”

韩叙——他和夫人是在周三抵达西棕榈滩的——还被要求就詹金斯法案发表看法，该法案试图通过限制从中国进口的方式保住美国服装业的就业岗位。

“你们不能用其中一个货币体系的状况去评价中美这两个不同的体系，”韩叙说，“中国的生活水平比较低。中国的工人们工作一周可能只挣50美元，每周要付1—2美元的租金，没有收入所得税。”

“我不认为中国的服装工业像法案所说的那样伤害了美国的服装工业。”他继续说到，“当你们和日本人做生意时，他们生产的汽车比你们多而且价格比你们的便宜……但你们还是会买他们的汽车，而且数量不断创纪录。你们到底是要对自由贸易政策挥起大棒，还是不呢？”

为了努力减少中美之间的贸易摩擦，韩叙说，“我们两国的经济是互补的，而不是竞争性的。美国是世界上最大的工业化国家，中国是世界上最大的发展工业化的国家。”

在被问到关于苏联总统戈尔巴乔夫宣布他希望看到消除核武器的问题时，韩叙说，“我认为这是一个好的建议，但这到底意味着什么，我们还要等等看。这究竟是一个漂亮的说法，还是一个好的契约，还有待观察。”

韩叙说，中苏关系之间的主要障碍在于苏联插手中美洲事务，以及在蒙古边境部署军队。“如果这些障碍能被清除，我们两国关系将会获得长足的发展。”他说。

答记者问

《劳德代尔堡新闻》（*Fort Lauderdale News*） 1986年1月22日

中国妇女在职业发展上享有更多权益

记者：Julie Eagle

35年前，当葛绮云开始从事外交工作时，她也很快成了三个孩子的母亲。每生一个孩子，她可以有56天产假，然后请一个保姆照顾孩子两年。在那之后，当葛继续工作时，孩子们就被送到一个由政府开办的幼儿园里，她会在周末看到他们。

今天，葛说，中国的妇女们被鼓励只生一个孩子——这使她们比她自己作为一个年轻母亲时在职业上发展得更好，并且有更充沛的精力。

中国驻美大使韩叙的夫人葛，上周描述了在她的国家所实行的一对夫妇只生一个孩子的政策所带来的好处。

“更多的年轻人开始意识到，这不仅对国家有利，对他们自己也有利，不论是在经济上还是在精神上。”葛在美中友协分会于棕榈滩希伯尔博物馆举行的座谈会上说。

一个孩子的政策开始于1978年，其目的是抑制人口的增长，在政府的鼓励下，这项政策取得了很好的成效，尤其是对那些独立的工作的母亲们来说，她们获得了更好的职业发展，葛说。

“为了鼓励一个孩子的夫妇，”葛说，“国家采取了一些物质上和精神上的激励措施。比如，在城市里，所有的独生子女每个月都可以领取健康补贴。”

“一个孩子的母亲可以享受6—12个月的足额带薪产假，这不会影响她们晋升和薪水的提高。”

葛出生在上海，她由母亲抚养大，她的母亲是一个不出去工作的家庭主妇。[①]

发生在1949年的共产主义革命，使中国妇女的角色发生了巨大的改变，其程度超过了在这之前10年开始的美国女权运动所带来的改变。葛接受了大学教育。

“从那以后，我们教育人们，不要将女性视为奴隶或是点缀，她们也是平等的人，必须清除大男子主义。”葛说。她是一位59岁的活跃女性，她的名字“绮云”，含义是“美丽的云彩”。

她说，从1949年以来，政府的政策一直在支持这种努力。

“在我们的宪法里，”葛说，“有一部分内容就是关于保障妇女享有平等权利的。我们也确保整个社会保护儿童。”

政府还要求给予女性和男性一样的职业培训，以帮助她们获得管理岗位。

葛本人的经历几乎立刻就改变了。1950年她从上海复旦大学毕业后，被选中进入了在北京的外交部，她就是在那里遇到她丈夫的。

后来，葛的母亲搬进了她的家，帮助她照看孩子们。

关系紧密的大家庭概念，在中国仍然是一个强大的传统。直到今天，葛的母亲都在北京和葛的已经长大的儿女们、儿女们的配偶以及一个曾孙女生活在一起。

去年5月，当韩担任中国驻美大使后，葛和他重返华盛顿。当1970年代早期，美国和中国尝试重建外交关系时，韩曾被派往华盛顿，担任中国驻美联络处负责人。

1977—1979年，葛在驻美联络处工作。返回北京外交部后，从1979年直到去年，她在国际司工作。

作为一个顾问和代表，她出席过在纽约召开的联合国特别裁军会议，以及在日内瓦举行的几次裁军会议。

今天，葛说，她的34岁的女儿享有比自己在1950年代大得多的选择的机会。她成为了一名医生，目前在社区医院工作。她在6年前有了

---

① 此处为报道错误，事实上，我是由外祖父母抚养长大的，因为我的父母早婚，当时无力抚养我。

自己的女儿，她享受了6个月的产假。

在被问到计划生育教育问题时，葛说，她不是很确定这种教育在中国的学校里是从什么时候开始的。但是她紧接着说，“政府的政策是，在计划生育项目上，反对任何形式的强迫和威胁，而是注重宣传和教育。”

“计划生育问题非常重要，它也面临巨大的挑战，”她说，“这是一个关系到10亿人口的吃、穿、住、教育和就业的问题。”

“中国的人口几乎是美国的5倍，但可耕种土地的面积只是美国的三分之二。”

“我们主张‘一对夫妇只生一个孩子’，并不是说在任何情况下都只生一个。”她说，“政府考虑到了不同的需求，并且制定了针对经济、文化和人口条件各不相同的地方的特殊政策。”

今天，葛说，受过教育的中国妇女，正在享受只生一个孩子带来的更大的快乐和自由。

4月18日—24日

休斯敦：坦陈立场

位于华盛顿15街的麦迪逊酒店，经常成为受白宫邀请的各国政府代表团和重要领导人的下榻之所，这不仅因为酒店离白宫只有不到五分钟的车程，更因为酒店的老板马歇尔·科恩（Marshall B. Coyne）先生与美国众多政要的关系非同一般。

早在联络处时期，这位精明能干的犹太裔老板就成了我们的好朋友。他最热衷做的事情之一，就是为我们打通与美国上层人士之间的关系。只要经常去参加科恩先生家的私人聚会，就可以与美国政要及上流社会保持密切的非公务往来。

4月14日晚上，就有一次这样的聚会在等着我们。科恩先生在几天前刚刚结束了一次对中国的成功访问，他坚持要在家中举行一个小规模的自助晚餐，来答谢我们为他此行所提供的帮助。我们很乐意前往，因为我们不仅能听到科恩先生讲述他的访华观感，还能见到几位和我们关系非常密切的朋友，其中包括美国历史上任期最长的多数党领袖迈克·曼斯菲尔德（Michael Mansfield）先生——他当时是美国驻日大使、参议员泰德·史蒂文斯（Ted Stevens）先生——抗战期间他曾执行过美国空军的在华任务、众议员蒙哥马利（Montgomery）先生、在尼克松政府中担任国防部长的梅尔文·莱尔德（Melvin Laird）先生以及不久前还在里根政府中担任副国务卿的劳伦斯·伊格尔伯格（Lawrence Eagleburger）先生——他当时刚刚与前国务卿基辛格创办了一家顾问公司，几年后，他担任了老布什政府的国务卿。特别是当我们得知，里根总统要在当晚9点向全国发表一个广播电视讲话时，我们就更加期待与这些老朋友们见面了。

但是我们谁都没有想到，就在我们走进科恩先生家客厅的那一刻，远在中东的利比亚突然遭到了美国海、空军出动的150多架飞机的大规模空袭，包括利比亚领导人卡扎菲住宅在内的位于首都的黎波里和第二大城市班加西的5个预定军事目标被全部炸毁。这次被称为“黄金峡谷”的空袭行动，一共向地面投掷了150多吨炸弹，炸死炸伤700余人，其中包括卡扎菲的一个养女和两个儿子。

9点钟，当我们从里根总统的广播电视讲话中得知这一消息时，客厅里的气氛顿时变得十分凝重。里根曾经将卡扎菲比喻为一条用“恐怖统治”威胁全球安全的“疯狗”，而现在则到了该好好教训一下他的时候了。他在讲话中把美国对利比亚的空袭描述成是对对方一系列针对美国的恐怖行为的“自卫”，但这种说法没能赢得科恩家客厅里任何一个人的赞同，事实上，在座的所有美国朋友都不认为美国应该对利比亚如此“大动干戈”。不过，这次空袭事件并非仅仅是我们在科恩家客厅里的一个话题，三天后，当我们开始得克萨斯州之行时，这个话题从始至终都伴随着我们。

得州的朋友们早在几个月前就向我们发出了邀请，而我们也迫切希望能早日见到他们。作为美国最大的能源和化工州，那里聚集着美国石油、天然气和石化工行业中的翘楚，其中有些公司已经同中国展开了能源方面的合作，而更多的公司则将这视为它们下一步的目标。毫无疑问，中国欢迎它们的到来，因为能源，特别是石油和化工产业，已经被确定为中国现代化建设中最为优先发展的项目之一，但由于中国面临着突出的资金、技术短缺和勘探、开发的时间压力，所以急需要通过国际合作来实现发展目标。是的，我们和得州的朋友们都意识到了我们多么需要对方。

帮我们最终敲定行程的是一项官方活动——得克萨斯州独立150周年庆典。美国政府向所有与之建立了正式外交关系的国家的元首们发出了邀请，但最后通常都由大使们代表元首参加活动。

我们提前两天就赶到了休斯敦，并且特意为参观海上钻井平台预留了一点机动时间，因为当时中国正准备加紧开发近海油田，迫切需要引进有关的技术，为此，1982年刚刚成立的中国最大的海上油气生产商——中国海洋石油总公司已经在休斯敦设立了常驻机构，而我们也很希望能在任期内为国内做些牵线搭桥的工作。但和其他安排不同，参观钻井平台具有极大的不确定性，或者说，我们到时能否如愿，全要仰仗天气的情况。

当天晚上，在石油公司的朋友为我们举行的欢迎晚宴上，我们被告知，在接下来的两天内，得州的天气都不作美。就在我为错失机会而感到遗憾时，壳牌石油公司的代表对我们说，他们已经计划好了用飞机把我们送到隔壁的路易斯安那州去，因为据说新奥尔良的天气状况不错，我们可以从那里搭乘直升机，去参观当时世界上最高、最重、最大、工作水域最深而且油气产量都最多的钻井平台，这真是一个很大的惊喜！

负责钻井平台运营的派克顿·奥兰特（Pecten Orient）公司的副总裁赫兹曼（J. E. Holzman）先生和夫人一大早就等在了休斯敦的机场，他们将全程陪同我们参观。我们在蒙蒙细雨中登上了公司的专机，当我们在新奥尔良的Lakefront机场降落时，那里果然是晴空万里。

穿上救生衣，再戴上耳机，我们全副武装地登上了直升机。那真是一段令人兴奋的经历！飞机带着我们先在新奥尔良的上空兜了一圈，然后便飞向大海。从飞机上望下去，蔚蓝色的海面风平浪静。渐渐地，陆地从我们的视野中消失了，我迫不及待地在一望无垠的海面上搜寻，终于，那座矗立在海中的钢铁平台出现了。当我们平稳地降落在它表面时，它的壮观程度令我深深震撼。站在那座庞大的离岸建筑上，你会觉得自己是那样渺小。它不禁让我想到了中国的万里长城，不论是那座建造在绵延高山之上的砖石建筑，还是眼前架设在海洋中的钢铁建筑，它们所体现出来的，都是人类的伟大创造力。

主人为我们放映了一部影片，它帮助我们了解这座钻井平台长达九年（1974—1983年）的建设历史以及它所展现的科技成就。紧接着，我们实地观摩了这个庞然大物的作业情况。我们还在钻井平台的餐厅里，和赫兹曼夫妇以及平台的工作人员共进了午餐。午餐非常可口，但是，这次十分难得的在钻井平台上就餐的经历被一通紧急电话打断了——主人告诉我们，他刚刚接到了气象通报，说天气马上就要变坏，让我们立即返回。我们只好匆忙走出餐厅，重新全副武装地登上直升机。此时，乌云已经开始在空中聚集，海面也变得越来越暗。由于云层过低，回程途中，直升机只能保持低空飞行。等我们重新降落在Lakefront机场时，外面已经是大雨如注。赫兹曼夫妇，当然还有我们自己，都为我们成功抓住了那个登上平台的宝贵的时间窗口而感到格外庆幸。

独立日庆典是在休斯敦附近的圣·哈辛托战役遗址举行的，那是150年前山姆·休斯敦将军为得克萨斯独立赢得决定性战役的地方。布什副总统夫妇出席了庆典，并代表总统向来宾致辞。值得一提的一个小插曲是，当布什和夫人芭芭拉在致辞结束后离场时，一眼发现了贵宾席上的我们。他立刻边挥舞着手臂，边高喊着韩叙的名字，快步朝我们走来。韩叙站起身来迎向他，但是，他们只来得及隔着两排贵宾握了一下手，副总统先生就被紧跟着赶过来的保镖们簇拥而去。而芭芭拉只来得及向我做了个飞吻的动作，就被保镖们裹挟着快速离开了。

在庆典结束后的两天时间里，我们广泛接触了休斯敦和达拉斯的各界人士。我们的日程表通常是从早餐开始的，我们和当地的部分商界人士都希望有机会进行小范围的深入交流，而早餐会的安排则让我们双方都达成了心愿。

韩叙先后在美中友协休斯敦分会、休斯敦论坛俱乐部、海湾世界事务委员会以及亚洲协会等机构组织的活动上发表了四次演讲。他与人们谈论的主要话题是中美关系和中美合作，他的演讲受到了人们的热烈欢迎。达拉斯的市长斯达克·乔艾勒（Starke Jaylor）先生还向他颁发了荣誉市民证书和一把城市钥匙。

但媒体显然有它们自己的兴奋点，和中美关系及中美合作这类预料之中的议题相比，中国大使如何评价美国的空袭行动才更具有新闻性，因此，这成了记者们在各种场合不断提及的热门话题。

但和推进中美关系及中美合作不同，中美两国政府在这件事上没有什么共同立场。在和媒体接触的经历中，我们经常会被问到这一类双方存在重大分歧的问题。尽管这些问题和中美双边关系没有直接的关系，和我们出行的目的更是毫不沾边，但韩叙从不回避，他的选择总是坦言相告。

“中国政府一向谴责所有形式的恐怖主义，但与此同时，我们也反对以反恐为名去侵占一个主权国家的领土。”韩叙这样表明了中国的基本立场。他说，通过和平对话，寻求公平合理地解决国家间的分歧，这是中国的一贯主张，因为与促成和解相比，使用武力或以武力相威胁，只能使事情进一步复杂化，至少从目前的情况看，空袭已经排除了通过公平合理的谈判解决问题的途径。韩叙将美国的军事行动形容为某种程度上的“国家恐怖主义”。“如果利比亚把飞机开到墨西哥湾，美国会做何反应?”他还这样追问道。他建议美国也能从其他国家的角度来审视一下自己的行为：“很多时候你们应该考虑一下世界上其他国家人们的感受。”他希望美国能同这个世界上的其他国家和睦相处，“如果你们能够采取正确的做法，你们能够做很多有利于世界人民的事情”。

这番话肯定有人不爱听，特别是美国军方。在他们看来，这次空袭行动堪称一次足以被写进军事教科书的成功范例，因为它开创了现代“外科手术式”精准打击目标的作战模式。也许，从纯粹的军事角度讲，这次行动有可圈可点之处，但它肯定不是解决利比亚问题的好办法，没有什么是比空袭造成的巨大人员伤亡以及在人们心中种下仇恨的种子更糟糕的事情了。

在通常情况下，很少有人愿意津津乐道彼此之间的分歧。但是，当你必须面对分歧或争论的时候，我们认为，最好的做法就是清晰地阐明自己的看法，而不是掩饰分歧或者刻意模糊自己的立场。尽管这可能会令人不快，但这才是真诚的相处之道，同时也是彼此之间相互了解的重要方式。

韩叙在得克萨斯州休斯敦市墨西哥湾沿岸世界事务委员会的演讲

1986年4月22日

中国的对外政策和中美关系

女士们，先生们，

非常感谢你们的友好邀请。我知道，你们这个委员会为增进国际间的相互了解和友谊做了大量工作。因此，我想借此机会谈谈中国的对外政策和中美关系。

中国始终奉行独立自主的和平外交政策。独立自主是这一政策的基石。在1949年中华人民共和国成立之前，中国在一个多世纪里一直受制于外国势力。我们的独立来之不易，我们再也不想失去它。在新中国建立以来的不同时期，我们顶住了各种压力，维护了国家的主权和独立。根据我们以往的经验以及对当今国际局势的分析，我们现在要进一步强调独立自主的原则——当然也赋予了它新的内容。

独立自主的和平外交政策的基本点包括：中国不与任何大国结盟或与之建立战略关系；中国反对任何形式的霸权主义，维护世界和平；在和平共处五项原则的基础上，中国寻求与世界上所有国家建立和发展彼此间的友谊及合作；中国坚定地站在第三世界国家一边。有些美国人把独立自主的外交政策理解为中国正在打美国牌以对抗苏联，或者反过来打苏联牌对抗美国，这显然是不对的。中国不会打美国牌或苏联牌，同样也不允许其他国家打中国牌。我们反对霸权主义，但是我们不希望我们和任何一个超级大国的关系陷入紧张，同时我们也不希望看到超级大国之间的关系变得紧张。

众所周知，外交政策是对内政策的延伸。中国人民热切地希望能有一个长期和平的国际环境，这是中国国内的需要。中国要竭尽全力实现社会主义现代化。在第一个阶段，也就是到本世纪末，使中国的GDP达到1万亿美元，使中国的人均收入达到800美元左右。第二个阶段，用50年或者更长的时间，也就是在21世纪中叶，使中国接近发达国家的经济水平。显而易见，如果没有一个和平的环境，中国就无法实现这一现代化的目标。

在当今世界上，爱好和平的力量的增长已经超过了那些喜好战争的力量。但是，仍然没有理由盲目乐观。我们应该保持警惕。在国际局势中，依然存在着紧张和动荡的因素，存在着新的世界战争的危险。世界和平只能通过世界上爱好和平的力量的共同努力才能得以维护。中国，拥有10亿人口，幅员广阔，自然资源丰富，正在进行社会主义现代化建设，是一种重要的维护和平和遏制战争的因素。

中国在裁军问题上的立场是明确和坚定的。我们坚决反对美国和苏联之间的军备竞赛，主张采取切实有效的措施削减军备。我们坚持核裁军的最终目标应该是完全禁止和彻底销毁核武器。中国的军费开支长时间保持了低水平。虽然中国经济在最近这些年间有了快速增长，但是中国的军费开支并没有随之增长。中国只拥有少量的核武器，并且限制自身核试验的次数，这仅仅是出于自卫的目的。自从我们拥有核力量以来，我们就声明中国将永远不会首先使用核武器。我们也承诺中国不会对无核武器国家和无核区使用核武器。中国已经很多年没有进行大气核试验了，并且在今后也不会进行大气核试验。不久之前，中国决定裁军100万人。中国的部分军工企业正在转向民用产品的生产，以满足人民日益增长的需求。我们已经以自己的实际行动，表明了我们的和平愿望和和平外交政策。

总而言之，由于超级大国已经从相互对抗转为对抗和对话并存的态势，国际紧张局势在过去的若干年间已经有所缓解。1985年，美国和苏联为防止对抗失控而恢复了对话。这使得两国的双边关系和整个的国际局势都有所缓和，这是值得欢迎的。但是要拥有一个真正缓和的国际环境，华盛顿和莫斯科还应该通过不懈的努力达成一项协议，以便能够快速削减核武器库中的武器，以及停止太空军备竞赛，这是有效全面禁止和彻底销毁全部核武器的前提。

我们认为，国际局势可以归结为“东西，南北”问题。从本质上看，它意味着世界面对着两个关乎人类未来的根本问题——和平与发展。东西关系是指美苏关系，以及世界上的两个主要的军事集团的关系。当它们的关系变得紧张时，战争的危险就上升。南北关系是指发展中国家和发达国家之间的关系。我们相信，除非能够建立起一套新的国际经济秩序，否则，南北之间的裂痕将进一步扩大，并且危及世界的稳定。

女士们，先生们，

在谈及中国对外政策的同时，请允许我谈一谈中美关系。

中美关系在最近这些年有了相当稳步的发展。

在政治领域，我们两国的领导人在过去的日子里一直在探寻一条对话的途径。我们两国最高领导人之间的接触已经成为一种定期的活动。高水平的互访已经成为我们关系的十分必要和重要的推动力。这些互访让我们得以充分讨论我们的双边关系以及我们共同关心的国际问题，签署了一系列在经济、科学技术、文化和教育领域开展合作的重要协议，加深了我们之间的相互了解和友谊。总之，进一步发展我们之间关系的道路已经被大大拓宽。这些访问的效果也体现在领导人个人身上。比如，中国领导人发现，美国人民对中国人民的友谊，比他们原来认为得更加热情和感人。美国领导人也对中国经济发展的独特历程留下了深刻印象。这正是我希望并且相信今年将要进行的更高水平的访问将有益于我们两国关系的原因。

在经济方面，美国已经成为中国最重要的贸易伙伴，双边贸易额在去年达到了64亿美元，打破了1984年61亿美元的记录。此外，美国还是在中国的最大的外国投资者，投资额为7亿美元。其中的绝大部分资金都被投向了能源领域，比如煤炭、离岸石油和天然气的开发。在中国的多个领域，已经有100多家合资企业在运转。

在教育交流方面，有1.5万名中国学生和学者在美国学习。在中国学习的美国学生的数量也快速上升。

总之，由于以上的成就，以及我们在科学技术、文化和军事领域同样出色的成就，中美关系在过去的若干年间获得了长足的发展。但是不用说，我们也依然面临着一些挑战。

在政治方面，台湾问题仍然是主要障碍。实现台湾的和平统一是全体中国人民的共同愿望。我们诚挚地希望美国政府遵守三个联合公报的原则，避免干扰中国的内部事务。中国政府为解决台湾问题已经提出了“一国两制”的构想。如果这个构想能够被成功实行，祖国的统一将有利于国家的振兴，并且减轻中国人民因分离而造成的痛苦，使台湾走向稳定与繁荣以及为亚太地区的经济发展和世界和平做出贡献。这也将消除中美关系的症结。虽然解决台湾问题的方案牢牢掌握在中国手中，但鉴于美国与台湾的关系，如果美国也做出了这样的选择，它可以对达成目标有所贡献，人们期望——这是相当合理的——美国至少不要阻碍统一的进程。

在经济方面，首先一点是，人们需要充分了解发展双边合作的潜力。中国已经启动了实现现代化的伟大进程，并且大力实行对外开放政策。目前，我们正在重点发展能源、交通运输、通讯、原材料等产业。美国在上述所有领域都很强大，有足够的竞争力赢得中国市场的一个很大的份额。此外，中国正努力在40万个企业中进行技术改造，美国也肯定能在这一项目中大展身手。从更大的层面来看，我们两国的经济是互补的。但要使这种巨大的合作潜力变为现实，还需要我们双方的共同努力。

中国需要使自己对美出口的产品更加多元化。目前来看，中国对美出口的产品分为大体均等的三部分：纺织品、原油和石油产品，以及其他商品。说中国能够轻松地增加对美出口恐怕是过于乐观了。举个例子，石油价格快速下滑，中国公开宣布，为了稳定国际石油市场，中国今年将不增加石油出口。再举一例，美国的保护主义上升，正在威胁中国的纺织品和其他商品的对美出口。我们希望美国政府和美国人民思考一下我们共同的长远利益。中国已经长期承受了对美贸易逆差带来的损失，我们认为我们不能承受更大的逆差了。如果我们向美国出口更多，我们就能从美国进口更多。从某种意义上说，你们帮助我们向美国出口更多的产品，实际上是在帮助你们自己。

至于美方所说的，你们已经做出了放松对中国技术转让限制的努力，但要让这种说法成为现实，还有很多工作要做。中国是一个友好的不结盟国家。说到此，是时候改变美国那些针对中国的立法歧视了。

不论是双边的还是多边的经济关系都应该得到支持。中国正在为恢复世界贸易组织成员国的地位做出切实的努力，并且已经相当接近达成多种纤维协定了。欢迎美国在这两件事上发挥建设性的作用。

女士们，先生们，

休斯敦和得克萨斯州已经同中国建立了广泛的经济、文化和其他领域的交流。我们的船只经常访问你们的港口，从事着往来的货运。我们的学生正在你们的帮助下专心学习。我们的文化团体经常为得州的观众演出，当然，他们也饶有兴致地向你们学习音乐、马术表演和烤肉。休斯敦和得州以很多事物著称，像石油、天然气、石油化工、高科技以及食品加工，但更重要的是得州人，你们富有创新精神，并且对大洋彼岸的人民怀有热情的心。我很高兴休斯敦刚刚和中国的深圳成为姊妹城市，深圳是一个充满活力的经济特区，它已经准备好和休斯敦携手前行。

女士们，先生们，

我们已经有了一个好的开端。当我望向中美关系的天空时，我看到“孤星”（得州又被称为孤星共和国）就像一颗在合作中迅速升起的明星，它同时也是一颗友谊的闪亮之星。

谢谢你们！

《休斯敦纪事报》（*Houston Chronicle*） 1986年4月21日

中国大使称美国的空袭为“国家恐怖主义”

记者：Nicholas C.Chriss

中国驻美大使说，美国对利比亚的空袭（发生于4月15日）是“国家恐怖主义”，它已经排除了通过公平合理的谈判解决问题的途径。

“中国政府一向谴责所有形式的恐怖主义，但与此同时，我们也反对以反恐为名去侵占一个主权国家的领土。”韩叙周日在休斯敦说。

“我们一向主张通过和平对话，寻求公平合理地解决国家间分歧的途径。”

“与促成和解相比，使用武力或以武力相威胁，只能使事情进一步复杂化。”韩针对利比亚轰炸事件说。

“我们要求美国政府立即停止对利比亚领土和主权的侵犯，同时呼吁有关各方保持克制，停止敌对行动，以避免这一地区和平与稳定局势的进一步恶化。”

在被问到美国应该打击利比亚煽动恐怖主义以及为其提供资助的问题时，韩回答道：

“我不想卷入这种争论，我还没有听到利比亚方面的说法，我们必须听到双方的说法。”

韩说，恐怖主义的根源在于从被以色列占领的领土上迁移的巴勒斯坦人，这是中国多年来所秉持的看法。

最近几年间，据说阿拉法特的巴解组织的某些成员在中国接受训练。

韩说，流离失所的巴勒斯坦人不能返回家园，“他们必须做些什么，所以这样的事情反反复复而且没有终结”。

“我们也反对由国家操控的恐怖主义，这是一种由国家支持的有组织的恐怖主义。这种恐怖主义存在于当今世界，并且害死了很多人。”

他列举了以色列飞机对突尼斯的轰炸以及南非对纳米比亚的攻击。

“美国对利比亚的空袭在一定程度上说也是一种国家恐怖主义。”他说。

联合国正在讨论美国空袭利比亚的问题。韩说：“我认为大多数成员国会谴责这种攻击。”

当被问到如果中国面对恐怖主义分子对自己国民的持续攻击时会怎么做时，韩回答道：“我们相信，各种各样的恐怖主义都会受到惩罚。”他提到了发生在几年前的一起副驾驶企图劫机的事件，这名劫机者后来被判刑入狱。

“我们将谴责他们（指恐怖主义分子）。”他说，“我们也将努力寻找恐怖主义发生的原因。我们将通过公平合理的对话寻求解决办法。但是到目前为止，我们还没有面临这样的局面。”

是否能够展开公平合理的对话，取决于“你是否做出了足够的努力”。韩说。

“支持美国空袭利比亚的国家只有英国和以色列。”

“我希望美国做一个简单的计算，”他说，他指的是美国对以色列的支持，在中东，这个国家只有300万人，但美国却用它取代了2000万阿拉伯人。

“这是一个简单的数学问题。你们正在支持少数而不是大多数。”

“你们在过去曾经支持台湾，并且反对中华人民共和国。你们支持南非而不是大多数非洲人民。你们支持尼加拉瓜总统索摩查，而反对中美洲人民。”

“我们希望美国能同这个世界上的其他国家和睦相处。如果你们能够采取正确的做法，你们能够做很多有利于世界人民的事情。”

“你们把飞机派到那么遥远的国家（地中海地区），并且空袭那些国家。举个例子，如果利比亚把飞机开到墨西哥湾，美国会做何反应？很多时候你们应该考虑一下世界上其他国家人们的感受。”

“但我们是朋友。而且我也希望我们能从你们那里学到东西。”

《达拉斯早新闻》（*The Dallas Morning News*） 1986年4月24日

对美国援助台湾的批评

——中国大使说军售有损关系

记者：Walter Borges

美国对台湾的武器销售以及对中国纺织品出口贸易的限制，是中美关系发展中的主要障碍，中国驻美大使周三这样说。

韩叙大使说，美国和中华人民共和国自从实现关系正常化以来，已经建立了“一种良好的、稳定的关系”。

韩认为，中美两国最高领导人之间的经常性的互访有助于这种关系的稳定。

“这些会见增进了相互之间的理解，但是依然有一些障碍。”韩说，“台湾是一个，因为美国在继续向台湾出售武器。”

韩说，美国在1986年已经获得批准的对台武器交易额为7.4亿美元，尽管它已经承诺用一个较长时期终止对台军售。韩指出，1986年的对台军售水平仅仅比前一年减少了200万美元。

“按照这个速度，终止对台军售还需要37年。”大使讥讽道。

国民政府在1949年被共产党军队打败后一直控制着台湾，中国官方一直希望能重新统一，韩说。

“我们将采用一国两制的模式。”韩说，“和平统一的主动权掌握在中方手中，但我们相信美国仍然能发挥作用。我们希望美国不要阻止和平统一进程。”

韩说，在下一个五年中，中美关系取决于贸易和技术转让的进一步发展——特别是石油钻井和物探技术的转让。

“我们很重视迄今为止我们已经从美国所获得的技术，但是还有发展的空间。”韩说。

美国为保护国内纺织品工业所采取的行动，伤害了中国对美纺织品的出口，韩说。

“保护主义将伤害整个贸易关系，”韩说，“如果我们的对美出口减少了，我们从美国的进口也将减少。”

4月30日—5月3日

科罗拉多：变化中的中国充满机会

1984年1月，位于美国中西部的科罗拉多州与中国的湖南省建立了姊妹关系，在此后的两年多时间里，双方将彼此之间的友好关系不断向纵深推进，不仅是首府丹佛市和中国云南的省会昆明市结为了姊妹城市，而且丹佛大学还和辽宁大学及四川大学展开了校际合作。毫无疑问，这一切，都是和亚洲协会中国委员会科罗拉多州分会朋友们的努力分不开的。这也是总部设在纽约的亚洲协会中国委员会决定将他们当年的年度会议放到科罗拉多州去召开的部分原因，因为那里有许多致力于推进中美关系发展的热心朋友。所以，当我们接到参加这个会议的邀请时，我们欣然接受。

不过，同时向我们发出邀请的还有科罗拉多州的工商界人士。与在各个层面上快速发展的“姊妹关系”不同，科罗拉多州与中国的经贸关系似乎落在了后面。尽管中美建交已经七年了，但在那里，却没人知道科罗拉多州与中国之间的贸易额究竟是多少，其原因就像该州商业和发展部的负责人斯蒂文·斯密兹（Steven Schmitz）所说的那样，在这个州还没有哪家企业与中国开展过“持续性的”贸易，而顶多只有一些个别合约。但是，这个州的工商界人士不想错过中国发展的大好机会，一年前，副州长南茜·迪克（Nancy Dick）女士就曾经带领一个代表团访问了中国的主要城市，以便开始拓展中国市场。作为这次访问的后续成果之一，科罗拉多州政府商业和发展部将于9月在中国举办一个采矿设备展，以便向中国企业介绍和推广该州先进的采矿技术。不仅如此，当地的有关机构还与科罗拉多州中国委员会共同筹办了一个“对华贸易与投资研讨会”，以鼓励该州更多的工商界人士拓展对华经贸关系。会议主办方非常希望中国大使能够参加这次会议，并向与会者们介绍与中国开展经贸合作的有关情况。这当然是韩叙非常乐意去做的一件事，因为在他看来，良好的经贸合作是双方之间友好关系的稳固基石和应有内涵，而更重要的是，它能使更多的人从中获益。

我们乘坐的航班，是在上午10点从华盛顿特区的杜勒斯机场起飞的。此行要向西飞行三个半小时。因为科罗拉多州与华盛顿特区有两个小时的时差，我们竟然赶在了当地午餐时间之前降落在了丹佛国际机场。由于我们将要下榻酒店的房间还没有准备好，我们直接赶去参加了当地银行界朋友们为我们准备的欢迎午宴。我们很高兴我们没有让大家的午餐时间延后。

这不仅是我和韩叙的第一次科罗拉多州之行，同时也是中国大使的首次到访。科罗拉多州的朋友们非常热情，尽管我们此前素未谋面，但是从我们下飞机的那一刻起，我们就仿佛置身于老朋友们中间。尤其是科罗拉多州的副州长南希·迪克女士，对我们更是热情有加。在她看来，我们已经相识了，因为她在一年前率团访问中国时结识了我

• 韩叙在亚洲协会中国委员会午餐会上发表讲话。

的女儿。这一次，她一定要暂时放下公务，陪同我们参加所有的公开活动，虽然那些活动都不是州政府安排的。

对华贸易与投资研讨会在第二天上午开幕。州长理查德·兰姆（Richard D. Lamm）先生在开幕式上发表了致辞，并且亲自将韩叙介绍给了来宾。韩叙做了题为《中国的经济改革和中美经济关系》的演讲。他向与会者介绍了中国实行经济体制改革和对外开放政策以来在经济领域所发生的巨大变化，以及改革和开放所释放和激发出来的经济发展活力。他还介绍了中国刚刚开始实施的第七个五年计划所描绘的未来发展蓝图，其中包括中国将要重点开发的产业和项目，不用说，这里面蕴含着巨大的商机。他还以快速发展的中美经贸关系以及未来不可限量的发展前景鼓励科罗拉多州的企业家们尽快到中国去拓展他们的市场。他说：科罗拉多州在能源、电信、电子和许多其他工业方面都处于领先地位，“我确信你们在开拓中国市场方面拥有竞争优势”。

但企业家们在进入中国市场方面还存在着某些顾虑。有些顾虑来自政治方面，比如中美之间的意识形态差异会不会导致中美之间的经济合作成为一种短命的合作。“我的回答是，有着相同意识形态的国家之间不一定能很好相处，而意识形态不同的国家之间也可能融洽相处。”韩叙这样说道：只要意识形态不同的国家遵守和平共处五项原则，“富有成效和长期的经济合作不仅是可能的，而且也是确定的。”另外一些顾虑则来自对中国投资环境的担忧，比如中国当时的法律是否能保护外国投资者的合法经济利益，中国的经济改革以及对外开放政策是否会长期实行。“我们目前的法律法规是不够完善，”韩叙坦率地说，但是他建议人们换一个角度来看这个问题，那就是中国在实行对外开放政策还不到8年的时间里，已经制定了超过50部法律法规来保护外资的合法权益。即使有些法规还没有被制定出来，或者是还没有被颁布，但韩叙承诺道：凡是经过中国政府相关部门批准的中外合同都具有法律效应。至于对中国改革开放政策持久性的怀疑和担忧，韩叙认为就更没有必要了。“从根本上说，任何改革或政策的生命力，首先或主要地，都依赖于它能够给人们带来多少切实的利益。”韩叙向人们列举了一组数据：在过去的七年间，中国的国民收入每年都保持了平均

7%的增长率；在过去的五年间，中国农村地区的人均收入至少翻了一番，而城市居民的消费水平则增长了60%，中国的对外贸易也翻了一番。也许中国人自己的选择比任何数字都更有说服力，韩叙请在座的人们仔细想一想："为什么数以百万计的中国人要去建立集体和私营企业呢？为什么成千上万的农民要往他们耕种的土地上大量投资呢？"他的演讲赢得了与会者的热烈掌声。

"变化中的中国充满机会。""在中国开办合资企业的利润仅仅受限于企业家们自身的想象力。"在接受记者采访时韩叙这样说。他还通过媒体向企业家们提出了不少具体的建议："我们想发展畜牧业，所以我们可以采用你们的食品加工思路。""你们这里有大量的旅游收入，所以你们可以在这个方面帮助我们，分享你们接待大量外国游客的经验。""中国沿海地区人口稠密，从海外购买小麦要比从内地把小麦运过去更为有利。所以，如果你们的小麦价格足够有竞争力，我们会买的。"也不用担心语言或与中国人谈判的问题，"我们有大约200名中国学生和学者在丹佛大学学习。如果丹佛大学有一个中国班，它就可以帮助你们谈判。"当地媒体的有关报道，也许会让科罗拉多州更多的企业家们跃跃欲试。

参加会议之余，科罗拉多州中国委员会的朋友们为我们安排了丰富的活动，其中包括以我们的名义为该委员会和亚洲艺术协会举办的一次筹款晚宴。这些活动不仅有助于我们了解科罗拉多州的今天，也有助于我们了解它的过去。

参观科罗拉多州昔日的淘金地就属于后者。那是一次很特别的安排。科罗拉多州的淘金史可以追溯到17世纪。如今，遍布在这个州的很多小镇，都是在当年的淘金热时期兴建的。为了纪念那段历史，人们特地用真正的金块建造了科罗拉多州议会大厦上的圆顶。但是，当你沿着当年那些淘金者们曾经走过的道路走上一段时，和你看见州议会大厦圆顶上的金块时的感受是全然不同的。很显然，那条路会让你更深地走进历史。行走在粗糙的沙石路面上，我们都忍不住低下头去寻找，就好像我们还能在沙粒中发现闪光的金沙。沿着这条路，我们登上了一座山峰。回首身后，夕阳之下，我们一路走过的幽静山谷简

• 农场主人为欢迎我们的到来，还在大门口竖起了中美两国国旗。

• 与农场女主人交谈。

• 全程陪同我们的副州长南茜·迪克女士（左一）。

• 副州长和我一同切开蛋糕。

直美不胜收！我不禁为之深深陶醉。

不过，最令我难忘的还是参观结束后我们在当地一个牧场主人家度过的美好夜晚。主人是一位名叫杰斯弗·斯蒂潘奈克（Jaseph Stepanek）的老人，他和夫人住在一幢简朴的农舍里。夫妇两人对中国都非常友好，为了款待我们，他们精心准备了一个烤肉晚宴，并且还烘制了一个巨大的蛋糕。我们在农舍的院子里，一边享用着美味的烤肉，一边愉快热烈地交谈。最后，在大家的掌声和欢呼声中，我和南希副州长一同切开了漂亮的蛋糕。我们离开斯蒂潘奈克老人家时天色已经全黑，山风中的寒意令人瑟缩，但是，我们的心里却充满了融融暖意。

值得一提的是，与我们同行的人中，有一位来自中国大陆的年轻人，他当时正在丹佛大学学习声乐。他在席间为大家演唱了几首歌曲，他那浑厚的嗓音打动了在场的每一个人。从那时起，我就牢牢记住了他的名字——田浩江。五年后，他成为活跃在纽约大都汇歌剧院舞台上的著名男低音歌手，他同时也被舆论评价为“大都会歌剧院曝光率最高、最耀眼的华裔歌唱家”。不过不仅如此，他也成了中美文化交流

• 正在即兴演唱的田浩江。

的活跃使者。

科罗拉多州与中国之间的经贸合作，很快就和双方之间的其他合作并驾齐驱了。我们回国后，我仍然不断地从新闻报道中了解到有关情况。我不得不说，科罗拉多州的朋友们的确是创意十足——2001年，丹佛市在上海开设了一个贸易办事处，要知道，这是所有美国城市中第一个在华开设常驻贸易办事处的。这个办事处为那些没有实力在中国单独设立自己办事处的大量中小企业寻找商机提供了重要帮助。它同时还向中国的企业敞开大门，帮助他们拓展科罗拉多州的市场。2011年，丹佛市大区40个城市的市长们又开始忙着筹划建立一个美中合作区，旨在帮助中国企业更方便地在美国拓展商机，同时拉动美国地方经济的发展以及促进当地就业。

现在，我仍然不知道科罗拉多州和中国之间的贸易额是多少。不过，我相信科罗拉多州的朋友们知道，而且我猜，那一定是一个令人鼓舞的数字。

韩叙在科罗拉多州丹佛市中国商贸会议上的演讲

1986年5月1日

中国的经济改革和中美经济关系

女士们，先生们，

我首先要感谢你们的盛情款待。今天能和你们在一起，我感到非常荣幸和高兴。我也很高兴你们将这次会议的主题确定为与中国的经贸关系。我很愿意提供我个人关于这个重要议题的看法。但是为了从一个正确的角度看待这一问题，请允许我首先简单谈谈中国正在不断推进的经济改革。

正如你们所知，中国在七年多以前开始了史无前例的经济改革。我们已经取得了令人鼓舞的成果，比如在农村实行的联产承包责任制，我们在城市实行的将中央计划与市场机制相结合的改革取得了更为显著的成效。今天，中国仅用占世界可耕地面积7%的土地，为占世界人口22%的人民提供了足够的衣食。农业、轻工业和重工业之间的比重也变得更为合理。人民的生活水平有了显著的改善。

目前，中国已经制定出了从1986—1990年间的第七个五年计划。这个新的计划的最显著的特点，就是将实现建设中国特色社会主义体系的最终目标，和在下一个五年中实现经济增长和社会进步的目标合理地结合起来。按照国家的长期目标，公共部门仍然占据主导地位，政府的经济计划将主要通过经济杠杆，而不是直接的行政命令实现。这一点将和一个活跃的、统一的社会主义市场相结合。这些努力将有助于确保GDP以每年大约7.5%的速度稳定增长，这将保证供给能够充分满足社会的需求。

农业的发展重点是采用新技术以及加大对基础设施的投入。工业的重点是提高投资效益和升级技术标准。科学和教育将得到更大力度的支持。出口收入的大部分将被用于先进技术的进口。人民生活水平的提高与生产的增长保持适度的关系。所有这些都将有助于营造一种相对宽松的经济环境，从而使当前的改革——目前正处在一个关键阶段——能够得以成功推进，并且带来经济结构的更大的改变。

另一方面，改革也将赋予绝大多数国有企业以充分的决策权，以便使它们自负盈亏。社会主义市场经济将被拓展到更大的范围，包括消费品市场和生产资料市场，并将逐渐拓展到金融和技术领域。人员的流动将得到鼓励。政府对国民经济的管理将通过完善经济政策、统筹协调、使用价格杠杆、税收、信贷、利率、收入调节等手段实现。上述改革将使国有企业更负责任地行使他们的决策权，从而创造一个更能为他们提供动力同时也带来挑战的环境，并且确保企业能妥善应对政府的宏观经济管理。

女士们，先生们，

中国强有力的国内改革，已经为中国同其他国家建立经济关系奠定了坚实的基础。让我们以中美经济关系为例。

自从1979年中美之间正式建交以来，双边经济关系和贸易快速发展。1979—1985这七年多里，两国间的贸易额为351亿美元，大约是关系正常化之前贸易总额的11倍还多，相当于每年增长19%。美国已经成为中国的主要贸易伙伴。

伴随着贸易的发展，双边经济和技术合作的领域也已经拓展到了旅游服务、轻工业中的多项重要工业和技术行业，例如煤炭开采、水力发电、离岸石油、勘探和有色金属的勘探以及航空和电子等。技术转让和技术产品的贸易也有所发展。截止到1985年年底，美国企业在中国的直接投资已经达到了15亿美元，双方的经济效益越来越显著。

上述成就，从一方面来看，是两国政府采取积极步骤和措施的结果，特别是两国领导人的互访以及两国工商界——也包括今天在座的各位——努力的结果。所有这些都增强了我们之间的相互理解和信心，同时也带动了双边经贸关系的发展。另一方面，这也说明，发展中美经贸关系对双方来讲都存在着有利的客观条件。美国有着广大的市场，并且在众多领域都拥有高度发达的技术和产品。中国拥有丰富的资源和十分全面的工业基础。中国目前正在大力实行对外开放政策以及活跃国内经济。我们国家已经进入了一个工业、农业和外贸持续增长的新的发展阶段。1985年，我们的进出口总额达到了696亿美元，是1978年的两倍。毋庸置疑，这些因素构成了中美经贸关系发展的坚实基础。

回首既往，展望未来，我们必须认识到，与双方的实际需要和潜在的现实可能性相比较，中美经贸合作的发展还不够充分。

以1984年为例，中国对美出口总额为23亿美元，并且创造了中国对美出口的最新记录，但是，这个数字仅占美国在同一年份3400亿美元进口总额的0.6%，这个比例仍然远远低于美国从日本、南朝鲜、印度尼西亚和新加坡进口产品的占比。在同一年间，美国向中国的出口，仅仅占到了中国进口总额的11%。目前，中国对美出口的产品还缺乏多样性，原油、成品油和纺织品占到了中国总出口量的60%。中国从美国进口的产品，已经逐渐从小麦、玉米、大豆、棉花、木材、化学原材料、纸浆拓展到了飞机、合成氨生产设备、卫星通信地面站、石油提炼和提取设备、计算机和电子仪器。就工业和技术方面的合作而言，我们已经有了一个好的开端，但是我们仍然处在初期阶段，我们还应该有大量的合作。

在直接投资领域，美国虽然在外国投资者中位居第一，但是其投资额仅占1979—1985年外国在华投资总额的9%。中美开办的合资企业大约有100家，仅占在华合资企业总数的5%。所有这些都表明，中美经贸关系发展的趋势是好的，同时不论是在商贸领域、工业技术合作领域，还是在直接投资领域，发展的空间都是巨大的。

重申我们所取得的进展和成就的目的是为了总结经验，并且做出正确的前瞻性评估，所以我们应该用更大的信心去争取更大的成就。与此同时，我们也不应该回避负面的因素，而是应该厘清问题，确定努力的方向，以克服那些妨碍正常发展的负面因素。

美方表示，放松对中国技术转让限制的努力已经取得了成效，虽然如此，但限制依然相当严格，依然在阻碍着双边经济合作的进一步发展。我们希望美国政府采取更切实的行动，来表明它是真正将中国作为一个友好的不结盟国家来对待的。我们双方都需要建立一个发展和不断加深双方互信的基础。在这方面，我想指出，美国仍然有一些针对中国的歧视性立法。我相信这样的法规应该被改变，以便为两国的贸易建立起良好的信任环境。另一个令人担忧的迹象就是美国保护主义的上升。我在这儿只是想强调，中国在对美贸易中存在着长期的赤字，帮助中国对美出口，你们就是帮助中国吸纳更多的美国商品。

中方在拓展对美出口方面也的确存在一些问题。中国还需要大力发展各种新型的产品，改进产品质量，以期更充分地满足美国市场的需要，并且提升工作效率，以及消除妨碍外贸进一步发展的各种问题。

中国的面前是一条漫长而艰巨的道路，我们的目标是在21世纪中叶赶上发达国家。为此，外贸将继续实行对外开放政策。我们预计，到1990年时，中国的外贸额将达到830亿美元，比1984年增长40%。在下一个五年间，我们将继续积极吸引国外投资。投资的重点将是能源、原材料工业、运输和通信，特别是电力和石油工业以及海港建设。国外投资的一部分将被用于机器制造和电子产品的升级。

中国的经济改革和对外开放，对中美经济合作的意义是显而易见的。第一，在我提到的所有上述领域，美国都拥有强大的优势，合作将为美国发挥这些优势提供极好的机会。第二，这将考验美国的智慧，因为中国的大门是对所有的发达国家和发展中国家开放的，也是对所有的社会主义国家和资本主义国家开放的。第三，这可以让美国商人积累更多与中国做生意的经验，懂得如何去敲开中国的大门，并且做成中国人希望做成的大生意。当然，这三点也适用于那些希望在美国市场上赢得份额的中国人。

在美国工商界人士的头脑里有一些疑问，我想有这样两个问题需要回答。

有些美国人担心，中美之间存在着那么大的意识形态差异，所以中美之间的经济合作可能不会长久。

我的回答是，有着相同意识形态的国家之间不一定能很好相处，而意识形态不同的国家之间也可能融洽相处。这是国际社会中的一个事实。中国坚持和遵守互相尊重主权和领土完整、互不侵犯、互不干涉内政、平等互利、和平共处五项原则。我们相信，只要意识形态不同的国家遵守这些原则，富有成效和长期的经济合作不仅是可能的，而且也是确定的。

有些美国投资者仍然抱着等等看的态度。另外一些人有兴趣到中国投资，但是却对这样一些风险感到担忧——中国的法律还远未完善、他们在中国的投资缺乏保护等等。我愿意谈谈我个人对这些问题的看法。

如果一个人真正看到了中国经济在这些年来的发展，他就不能不承认，自从1978年年底国家的工作重心转移到社会主义现代化建设上来之后，政治形势已经呈现出安定团结的特征。外国企业和投资者的合法权益已经受到了中国法律的保护。事实上，在涉及与其他国家的经济往来方面，我们目前的法律法规是不够完善，但是我们的对外开放政策在各地才实施了不到8年。在如此短的时间内，我们已经制定了超过50部法律法规，并且我们正在尽更大的努力去完善这些法律法规，以使这项工作跟上对外经济往来的发展速度。在某些情况下，当有些法规还没有被制定出来或者还没有被政府颁布时，合作方的权利和义务，可以在平等协商的基础上，在双方的合同中加以规定。中国人和外国公司签署的合同，只要是经过了中国政府相关部门的批准，对双方来说都具有法律效应。

对一些美国商人来说，一个更大的问题是，中国所实施的试图将中央计划与市场机制相结合的经济改革到底能不能成功？中国的对外开放政策在未来是否会继续长期实行？

让我来回答这个问题。首先我要说，我们所实行的经济改革是史无前例的。它将影响10亿人的生活，而且其余波已经波及海外。从根本上说，任何改革或政策的生命力，首先或主要地，都依赖于它能够给人们带来多少切实的利益。现在来看看改革和对外开放政策给中国人民带来了什么。在过去的7年间，国民收入每年都保持了平均7%的增长率。在过去的5年多里，农村地区的人均收入至少翻了一番，城市居民的消费水平增长了60%，中国的对外贸易也翻了一番。由于中国人民分享到了显著的利益，所以他们坚定地支持经济改革和对外开放，并且支持政府应对问题和挑战的努力。事实胜于雄辩。中国政府承诺实行经济改革和对外开放，而中国人民则对改开放的连续性抱有充分的信心。不然的话，中国政府为什么要花费巨大的精力去制定那么多法律法规以规范与其他国家的经济合作呢？为什么数以百万计的中国人要去建立集体和私营企业呢？为什么成千上万的农民要往他们耕种的土地上大量投资呢？

女士们，先生们，

科罗拉多州的经济非常活跃。我们在中国就了解到你们在能源、电信、电子和许多其他工业方面的发展多么迅速。我确信你们在开拓中国市场方面拥有竞争优势。我祝你们好运。

谢谢！

《落基山新闻》(*Rocky Mountain News*) 1986年5月2日

中国大使鼓励说：去竞争吧

记者：Robert Jackson

科罗拉多州正面临着一个好机会，它可以通过拓展中国市场，去赢得数十亿美元的份额，但是这个州必须和其他对手竞争。中国驻美大使韩叙昨天这样说。

“科罗拉多州的经济很活跃。”韩在参加完于马瑞奥特中心举行的中国经贸会议后说。

“我们在中国就了解到，你们在能源、电信、电子和很多其他工业领域发展非常快。”他说。

“但是你们必须去竞争，也包括你们的小麦。举个例子，中国沿海地区人口稠密，因为中国很大，从海外购买小麦要比从内地把小麦运过去更为有利。所以，如果你们的小麦价格足够有竞争力，我们会买的。”

韩是第一个到访科罗拉多州的中国大使，他说他希望能增进双方之间的相互了解，并且弄清楚科罗拉多州和中华人民共和国之间现有的贸易规模。

“但是连你们的副州长南茜·迪克都不知道。好像没人知道。”韩说，“我希望在这儿能见到一个可以告诉我的人。”

科罗拉多州商业和发展部的主管斯蒂文·斯密兹说，这个州还没有与中国开展“持续性的”贸易，但是已经有了一些个别合约。

“在过去几年间，我们已经同中国建立了很好的关系，也包括寻找在不久的将来与中国开展贸易的途径。”斯密兹说。

斯密兹还说，9月份将在中国开办一个科罗拉多州的采矿设备展，并且正在计划如何使中国采用这个州的技术支持。“我们将选择适合中国市场的产品，以帮助他们实现自己的发展计划。”他说。

一年前，迪克曾经率领科罗拉多州代表团访问了中国的主要城市，以开始拓展中国市场。

《丹佛邮报》(*The Denver Post*) 1986年5月1日

中国大使促进新的贸易环境

——变化中的中国充满机会，大使如是说

记者：Jennifer Lindsey, David P. Sutton

超过50项新法规，通过它们来调控税收、价格、工资和利率，八年多来，中国的经济实现了巨大和持续的增长，中华人民共和国大使对邮报的记者说。

“对科罗拉多的企业家来说，这意味着巨大的市场潜力。”韩叙说。他在周四于丹佛召开的落基山研究会国际贸易和金融会议上也这样说。

而对那些不喜欢和亚洲人谈判的企业家来说有个更好的消息，那就是：中国的对外开放政策将使这个国家的大门越开越大。

更宽松的环境

“我们的国营企业现在已经全部实行了自负盈亏。由于这是一个很大的改变，所以我们现在的贸易环境比以前更加宽松了。”大使强调说。

大使关心的主要问题之一是扭转中国对美贸易中的“长期的”贸易逆差。1979—1985年间，美国在亚洲国家的直接投资总额仅占9%。

1984年，中国对美出口的商品和服务贸易总额为23亿美元，大约只占中国总出口额的0.6%。

关于如何推进中美双边贸易，韩叙有不少想法：

“如果我们可以卖给你们更多，我们就能从你们那里购买更多。富有远见的商人不会将自己囚禁在一个可能不会存在太久的经济的天堂。不论你是否拥有相同的政治理念，贸易担保都是不存在的。”他说。

贸易优先权

什么在当今的中国享有贸易优先权?

“我们的当务之急是发展中国经济的基础部分。我们最感兴趣的是发展能源、交通运输、电信和食品工业。”他说。

仅在1984年一年间，中国就从美国进口了超过9亿美元的机械和运输设备、6.44亿美元的化学药品、5.8亿美元的粮食和畜产品以及4.6亿美元的原材料。

“对科罗拉多的出口商来说，了解我们整个经济的瓶颈在哪里非常重要。我们的电力是短缺的。如果我们有更多的电力，我们在短时间内就能让我们的产量加倍。”他说。

中国大使的这次善意之旅，可能对科罗拉多的能源企业高管们产生重要影响。

“我们有大量的石油储备。我们需要能为市场提供原油和石油产品的方法。但是我们不想用原油发电。”他说。

陈福华，丹佛陈氏商会主席，科罗拉多州的企业家之一，他一直在了解中国巨大的煤炭储量以及液压动力站的情况。

在中国出生的陈福华曾经担任过二战期间滇缅公路建设的首席工程师。

韩叙大使指出，中国正处在大力提高10亿人民生活水平的过程中，其中包括大力发展动物蛋白的生产。

“我们想发展畜牧业，所以我们可以采用你们的食品加工思路。”他说。

韩叙认为，科罗拉多州还可以在中国刚刚萌芽的旅游业中找到其他有利可图的贸易可能性。

“你们这里有大量的旅游收入，所以你们可以在这个方面帮助我们，分享你们接待大量外国游客的经验。这是一个好机会，因为我们的旅游业才刚刚开始发展。”他这样建议道。

按照大使先生的说法，在中国开办合资企业的利润仅仅受限于企业家们自身的想象力。

“问题是你们想要如何竞争以及你们是否能看到在中国的机会。”他说。

中国大使说，当我们两国都努力拓展我们之间世代友谊时，贸易和投资的机会将是极其巨大的。

“我们有大约200名中国学生和学者在丹佛大学学习。如果丹佛大学有一个中国班，它就可以帮助你们谈判。”他说。

在80年代中，丹佛和中国的湖南省以及云南的省会城市昆明市建立了姊妹关系。

“由于科罗拉多州和中国有这种一对一的关系，我们两地的经济会有繁荣的发展。”他强调说。

7月17日—21日

洛杉矶：姊妹之情

1986年的夏天，我们回国休假，但是假期还没结束，我们就提前赶往洛杉矶，因为我们不想错过我们的老朋友卡罗琳·阿玛森（Caroline Ahmanson）夫人获奖的时刻——她将要在即将举行的全美国际姊妹城市协会年会上获得荣誉奖牌。此外，广州和洛杉矶结成姊妹城市五周年的庆典活动也将要揭幕，这同样是我们不想错过的时刻。由于还是在假期中间，所以我们可以在洛杉矶停留五天。但即便如此，时间对我们来说仍嫌不够，因为我们在这个城市里，有着永远都还不完的情。

由于当时没有直飞洛杉矶的航班，所以我们要先到旧金山，然后再转飞洛杉矶。我们是在17日上午抵达洛杉矶的，这样刚好可以赶上中午的颁奖仪式。

颁奖仪式是在全美国际姊妹城市协会举行的盛大午宴上进行的，这是该组织纪念它成立30周年的重要主题活动之一。一共有三位对国际姊妹城市工作做出杰出贡献的人士获奖。我们很高兴阿玛森夫人能够成为其中的一员，而使她赢得这一荣誉的主要原因，就是自联络处时代起，她一直不遗余力地推进中美之间的友好交往。一件令我印象极其深刻的事情是，一年前，当中国国家主席李先念访问洛杉矶时，她组织了一场有2000多人参加的集会——我亲身感受了当时的盛况——来表达这座城市的欢迎之情。

阿玛森夫人之所以能在推动中美友好交往方面发挥如此突出的作用，是和她在洛杉矶乃至美国西部地区所拥有的广泛的公众影响力分不开的。她是当地的一位富有的银行家的遗孀。丈夫去世后，她接替

• 韩叙和阿玛森夫人。

了他在银行的董事长职务。但这并没有妨碍她成为一位杰出的社会活动家。她同时担任着三十多个非官方机构的负责人，其中就包括世界事务委员会洛杉矶分会会长和洛杉矶—广州姊妹城市协会会长。她集干练、富有、美丽、热心公益事业及乐善好施等一系列特质于一身，这使她深受人们的欢迎和喜爱。她非常善于将个人的社会影响力和她所担任的工作角色完美地结合在一起，所以她总是能一呼百应。

当阿玛森夫人走上领奖台时，她赢得了人们的热烈掌声。我们也向她致以由衷的祝贺。当她从颁奖嘉宾手中接过那面镀金的荣誉奖牌时，人们见证的不仅是她个人的成就，还有当时发展良好的中美关系。

午宴还没结束，我们就赶往当地的KCOP电视台，因为韩叙和洛杉矶市长布莱德雷（Tom Brandly）先生的礼宾官比·莱沃瑞（Bee Lavery）女士要一起接受专访，话题是洛杉矶和广州之间的友好关系。不过主持人都等不及要和他们谈谈来自北京动物园的一对金丝猴了，这两只被命名为“京京”和“美美”的小家伙将在当晚与洛杉矶公众见面，并在洛杉矶动物园借展半年，这是洛杉矶和广州市庆祝它们结成姊妹城市关系五周年的方式之一。

几天以来，这对金丝猴已经成了洛杉矶市的明星。由于它们将在8月进入发情期，所以人们都希望它们能在这座城市受孕和产仔，这样不仅有可能延长它们的借展期，或许还能将它们产下的金丝猴宝宝永远留在洛杉矶动物园。当地的媒体都在大谈此事，这几乎成了全城的热望。

在那天接下去的时间里，我们所有的活动都与这两只备受瞩目的金丝猴有关。电视台的专访结束后，我们按照东道主的要求换上了便装，然后赶往洛杉矶动物园，去参加他们为两只金丝猴举行的隆重的开展仪式。仪式一直持续了两个小时，其间有大量令人捧腹或惊叹不已的猫科动物和鸟类的表演。不过最令人惊喜的表演来自于洛杉矶市的副市长汤姆·休斯敦（Tom Houston）先生，他惟妙惟肖地模仿了金丝猴的叫声。他的表演将整个仪式推向了高潮。在人们的欢笑声中，韩叙和广州市友好代表团的团长先后发表了简短的讲话。当韩叙在讲话中说，但愿“京京”和“美美”“能在这里生下三只小金丝猴”时，全场来宾都忍不住开怀大笑。

• 韩叙与比·莱沃瑞女士在午餐会上。

• 在洛杉矶市政厅会见洛杉矶市市长布莱德雷先生。

• 韩叙在市政大厦会议厅发表演讲。

当晚9点，两只金丝猴终于在洛杉矶动物园的“中国馆”向观众亮相了。这间展馆建成于1984年，它是为此前借展的同样是来自北京动物园的两只大熊猫建造的。而眼前的两位新主人显然比大熊猫好动得多，特别是雌猴“美美”，不时上蹿下跳，搔首弄姿，引得大家一阵阵发笑。

此后的几天里，在参加广州—洛杉矶结成姊妹城市五周年的各种庆祝活动之余，我们见到了很多老朋友，其中包括著名的飞机和导弹制造商——麦道公司的朋友们。他们和韩叙之间的友谊可以追溯到联络处时期，因为麦道公司从那时起就开始与中方有关部门探讨合作事宜。就在一年前，麦道公司终于同上海航空工业公司及中国航空器材公司在北京正式签订了合作生产MD－82飞机及补偿贸易的协议。MD－82是当时市场上普遍使用的中型运输机的主力机型，与波音737属于同一个级别。合作生产飞机的项目在当年8月正式启动，双方计划用22个月的时间生产出第一架飞机。全世界都不相信这个计划可以如期实现，因为双方之间的合作面临着太多可以预见和难以预见的困难。就是在那段日子里，韩叙和使馆科技处帮助麦道公司向国内有关部门反映了合作中出现的一些关键问题，从而使问题得以及时解决。就在一个月前，双方合作生产的第一架飞机如期完工，这让全世界的同行们都大跌眼镜。

毫无疑问，这是分享成功喜悦的时刻。所以，麦道公司的朋友们宁肯放弃周末的私人时间，也不愿意让我们错过访问公司的机会。当我们抵达位于长滩的总装工厂时，公司总裁提姆·温塞姆（Tim Wonsham）先生带领全体高管热情地迎接我们。

那是一次非常愉快的经历。我们观看了公司刚刚研制出来的MD-11机型，这是一款配置了三个引擎的宽体客机，而且驾驶舱的设备全面实现了数字化。我们还参观了一款中短程客机MD-80的组装流水线，它就是后来波音717机型的前身。最令我们兴奋的时刻是进入飞机的模拟驾驶舱，我们在工作人员的帮助下，第一次体验了飞机驾驶员的感受。

我们还和公司高管举行了小范围会谈。我们共同庆祝了双方合作

• 在门口迎接我们的提姆·温塞姆先生（右一）。

生产的第一架飞机的诞生。我们尤其赞赏麦道公司与中方之间的合作方式，即在向中方出售客机的同时，向中方转让飞机的组装技术。

这是一次真正的双赢的合作。麦道公司成功地打开中国市场的大门，并且降低了飞机的生产成本。而中国的航空工业则迈出了接触世界上最先进的航空技术和管理体系的第一步。正是通过这项合作，麦道公司为中方培养了第一批了解西方航空工业质量保障体系的工程人员，这为中国后来独立开发民用飞机积累了宝贵的财富。不仅如此，麦道公司与中国的合作还刺激了波音公司和欧美其他民用飞机制造商对中国航空工业的重视。继麦道之后，他们纷纷与中国开展了转包生产业务，这大大加快了中国航空工业生产的现代化步伐，提升了中国航空工业与国际接轨的能力。

尽管麦道公司后来由于经营原因被波音公司兼并了，但是人们会永远记住这次合作，它堪称中美之间大项目合作的成功范例。我至今都对当年那些促成这一开创性合作的麦道公司的朋友们怀有深深的敬意。

- 参观麦道公司的组装车间。(上)
- 韩叙在模拟驾驶舱中。(中)
- 东道主向我们赠送精美的飞机模型。(下)

临行的前一天，我们又一次见到了阿玛森夫人，是在世界事务委员会洛杉矶分会为韩叙举的午餐演讲会上。阿玛森夫人以老朋友的身份将韩叙介绍给了来宾。韩叙演讲的主题是中国的对外政策。演讲结束后，他还回答了来宾们提出的各种问题。由于日程紧张，我们和阿玛森夫人又是在公众场合匆匆一聚，我们总是没有充裕的时间从容交谈。

让我没想到的是，我们结束任期回国后反倒有了这样的机会。那是1990年7月，中美关系正处于非常困难的时期。在官方交往，特别是高层的官方交往几乎完全冻结的情况下，阿玛森夫人以极大的勇气，率领洛杉矶市友好代表团，访问了中国的姊妹城市广州市。那时韩叙是对外友协的会长，阿玛森夫人到访前，他因为患大叶肺炎住了三个星期的医院。他出院三天后，我们就赶往广州，陪同阿玛森夫人一行，在广东省进行了为期近一个星期的访问。此后，我们又邀请并陪同阿玛森夫人游览了安徽省的著名景区黄山。那是我们相处时间最长的一次。就是那一次，阿玛森夫人告诉我说，她对中国的感情源自于孩提时代，她说自己是“抱着中国娃娃长大的”。

出于可以理解的原因，阿玛森夫人当时没有访问北京。但是两年

• 盛大的午餐演讲会现场。

之后，我们就在北京接待了她和她的家人。这就是真正的朋友，不管是在两国关系顺利的时候，还是在两国关系艰难的时刻，她都会出现在你的身边。

非常遗憾的是，我手头只有一张阿玛森夫人的照片。一张照片实在无法展现这位迷人女性的风采，但是，留存在我记忆中的阿玛森夫人，永远都是那么美丽、生动。

中美两国公众之间的相互了解，一直都得益于无数像阿玛森夫人这样的热心朋友们的努力，他们是两国公众间的重要桥梁和绵延永续的姊妹之情的源泉。

• 参观洛杉矶"使节基金"主办的使节学院后与中国留学生合影。接待我们的是该基金副总裁埃力斯·瑞威亚（Ellis La Ravia）先生和夫人（前排右八、右七）。

《太阳报》(*The Sun*) 1986年7月19日

中国人将目光投向高科技

记者: Richard Brooks

圣贝纳迪诺消息:中国渴望拓展对美贸易——包括与南加州的主要公司——以使中国获得足够的技术帮助,中国大使韩叙周五说。

"我们拥有丰富的资源,但是我们缺乏技术和管理方面的经验,"韩叙在世界事务委员会发表演讲前接受采访时说,"这就是我们把大量的学生送到这里来的原因。"

大约有1.5万名中国人正在美国学习,其中至少有10名学生在加州大学河滨分校学习。

美国已经成为除香港之外的、在中国的最活跃的外国投资者。

中国政府很愿意告诉美国的公司,中国希望重点投资能源、交通、通讯和资源开发。韩说:"能源和交通是我们经济中的瓶颈。"

南加州的一些公司在中国已经很活跃了,包括福乐公司、麦道公司、Arco石油公司和西方石油公司。

自从1979年中美正式建交以来,这个世界上人口最多的国家已经有了长足的进步。虽然在80年代早期,中国的吃饭问题非常重要,但是韩叙说:"今天我们已经实现了农业的自给自足。我们甚至还能少量出口。"

也许,能够说明中国改变的最具标志意义的事情是中国目前在空间领域所扮演的角色。

由于美国和法国相继发生空间灾难,中国的"长征三号"目前成为可以向发达国家里那些想要将大型卫星发送至轨道的公司提供的唯一的运载火箭。

Western Union和一家位于休斯敦的公司都是同中国洽谈运载服务的美国公司,韩说。

他认为，在中国和美国如此紧密的贸易关系中，没有什么不可克服的问题。

“我们奉行独立自主的和平外交政策，”大使说，中国希望提高生活水平，“所以我们需要一个和平的环境。”

中国最大的问题之一是缺少资金。中国政府需要外国投资者提供资金帮助以改善内部环境，韩说。他说中国已经通过削减国防预算节省了一些资金。但是他承认，中国依然要对某些国家保持密切的军事上的关注。

台湾是进一步密切中美关系的主要障碍，他说。

“我们把这视为我们的内部事务，美国不应该干涉。”他说。他的语调变得强硬起来，否则的话，在希尔顿内陆帝国酒店的谈话就可以说是非常适意的了。

中国希望——实际上是坚持——统一台湾，他说。“我们将尽我们最大的努力用和平方式解决问题，”他说，“如果不行，我们有权力以其他方式解决问题。”

没有最后期限，他说：“我们是有耐心的。”

9月11日—13日

西弗吉尼亚：问答之间

没有什么比坦诚而深入的交谈更能帮助我们直接地了解彼此的看法了。不管走到哪里，我们都在努力寻求与人们进行这种交谈的机会。有时候，我们会略去所有的活动，只做一件事情，那就是交谈。

为期两天的西弗吉尼亚之行就是一次这样的经历。除去和州长的礼节性会见之外，我们在其余的时间里做了三场演讲，并且先后四次接受了媒体记者的采访——我还没有算上我们出发前《查尔斯顿每日邮报》(《Charleston Daily Mail》）驻华盛顿的记者约翰·科米尔曼（John Kimelman）先生的采访。我把这次访问描述为与当地知识界和媒体人士的一次深入交谈。

我们是在11日的上午抵达西弗吉尼亚州的首府查尔斯顿市的。由于我们此行的大部分安排都与位于该市的查尔斯顿大学有关，所以校长理查德·布莱斯林（Richard Breslin）先生特地赶到华盛顿迎接我们。他还陪同我们会见了州长阿奇·莫瑞（Arch A. Moore）先生。在与州长的交谈中我们得知，他在1974年第一次担任州长时，就曾经随美国州长代表团访问过中国，他也因此成为最早一批访问中国的美国州长之一。那时韩叙刚好担任中国驻美联络处的副主任，莫瑞先生的这段经历，一下子就把两人带回到了对当时情景的回忆中。

会见结束后，韩叙和聚集在州长府的媒体记者们举行了一个简短的见面会，然后我们便在理查德校长的陪同下赶往查尔斯顿大学，他已经在学生联合会的栗金色厅为我们准备好了午宴。

但事实上，那更像是一次小规模的演讲，因为韩叙不仅要发表一个讲话，还要回答大家提出的问题。来宾们都是查尔斯顿大学的教授，他们既关心中美关系，也关心中苏关系以及中国的对外政策，他们还很想了解中国对西方文化和社会制度的看法。那是一次开诚布公的交流。韩叙的坦诚和见解赢得了人们的好评。坐在我身旁的一位教授夫人这样对我说：大使先生是个有魅力的人，而且他回答问题很有技巧，完全可以做州长候选人。

走出栗金色厅时，记者们已经在等着采访我们了。韩叙和我分别接受了两位记者的采访。《查尔斯顿每日邮报》的记者惠特尼·克莱（Whitney Clay）女士和我讨论了一系列既有意义又有意思的问题，比如中美两国的女性有什么不同？中国的妇女在国家事务中扮演什么样的角色？我们甚至还讨论了核武器问题。“任何一个拥有核武器的国家的领导人，在决定使用这种武器之前，都必须考虑整个世界的看法，因为他们不仅要维护自己国家的利益，还应该维护整个世界的福祉。”我对惠特尼·克莱女士这样阐述了自己的看法：“要解决这个问题，相关各方首先要有政治互信。但是现在我在美苏之间看不到这种互信。只有这两个核大国带头削减核武器，然后其他国家才能跟上。”

• 州长阿奇·莫瑞先生向我们赠送了西弗吉尼亚州的画册。左一是理查德·布莱斯林校长。

• 我们和州长（左二）及校长（右一）热烈交谈。

采访结束后，韩叙在查尔斯顿大学礼堂向该校的学生们做了第一场演讲。演讲的主题是两国间的教育交流。这是个热门话题，因为查尔斯顿大学刚刚和中方启动了一个互换学生的短期交流项目。“中国目前的教育没有美国发达，中国的年轻人也不像美国的年轻人这样有这么多机会进入大学深造。但是，中国的教育发展很快。1949年，中国的大学本科毕业生只有11.6万人，但是1985年，大学本科毕业生的人数已经超过了100万。”韩叙这样向学生们介绍了中国教育的现状。他高度评价了查尔斯顿大学与中国开展合作交流项目的意义，他认为这样的项目不仅将带来教育方面的合作成果，还能为两国的青年提供不间断的交往机会，而这一点无疑将对两国关系的长远发展产生深刻的影响。他鼓励更多的美国学生通过这个项目到中国去学习交流，他说：“如果你们想去中国的话，你们从现在开始就要学习中文。”

在开始晚上的活动之前，我们有一个空当可以把携带的行李放到下榻的宾馆。当然仅仅是放下行李，因为《周日公报》(《Sunday Gazette-Mail》)的两位记者切尔顿三世（W. E. Chilton Ⅲ）和当・马什

（Don Marsh）先生随后就走进了我们的房间。那是一次长达一个半小时的热烈交谈，而且我还非常高兴地得知，两位记者中一位，已经接受了我的母校——上海复旦大学的邀请，即将前往任教。

当天晚上，等待着我们的是一场将近四个小时的晚宴。晚宴的邀请函是以布莱斯林校长和《周日公报》的主编马克吉（McGee）先生两人的名义发出的，晚宴还有个有趣的名字，叫"现任校长的社交圈"。但和棕榈滩的漫长晚宴完全不同，事实上，它是当天的第二场演讲。

演讲的主题是《我们两个伟大的国家及未来》。演讲结束后，人们与韩叙热烈地互动，他们提出了各种问题。

有人关心邓小平之后的中美关系。

"是的，邓现在是领导核心。随着老一代人年事渐高，他们会逐渐交出权力，比如去年就有19%的中央委员辞去了职务，今年无疑还会有更多。但是可以肯定，未来的中美关系会发展得更好。"韩叙这样回答道。

"会像30年代那样吗？那时的中美关系非常紧密。"有人接着问。

"30年代以来，中国已经发生了巨大的变化，所以我们的关系不可能再回到那种状态了。"韩叙说："一个重要的原因就是，中国现在是一个独立自主的国家，我们将坚定不移地独立自主地处理自己的事务。"

那中国将如何处理与美苏的关系？

"我们不会拉着一个去对抗另一个，我们会根据事情本身的是非曲直做出判断。"

那中国将来会不会变成另一个超级大国？

"中国不会变成第三个超级大国，永远也不会。要记住，我们仍然是一个发展中国家，我们还需要50年到70年的时间追赶发达国家。"

中美关系中也有脆弱的部分，比如台湾问题，而现任总统里根——当他竞选总统时——主张提升对台关系，这会不会导致中美之间在台湾问题上的冲突加剧？

"中方了解里根总统在竞选时的有关言论，但他执政以来实际实行的政策则是另外一回事。中方在1981年里根就任总统前就给了他一个信号，如果邀请台湾官方代表参加就职典礼的话，那将产生严重的后果，他后来没有邀请台湾官员到华盛顿。我认为他已经缓和了，他的态度已经改变。当然，我希望还有进一步改进的空间。”

有人想请韩叙解释一件刚刚发生的事件:《纽约时报》驻北京首席记者约翰·伯恩斯在7月22日被中方驱逐出境。“他做了什么与身份不符的事?”

“他有意违反了中国的法律，进入了不被允许进入的区域。”

韩叙直截了当的回答和开诚布公的态度赢得了人们的阵阵掌声。晚宴结束时，很多人都走过来和他握手，他们称赞了他的坦率，还有他的机智和幽默。

第三场演讲的地点是弗吉尼亚大学。演讲的主题是中国的对外政策和中美关系。演讲结束后，照例有一个问答环节。如果说这一次和前两场有什么不同的话，那就是韩叙碰到了有时难以避免的情况——攻击性提问。提问者是一位来自台湾的留学生，他以讥讽的口吻谈论大陆，并且明确反对两岸统一。但这刚好给了韩叙一个全面解释台湾问题以及大陆对台政策的机会。

不友好的提问和带有攻击性的问题，可以让我们以更强烈的方式表明自己的立场和感情。在某些情况下，这甚至是求之不得的机会，因为有时候你非常希望能当面驳斥一下某些不怀好意的对手。

一个最典型的例子发生在1987年10月，当时拉萨刚刚发生了一场骚乱，一部分美国国会议员借机指责中国政府在西藏“压制人权”。当韩叙在康奈尔大学发表演讲后接受听众提问时，他和一位西藏农奴主的后裔展开了一场交锋。我想在这里摘录一段他们当时的对话——

提问:“既然你们总说要实事求是，可为什么不承认西藏是一个独立的国家?”

答:“早在13世纪，西藏就已经是中国的领土了，那时甚至还没有美国。”

提问："西藏一直是藏族人的天下，但现在汉人大量进藏，这些汉人应该离开那里！"

答："达赖提出要把西藏建成中国和印度之间的缓冲国，要求汉人从那里撤出来。如果这种逻辑成立的话，那阿拉斯加是不是也应该成为美国和苏联之间的缓冲国？如果说藏族人一直生活在西藏就证明它是一个独立的国家，那么美国又是谁的呢？应该是印第安人的！现在的美国人都应该离开，也包括你在内！"

显而易见，韩叙要驳斥的不仅仅是现场的那个提问者，更是在国会山鼓吹和支持"藏独"的美国议员们。康奈尔的演讲大厅里响起了经久不息的掌声。即使有人不赞同韩叙的观点，他们也无法不尊重他的逻辑。

在弗吉尼亚大学的圆顶大厅里也一样。但和在康奈尔不同的是，韩叙丝毫也没有介意提问者的态度，他没有使用严厉的语气，而是以温文尔雅的方式阐释了自己的看法。他的宽容豁达甚至比他的观点更能打动在场的听众，当他回答完问题时，主持演讲的弗吉尼亚大学校长罗伯特·欧奈尔（Robert M. O'Neil）先生这样对大家说："今天我们不仅学到了有关一些问题的知识，我们还学到了高超的外交技巧。"

分歧和争论从来都是沟通的题中应有之义。只有包含着分歧和争论的交流，而不是客套的、迎合对方的、肤浅的，或者更多是玩弄谈话技巧的交流，才可以让我们走得更近。

感谢西弗吉尼亚的朋友们，他们对中国怀有那么强烈的兴趣，并且提出了很棒的问题，从而使我们有机会在较深的层面上进行思想的碰撞。

朋友们还帮我们保留了约翰·科米尔曼以及切尔顿三世和当·马什所写的两篇采访报道，并且设法交到了我们手中。这真好！他们当年的努力，让我们在今天仍能了解韩叙和记者们当时的谈话内容，并能真切地感受他们谈话的氛围。

《查尔斯顿每日邮报》(*Charleston Daily Mail*) 1986年9月11日

大使对美国说：中国逐渐吸收西方思想

记者：John Kimelman

编者注：中国驻美大使韩叙在华盛顿接受每日邮报驻华盛顿记者John Kimelman的采访。

Kimelman：最近西方媒体上有很多关于中国正在一定限度内进行资本主义实验以及允许西方文化的影响渗透到中国的故事。

我们读到了一些有关中美之间建立合资企业的报道。现在北京有大量的人在学习英语。你们在北京吃肯德基快餐。

今天（星期二）刚好是毛泽东逝世10周年纪念日，如果毛主席能够回来并且看到今天的中国，他会怎么想？

韩：首先，我要澄清一下，我们正在建设的是有中国特色的社会主义。我们没有使用过资本主义这个概念。这不是我们的概念。我们仍然奉行“按劳分配”和“共同富裕”的原则。不会有太大的贫富差距。我们也不会有寡头。绝大部分的重要工业，比如矿山、铁路、银行、大型钢铁企业等，仍然掌握在国家手中。

Kimelman：那么国家将继续经营它们吗？

韩：是的。事实是，我们将给企业更多的决定权，以激发它们内部的活力。那些工作更努力的人将挣得更多。

但是我们也想给工人和农民更多的激励，使他们更努力地工作并且生产出更多的产品。用这种方法可以形成竞争，这样我们就可以生产出更多更高质量的产品。

Kimelman：你们显然不喜欢用资本主义这个概念去描述你们所实行的改革措施，你们更喜欢称呼它为什么？

韩：我们使用这样一个概念，“建设有中国特色的社会主义”。我们的社会主义不同于其他的社会主义。通过这种方式，我们想要发展我们的经济——你知道中国在经济上还处于落后状态。我们正在努力改善人民的生活水平，这是全体人民的愿望。

Kimelman：那毛主席会赞同吗？

韩：我不知道，因为这是个很主观的问题。

Kimelman：你认为大多数中国人生活得比10年前更幸福和更好吗？

韩：我是这样认为的。当你去中国的时候，你就能看到生活水平提高了。我们正在盖更多的房子。人们的衣着也更加丰富多彩。有更多的小汽车，更多的自行车。我们生产更多的手表。

1984年，我们生产了4.07亿吨粮食、6500万吨棉花。我们有了盈余。这意味着什么？这意味着美国和苏联产量的总和。但是这不值得骄傲，因为我们的人口仍然是美国和苏联人口的两倍。

Kimelman：根据你对美国的资本主义和我们政府体系的观察，你认为美国人享受到它们带来的好处了吗？

韩：你知道，美国人是否享受到了你们的制度所带来的好处，这个问题要由美国人自己来回答。这是一个美国内部的问题，我无法找到一个立场来评价这样一个性质的问题。

谈到中国正在进行的经济改革，我们可以从美国的经济和企业管理方面学习很多东西。我们和你们的商业部在中国开办了一个培训中心，专门培训企业的经理们如何管理企业。

Kimelman：你刚好谈到了我想问的下一个问题。我们的经济制度对中国现行的经济改革来讲到底有多大程度的影响？

韩：我们不是什么都吸收。我们吸收的是那些符合中国特色和我们自身实际情况的东西。举例来说，在中国，我们的人口是你们的四倍，但是耕地比你们的还少。你们有非常肥沃的土地。你们三面临海，一面临湖。

我们有庞大的人口。我们不会很快地实现农业机械化，因为那样会使很多农民失去工作。我们知道劳动密集是我们的优势。我们将会精耕细作我们的每一片土地。

但是在那些偏远的地区，在人力短缺的地方，我们正在使用机械。我们为这些地区购买了很多约翰迪尔的拖拉机。而在劳动力密集的地区，我们就会减少机械的使用。

你还问到西方文化将会对我们产生什么样的影响。我要告诉你，中国是一个有着五千年文明的民族，我们知道什么是好的，什么是不好的。我们将吸收那些好的，而摒弃那些坏的。

Kimelman：邓主席曾说，他希望自己能看到中国重新统一，台湾在他称之为“一国两制”的构想下回归。你认为这个目标能实现吗？在我的有生之年这会发生吗？

韩：你多大了？

Kimelman：我28岁。

韩：我希望你能看见，但是我可能看不见了。1997年，香港就要回归中国了。它使用的就是一国两制这个解决方案。我们已经承诺，香港回归后，它的现行制度50年不变。

香港将依然实行资本主义制度，并且是一个自由港。为了表明我们的主权，我们将派人民解放军去承担它的防务。但是我们不会派哪怕一个官员，香港将由香港人治理。我们希望香港依然能够保持繁荣和稳定。谈到台湾，我们希望通过我们在香港的做法能够树立一个好的榜样，而且我们将给台湾更好的条件，因为他们已经有军队了，我们将不会向台湾派一兵一卒。台湾也说只有一个中国。在这一点上，我们两边有一样的看法。

Kimelman：你是说如果看到你们现在对待香港的方式，台湾将愿意回归并且和大陆统一吗？

韩：是的，我们相信在5年或10年之后，中国的经济将越来越好。我们GNP的增速很高。在下一个5年中，每年将有10%的增长。

Kimelman：邓主席还说，如果越南将他们的军队撤出柬埔寨，他愿意和苏联的领导人戈尔巴乔夫见见面。什么时候会有这样的机会？

韩：我想引用邓小平说过的一句话。他说，如果没有苏联的支持，越南在柬埔寨连一天都打不下去。

Kimelman：但是什么能使苏联让越南撤出柬埔寨呢？

韩：如果他们真想改善同中国的关系，他们就会这样做。邓说，如果戈尔巴乔夫迈出坚定的步伐去消除三个主要障碍的话。中苏之间存在三个障碍。第一个是他们可以敦促越南结束对柬埔寨的侵略并且从那里撤出军队。第二个是他们入侵阿富汗。第三个是他们在中苏边界集结了大量军队。

这是三个障碍。它们都对中国的安全构成了威胁。如果他们可以消除主要的障碍，那就是越南从柬埔寨撤军。

Kimelman：邓愿意和戈尔巴乔夫见面讨论另外两个障碍吗？

韩：我不知道。至少他们可以见面。

Kimelman：你认为在下一个五年里他们有机会见面吗？

韩：这个我不好说。从我们这边来讲，我们希望尽早见面。但这是双边的事情。

Kimelman：我听说中国宣布要发展商业核能。那么未来有关的建设计划是什么样的？

韩：谈到和平利用核能，我首先要向你解释一下我们的能源政策。我们的煤炭产量很大，我们计划继续使用煤炭，这一直是我们的主要能源，因为它比较便宜。而建设核电站要花费大量的资金。

我们现在正在和法国及英国合作建设一座核电站，这个核电站靠近香港。将来它生产的电力也主要供应给香港。我们也正在建设另一座核电站，这是由我们自己设计和凭借我们自己的力量建设的。我们暂且就在建设这两座核电站。

未来我们也希望能和美国的核工业公司合作，如果他们愿意向我们转让技术，同时价格又有竞争力的话。

Kimelman：你认为你们国家能安全地运营商业核系统而不会发生像切尔诺贝利那样的核事故吗？

韩：我们是非常小心的。我们现在为建设核电站制定了一套安全体系，并且按照完备的规则来控制核电站的安全。在对待安全的问题上我们必须格外谨慎。

Kimelman：当邓主席不再担任领导人之后，你认为你们这些年所采取的中国经济改革的步伐将会得以继续吗?

韩: 倒退是根本不可能的。因为人民正在从改革中获得利益。他们怎么可能让自己再退回到过去呢? 改革是大多数人的愿望。我认为政治家们知道人民想要什么。

由于现在的改革能够给大多数人带来利益，有什么理由要退回去呢?

Kimelman：谢谢你!

《周日公报》（*Sunday Gazette-Mail*） 1986年9月14日

中苏之间障碍犹存

记者：W.E.Chilton Ⅲ；Don Marsh

Chilton：最近我注意到，你们国家和苏联之间的紧张气氛有所减弱——或者这是一种错觉？

韩：事实是我们在贸易和人员交往方面的确有了一些改善。可能苏联部长会议的一位副主席现在正在北京或中国的某个地方访问。他是负责经济事务的。这次访问是对我们的副总理姚依林的一次回访，他在去年访问了苏联。在人员往来方面的确有一些改善。但是在政治领域没有明显的改善。这就是中苏之间的现状。

有三个障碍。第一个，他们支持越南入侵柬埔寨。第二，他们依然在阿富汗。第三，他们沿中苏边境，也包括在蒙古，大规模屯兵。所有这些障碍都对中国构成了威胁。我们要求他们排除这三个障碍，但是到目前为止，他们还没有迈出大的步伐。

戈尔巴乔夫在符拉迪沃斯托克的讲话中说，他将从蒙古撤出部分军队。他还说，他将开始从阿富汗撤出部分军队。但是从阿富汗撤出的军队仅仅只有6个团。我们认为，他们应该遵循联合国的决议。他们应该撤出全部军队。在这三个障碍中，我们认为最重要的，就是停止支持越南占领柬埔寨。

Chilton：这是首要的一个？

韩：是首要的一个，这是主要障碍。这是中方最关切的，但是戈尔巴乔夫在符拉迪沃斯托克的讲话中没有提到这一点。这就是为什么邓小平说这还不是真正的一大步的原因。更重要的是，在他发表讲话之后，苏联外交部的一位官员还是按照另外的调门讲话的。这意味着，他们的对华政策还没有最终确定。这就是我们仍然需要等待的缘故。我们有这方面的经验。我们不看他们怎么说，我们要看他们怎么做。

Chilton：第二个障碍是什么？

韩：第二个障碍是阿富汗。

Chilton：这非常有意思。我想问你的是，我了解到最近中苏边境出了点问题。

韩：一个个案，已经解决了。

Marsh：一个中国士兵在一周或两周前死掉了。

韩：是的，那只是一个个案。

Marsh：那中美之间的障碍是什么？比如说，支持台湾？

韩：是的，你们支持台湾是一个大问题。这也是一个障碍。我们认为你们继续向台湾出售武器，是对中国内政的一种干涉。

Marsh：在这一点上，美国政府并不承认台湾是中国领土的一部分，不是吗？

韩：不，它的确是承认的。这一点你们已经做出了承诺。

Marsh：我想我们也已经承诺了停止武器销售？

韩：是的，你们了解中国的立场，那就是，台湾是中国的一部分，并且中华人民共和国是唯一的合法政府。但是，当你们的国会通过了与台湾关系法之后，你们仍然将台湾视为一个政治实体。所以这实际上违反了我们在1978年达成的联合公报，但是这个公报是在1979年1月1日公布的。

Chilton：台湾和中国之间的关系在今天不是比10或20年前更好了吗？

韩：是的，我想你可以这样说。事实上是有了一点贸易关系，但不是直接的，而是间接的。有一点或者说很少量的直接贸易。但是大多数，应该说绝大多数都要通过香港。也有台湾人访问了大陆，但那是非公开的。如果他们来大陆旅行的话，他们将遭到台湾当局的惩处。但的确有一些人访问了他们在大陆的家庭。这就是我们说美国至少可以在鼓励台湾实现三通方面做些什么的缘故。三通指的是通邮、通商和通航，包括空运和海运。因为只有通过这样的方法，你才能够相互了解，并且让我们找到实现和平统一的道路。

Chilton：稍微换个话题，中国怎么看核战争以及核战争的危险？

韩：我们反对核战争，而且我们认为只有两个国家能够发动一场核战争，那就是两个超级大国。

Chilton：你不认为你们自己也是一个超级大国吗？

韩：不。我们所拥有的全部核武器只是很少量的。你们两国超级大国拥有95%的核武器。其他全部剩余的，也就是所有其他国家加在一起拥有的核武器大概只有5%。怎么他们能发动一场核战争，我们就不能进行核试验呢？我们宣布我们不会首先使用核武器。我们进行这些试验仅仅是为了打破核垄断。这就是我们为什么认为两个超级大国应该带头削减核武器的原因。至少，一开始，你们可以削减50%。然后，你们可以开始谈判，国际范围内的谈判。所有的国家都参加，然后讨论如何进一步削减。无论如何，我们认为两个超级大国应该带头，然后导向彻底销毁或者是彻底禁止核武器。

Marsh：这种事好像不会发生，你不这样认为吗？

韩：我知道，但这是我们的立场。核武器你们既不能拿来吃，又不能拿来穿，用处何在？

Chilton：你在引用一对反战夫妇的说法。

韩：我们需要和平，我们非常需要。我们需要一个和平的环境去发展我们的经济。我们需要50年，也可能是70年。

Chilton：我正尝试着去弄懂和理解你所说的意思，但我也想把问题放到历史的背景下去思考。中国拥有非常漫长的历史，比这个地球上的任何民族都长，可能除了埃及人。你们是世界上两个最古老的民族。从这个角度来看，你们担心核威胁会导致世界末日吗？

韩：这个我倒不担心。人类有足够的智慧。他们绝对不会让自己灭绝。我不相信会有一个末日。这只是我个人的看法。我们没有官方立场。

Chilton：虽说如此，你不认为大多数中国人会同意你的看法吗？

韩：我相信这一点，因为人类不会允许人类全部灭绝。

Marsh：美国政府拒绝给世界人口控制组织提供资金，因为据说中国存在强制堕胎现象，你对此有何评价？

韩：首先，这不是一个成文法。我们没有强制堕胎。我们认为这表明美国试图干涉其他国家的内部事务。因为我们要采取什么样的人口政策，这是我们的内部事务。在墨西哥城，这一点是被所有国家都通过了的，其中也包括美国的代表团，那就是人口政策属于有关国家的内部事务。所以你们为什么想要改变我们的人口政策，想要去干涉它呢？更重要的是，你们引用一些所谓的有关强制堕胎的报道，但那不是真实的，因为你们不能用一两个个案去怀疑整个的人口政策。在美国也是一样的。如果我可以写报道的话，我从这个州或者那个州搜集一些负面的消息，并且把它们集中在一起，然后报道说，美国就是这个样子的。这是不真实的。

美国是什么样子的？你说，拉斯维加斯到处都是赌博。这是不真实的，这不是全景。这就是为什么我在Daily Mail的时候说媒体可以扮演一个非常重要的角色的原因。所以，我希望当你们访问中国的时候，你们可以直接了解中国的人口政策，来矫正你们的错误印象。

Chilton：你认为美国应该怎样对待恐怖活动？你们对其他国家有什么建议？

韩：首先，我们坚决反对恐怖主义，任何形式的。但是，如何解决它，这不是一个简单的问题。我不是一个反恐专家，所以我无法提供有效的建议。

Marsh：邓小平82岁了。我们的生命都是有限的。他在中国实行的对西方开放的政策上具有什么样的影响？如果他走了，开放政策是否有可能随他而去？

韩：不，我不这样认为。因为对外开放和振兴国民经济是我们改革的两条主线。因为改革给全体中国人民带来了巨大的利益。我们为什么要改变它呢？你怎么能够违背人民的意愿去逆转这一政策呢？我不认为我们会再度关门。如果说有什么改变的话，那就是我们将把门开得越来越大。

Chilton：我曾经被告知在中国历史上的某些特定时期——我不是一个学者，所以我只是转述别人对我说过的话——曾经有些时期中国是开放的，比如说在第一个世纪，但是到了第10个世纪，中国又关上了大门。就是这样，开放，关门，开放，关门。这是真的？还是不是？

韩：至少现在不是。可能在过去是真的，但不是现在。

Chilton：你觉得中国不会再关上大门了？

韩：不会。因为就像我说过的，你不可能在隐居状态下建设国家或发展经济。没有一个发达国家是自己独自建成的。必须有交流和互相帮助。

Chilton：我曾经问过这样一个问题——我不记得数字了，但是我记得是在上海的一家电视台——中国今天有多少台电视机？你知道有多少吗？

韩：我真的不知道。大概有2000万台，或者更多一点？

Chilton：不，不。这个差得太远了。在上海，他们告诉我们，仅仅在上海电视台覆盖的范围里，如果我没有记错的的话，数字是7500万台左右，但这仅仅是上海电视台所覆盖的区域。

韩：可能有个误解。7500万应该是指上海电视台所覆盖的人口数，而不是7500万台电视机，我不这样认为。

Chilton：但是第一百货商店和第10百货商店，他们卖电视机都卖疯了。

韩：这是真的。他们有很大的需求。我们正在建设更多的电视机厂。

Marsh：我在另一个采访里看到，你拒绝使用“资本主义”这个词来描述中国正在发生的事情。但是当我在中国的时候，我认为我看到了很多资本主义的东西——比如，为获得奖励而努力，更多的钱，人们都想致富。这似乎是一种巨大的原动力。

韩：他们说你们在中国没有实行资本主义吗？我说没有。我们没有使用过资本主义这个词。

Marsh：你们可能不会使用这个词，但是用更多的钱和机会去奖励那些努力工作的个人，这似乎很清楚了。

韩：我来给你讲讲这个道理。我认为我们现在的方法是去吸收那些健康的、有用的部分，而不管它来自哪种制度。这并不意味着我们要改变我们的制度。我们认为人类文明中所有优秀的东西都将被传承，而垃圾则会被抛弃。

Marsh：我们希望你们能比我们做得更成功。

韩：是的，我想，这也是我们的愿望。

Chilton：中国怎么看日本最近的事情?

韩：日本，你知道，他们已经罢免了文化部长。我不知道他的名字。日本人的名字很难记。中文我知道，但是发音很不同。他已经被逐出了中曾根内阁，因为他发表了很多荒唐的言论以美化他们在二战期间对中国的侵略。所以我们在报纸上批评这件事。

Marsh：查尔斯顿大学的布莱斯林校长提到你在二战期间是一位游击队战士。Chilton也曾经到过中国。

Chilton：那是在战后，我去过缅甸、印度，然后去了中国的武汉，我还去过昆明和其他地方。

韩：我当时在离北京不远的一个解放区，然后又到了更远一点的河北、山西和察哈尔。

Chilton：你参加过长征吗?

韩：没有，对长征来说，我太年轻了。但是我参加过抗日战争。

Chilton：那你怎么看今天的日本?中日关系比当时已经明显地好转了，他们比那时好了，不是吗?

韩：我认为目前我们是处在一个好的时期，日本是我们的第一大贸易伙伴。但是还有一些问题。我们方面有赤字，只是比你们少一些。

Chilton：欢迎这种改变。

韩：他们正试图让军国主义复活。

Chilton：但我不认为你对此感到担忧。现在你们已经有原子弹了，而日本没有。

韩：你必须从一开始就保持高度的警觉。在早期的时候要比在晚期的时候更容易制止它。

Chilton：你在美国多长时间了?

韩：这一次是16个月。我在6年前曾经来过，从1973—1979年，是在华盛顿特区，担任联络处副主任，那是一个很特殊的任命。我们在尼克松总统访华后设立了这个机构。那是我们第一次设立这样的机构。我们同白宫的联系比同国务院更紧密。我们可以直接去找国家安全委员会的基辛格博士。

Chilton：但是在那之前你从未以外交官的身份到过华盛顿吗？

韩：没有。1973年是我第一次到美国。

Chilton：你来的时候就懂英语吗？

韩：是的，我在学校的时候就懂英语。我在43年前就作为翻译帮助过美国飞行员。我学英语的时候很年轻，是在中学里，然后我进了一所美国人办的大学，燕京大学。

Chilton：这所大学还在吗？

韩：不，不在了，但是它并入了北京大学。

Chilton：谢谢你接受采访。

11月4日—8日

波士顿：谈笑有鸿儒

在我们每年收到的大量邀请函中，有相当多的邀请来自美国的大学，这也就是在我们的出访日程表中总是会出现某个大学名字的缘故。当然，这是我们非常乐于写进日程表的安排，事实上，只要时间允许，我们会为某个大学的邀请专门安排一次出访。

不过，我们和美国大学之间的互动并不仅限于此，在每年的新年和中国的春节前后，我们都会邀请大华盛顿地区的大学校长和教务长们到大使官邸做客。从1986年开始，做客的地点更是从官邸的客厅改到了使馆的大厅，因为受到邀请的人数大大增加了——那通常都是二百人以上的大型聚会。

美国教育界的朋友们对我们和大学之间的频繁交往给予了热情的鼓励：1988年，由373所州立大学组成的美国州立院校协会，向韩叙颁发了“杰出服务奖”。当他走上领奖台时，数百位大学校长起立报以长时间的掌声。

所有这些，都发生在这样一个大背景下，即中美两国之间的教育交流与合作发展迅猛，同时美国的教育界、知识界对中国及中美关系的关注程度与日俱增。

尽管在我们的出访日程表上常常出现大学的名字，但1986年初冬的波士顿之行还是令我格外难忘，因为还没有哪一次出访像那次那样，集中访问了那么多所顶尖名校，并且拜会了那么多著名学者。

我们抵达波士顿后的第一个晚上，就是在位于查尔斯河畔的著名私立大学——波士顿大学（Boston University）校长约翰·西尔伯（John Silber）夫妇家度过的。西尔伯先生担任波大校长职务已经15年了，在波士顿和美国教育界都颇具影响。他是一位德国后裔，曾经在军队服务多年。他的家族和经历赋予了他十分坚强的性格。即使是在校长职位上，他也更像是一位雷厉风行的将军。他在决策过程中刚直不阿，毫不犹豫。他以强硬和厌恶愚蠢、无能及不诚实著称。这使有些人感到很不舒服，他也因此成为一位备受争议的人物。但是没人能否认他对波大的贡献，在他的有效治理下，波大的声誉蒸蒸日上。作为对他的杰出贡献的肯定，他在10年后（1996年）成为该校的第一任荣誉校长，并且直到2003年才卸任，在职时间长达32年。

那天晚上，同时被邀请的客人还有波大政治学教授凯文·怀特（Kevin White）——他曾经担任过波士顿市长——夫妇、波大国际关系研究中心主任赫尔曼·艾尔兹（Herman Eilts）——他曾是美国前驻埃及大使——夫妇、波大新闻学院院长山农（Shannon）——他曾任美国驻爱尔兰大使——夫妇。波大艺术学院的教务长——她同时还是一位小提琴教授——也是当晚的来宾之一。她还带来了自己的学生——来自中国中央音乐学院的女高音歌手邓桂萍，她在西尔伯校长家的幽雅客厅里为大家演唱了一组歌曲，其中包括四首中文歌曲。邓桂萍，以及和她同样在波大艺术学院深造过的傅海静、王洛勇等人，后来都成为蜚声美国百老汇舞台和世界歌坛的著名歌手。像他们这样的来自中国各个专业领域的留学生和访问学者，在波士顿大学的校园里正迅速增多。

精心准备的晚宴和饶有趣味的谈话，让当晚的聚会令人难忘。尤其是西尔伯先生，他是一个很棒的交谈对象，他的理性和开放，以及他的睿智和坦率，都给我们留下了极其深刻的印象。

和以往不同，我们此行有机会下榻在一个非常特别的地方——哈佛大学的亚当斯楼（Adams House）。它是哈佛大学13个本科生宿舍楼中的一个。不过所有的宿舍都并非只有一栋楼，而是一个配备了图书馆、琴房、小教堂、餐厅、客房等各种学习和生活设施的楼群。亚当斯楼里甚至还配备了一个小剧场。宿舍楼里不仅住着学生，还住着舍监（House Master）和一批帮助学生们解决各种问题的顾问。所以，每个宿舍楼都是一个由学生和教师共同组成的小社区。哈佛希望通过创造让不同班级、不同类型、不同协会的本科生和导师们在同一个社区里生活、接触和交谈的机会，来增进彼此之间的文化交流及对学术问题的兴趣，从而补充并强化课堂教育。这种住宿制，体现的正是哈佛大学的独特教育理念和传统，那就是为学生提供将学习和生活完美结合的全方位教育。没有什么是比住在这样的宿舍里更能让我们真切地感受哈佛大学的精神特质了。

在每一个宿舍楼里，舍监都是一个相当于社区总管的关键人物。除非是德高望重的哈佛教授，否则是没有资格担任舍监的。事实上，我们刚好就住在亚当斯楼的舍监罗伯特·凯利（Robert Kiely）教授夫妇家里。让我们大吃一惊的是，一走进他们的家门，扑面而来的竟然是挂满了客厅和走廊的中国字画！我们仔细看过去，发现其中有几幅还非常古老。原来他们几年前曾在中国成都的大学里教过英文，这些字画都是他们在那时淘到的宝贝。

凯利夫妇都是非常热情周到的主人。女主人每天都为我们精心准备早餐。男主人还特别为我们在亚当斯楼安排了一个招待会，并且介绍我们认识了多位哈佛教授。即使我们晚上回来很晚，他们也会一直等着我们，甚至还为我们准备好茶点，并且招待前来造访我们的客人，而他们还有自己的孩子要照顾。

从亚当斯楼步行十多分钟，就是哈佛大学的终身教授、著名历史学家费正清（John King Fairbank）先生的住所。我们住进亚当斯楼的第二天下午，就专程拜访了这位在美国的中国近现代史研究领域中被公认为泰斗的大师。

费正清夫妇热情地接待了我们。尽管已届80高龄，但费正清先生依然精神矍铄。作为一位学者，他在自己的研究领域以理性和客观而著称。但是作为中国人民的朋友，他真诚地希望中国能够走上现代化的道路。在他看来，中国与西方是不可割裂的。而尤其难能可贵的是，他尊重中国的独特性，他认为把中国假想成与美国一样是错误的。他始终坚信，越是更好地了解中国，就越能与中国和睦相处。

费正清先生的研究不仅深刻影响着美国的学者，也影响着美国的政治家。1972年尼克松总统访华前，时任总统国家安全事务助理的基辛格博士就曾经专程就中美恢复关系的问题请教过费正清。基辛格后来评价说："那次谈话改变了历史。"1979年邓小平访美时，费正清应邀出席了美国政府举行的国宴，他与卡特总统和邓小平同桌而坐，他发自内心地感叹道："1979年结束了中美两国之间30年的疏远状况，也结束了我作为一个中国问题研究专家50年的奔走呼号。"

费正清先生的成就和威望，吸引了更多的美国学者投身于中国研究。他在哈佛大学一手创建的费正清东亚研究中心，已经成为美国东亚研究和近现代中国学研究的先驱和骨干。强大的研究实力和良好的学术声誉，使其成为深刻影响美国对华决策的重要智囊机构。

费正清先生以自己毕生的努力，在中美两国之间缔结了一条重要的精神纽带。面对着这位为中美两国之间的相互了解做出了巨大贡献的老人，我们内心的敬意和感激是任何语言都无法表达的。

在哈佛校园里，我们专程拜访的另一个人，是时任校长德瑞克·布克（Derek Bok）先生。和波士顿大学的西尔伯先生一样，他也是在1971年接手哈佛校长职务的。与哈佛此前的绝大多数校长皆为哈佛毕业生不同，他毕业于西海岸的斯坦福大学。当年仅40岁的他被董事会的成员们花了11个月的时间，从900多名候选人中挑选出来时，哈佛这所古老的名校已经积弊重重，迫切需要进行一番大刀阔斧的改革。布克先生上任后不负众望，他带领着一支新成立的精干管理团队，对哈佛的本科生课程以及财务、校务、与政府和社区的关系、法律、学生来源等诸多方面的工作进行了大力度的改革，从而将哈佛带进了一个新的辉煌时代，而布克先生本人也因此成为美国当代高等教育领域中最杰出的教育思想家和教育活动家。他在担任校长20年后（1991年）辞职离任，但是到了2006年，当哈佛面临暂时没有接任校长的局面时，他又被请出来担任了临时校长，成为哈佛现代历史上唯一的两次担任校长的人。

我们和布克先生讨论了进一步推进双方之间教育合作的问题。事实上，布克先生主导的全方位改革不仅使哈佛本身焕发出了新的生机和活力，也为哈佛与其他国家之间的教育合作创造了更多机会，因为改革的措施之一，就是更多地录取国际学生和接受国际访问学者，为其他国家培养领导人才。随着这项措施的实施，哈佛大学接受国际学生和访问学者的人数，很快就在当时的全美高校中攀升到了第一位。不用说，这使大量的中国学生和访问学者也深受其益。

演讲从来都是我们与公众沟通的重要方式之一。为了充分利用这次名校之行的难得机会，韩叙在此行中先后发表了四次演讲。其中两次演讲的地点都是在哈佛大学。第一次是在肯尼迪政府学院，演讲的主题是《中美关系——挑战和机遇》。第二次是在费正清东亚研究中心，演讲主题是《中国改革的持久性》。还有一次演讲虽然不是在哈佛校区内，但和哈佛也颇有关系，因为是在市中心的哈佛俱乐部，所有听众都是哈佛校友。那次演讲的主题是《中国的对外政策》。最后一次演讲是在外交事务委员会波士顿分会，演讲的主题是《中国和亚太区域》。

在波士顿声名仅次于哈佛大学和麻省理工学院的塔夫茨大学（Tufts University），是我们此行访问的第三所大学。我们受到了吉恩·梅耶（Jean Mayer）校长的热情款待。梅耶校长也是一位锐意进取的校长，在他的领导下，塔夫茨大学有了惊人的发展，不仅建立了新的学院，还建立了两个新的校区，其中一个位于法国南部，被称为塔夫茨欧洲中心卫星校区。

弗莱彻法律与外交学院是塔夫茨大学的骄傲。作为美国最古老和最负盛名的国际关系研究生院之一，它一直被誉为“外交官的摇篮”。我们到访那天，学院正在举行一个美中关系研讨会。会议组织者专门为韩叙安排了一个问答单元。一位名叫大卫的国际政治学助理教授担任了主提问人。让我们倍感亲切的是，他是我们的一位老朋友麦克·奥克森伯格（Micheal Oksenberg）的学生。奥克森伯格也是美国少有的“中国通”，他一生都在致力于研究中国问题和推进中美关系的发展。卡特政府时期，他刚好担任美国国家安全委员会中国事务助理，在中美建交过程中扮演了重要角色，他也因此和韩叙成为友情深厚的朋友。韩叙从联络处离任时，美国参众两院的议员朋友们专门为他举行了一个欢送会。我永远都忘不了出现在那个欢送会上的极其热烈的一幕——奥克森伯格出人意料地展示了他在大学时代担任啦啦队长时的风采，他有力地挥舞起手臂，激情四射地带领在场的议员们大声拼读韩叙的名字。这位令人可亲可敬的朋友不仅自己致力于中国问题研究，还非常注重培养新一代“中国通”，他先后指导了二百多位研究中国问题的博士生和硕士生，他们毕业后在大学、政府、公司、出版机构和智囊团中担任了重要角色。我们很高兴在著名的弗莱彻学院见到了他们当中的一位。

梅耶校长对弗莱彻学院的安排也怀有浓厚的兴趣，他暂时放下了手中的工作，和妻子一同出现在了听众席上。

既然到了波士顿，当然不能不访问麻省理工学院。在这座世界顶尖的著名学府里，我们见到了数百位来自中国大陆的留学生和访问学者。我们还拜访了一批受聘于麻省理工的著名华裔教授，其中包括毕业于清华大学的麻省理工数学系教授林家翘先生，他在1962年就当选为美国国家科学院院士。

几天来，我们与波士顿名校的众多学者进行了广泛的交流。在我的感受中，那是一次难忘的徜徉在知识殿堂的精神之旅。学者们的睿智和风采给我留下了极其深刻的印象。身处他们当中，并且与他们交谈，常常使我感到如沐春风。我们交谈的一个重要话题就是中国。我们很高兴能有机会和他们在一起谈论中国。他们的眼光和见解是理性和富有启发性的，他们对中国的浓厚兴趣，有助于我们两国在更深的层面上相互了解。

我是那么想让大家目睹一下那些大师们当年的风采，但我在自己保留的所有照片中，竟然没能找到一张与此行有关的照片，这真是一个莫大的遗憾！

此行的最后半天有一个很轻松的安排——前往波士顿附近一个叫作塞勒姆（Salem）的小城，参观位于那里的Peabody博物馆。这是我们的一位老朋友、原美中贸易理事会主席克里斯托弗·菲利普斯（Christopher Phillips）先生特意安排的。真高兴我们接受了他的建议，因为Peabody博物馆给了我们一个很大的惊喜——它把近二百年前中美之间的一段通商史栩栩如生地呈现在我们眼前。博物馆里陈列着当时从中国出口到美国的木质家具、银器、瓷器、用法郎装饰的各种日用品、折扇、绢画，甚至还有商船通过海关时的凭证和提货单据。展品中还有当时使用的美国商船的模型、美国商人们绘制的中国店铺的图画，以及根据他们的描述制作的中国丝绸作坊的模型。

Peabody博物馆为我们珍藏了一份中美交往源远流长的历史见证。当我们站在那些穿越了二百年时光的藏品面前时，我们很高兴我们能够成为中美两国之间延续至今的交往的一部分。不过和当年截然不同的是，我们今天的交往，呈现出来的已经是一番波澜壮阔的景象。

韩叙在哈佛大学费正清东亚研究中心的演讲

1986年11月7日

中国改革的持久性

女士们，先生们，

今天能和你们相聚在此，我感到非常荣幸和高兴。我首先要感谢费正清中心的热情款待。你们为今天这次会议选择的演讲题目是中国改革的持久性。这的确是一个非常重要的议题。我个人对今天上午的小组讨论很感兴趣。我想我愿意花些时间和诸位分享一下我自己的一些看法。

作为出使美国的中国大使，我碰到了很多有关中国改革的问题或疑惑。我个人相信，这场改革是持久的。但要说明我的观点，我们最好先来看看那些不同的观点。

我经常听到的一种说法是，中国的改革如此复杂，以至于中国的领导人由于担心国家将走向资本主义而不得不后退。有些美国人，每当他们看到中国强调文化和思想进步的重要性时，就会猜测中国的改革和对外开放遇到了阻碍，因此，中国的现代化步伐就有可能放慢。

我认为，不论是经济方面的改革，还是政治方面的改革，其目的都是为了建设一个现代化的社会主义国家。特别是，我们要建立的是公有制基础上的有计划的商品经济，并且容纳多种经济成分。我们想要杀出一条新的道路，向人们证明真正的社会主义意味着共同富裕。

最近召开的中国共产党第十二届六中全会做出了《关于深化文化体制改革推动社会主义文化大发展大繁荣若干重大问题的决定》。这个决定表明，我们的整体计划是以经济发展为纲，继续改革我们的经济和政治体制，同时加快国家的文化和思想进步，以确保我们各个方面的工作能够协调和相互促进。

有些人认为，改革和对外开放与社会主义文化和思想进步不相容。

在我看来，这种观点似乎忽略了某些要点。

要建设社会主义现代化，中国就要努力汲取国外的所有先进的科学和文化养分。我们将最大限度地学习所有国家的先进科学和技术，学习普遍适用的经济管理和行政工作方面的专业知识以及其他有用的知识，并且在实践中验证我们所学到的东西，但是我们不会采用资本主义的意识形态和社会制度。

事实上，我认为我们强调文化和思想进步的侧重点，是为了服务于改革和对外开放政策的需要。我以对外开放为例。中国采取了很多措施鼓励外商到中国投资。但是，这些措施并不能让我们在拥有受过良好教育、自律、保持高尚理想和道德诚信的人员方面取得满意的效果。美国商人希望中国有一个良好的投资环境。我们认为一个好的环境不仅包括物质方面的内容，比如优惠的待遇以及良好的服务设施，还应该包括社会道德和文化的发展。社会主义的道德并不仅仅意味着丰富多彩的文化生活，它也意味着良好的社会秩序、健康的社会导向和诚实的人民。毋庸置疑，这些都将有助于国家实行开放政策。

有些美国朋友基于中国以前政治和经济形势的动荡，怀疑中国改革的持久性。在我看来，由于历史的、社会的以及人自身的状况所决定，像这样的动荡在过去是一个大概率事件。我稍后的时候会再谈及这一点。我不否认，有时候一些临时性的或一些矫正性的措施会带来形势的动荡，但在经常情况下，整体的改革将会继续推进。

举个例子，在经济领域，最初的改革是从农村开始的，然后逐渐向城市拓展。人们首先想到的是如何摆脱平均主义，然后他们就开始改变价格和工资体系。政府首先想到的是制定中国经济与外国合作的有关法律。当政府听到外商关于在中国做生意成本太高的投诉时，就开始考虑在税收、租金、员工薪资以及其他方面给予到中国投资的外商以优惠待遇。

在政治领域，现在谈论政治体制改革将会是什么样还为时尚早，但是我可以说，未来的体制将能够更好地服务于中国发展的需要。事实是，政治方面的改革已经带来了很多方面的改变。“实事求是”已经取代教条主义，成为我们的思想路线。我们还用“社会主义现代化是国家的首要任务”取代了“以阶级斗争为纲”，前者已经成为我们的政治路线。我们也谴责个人崇拜，并且强调社会主义民主和法治的重要性。

现在，我们已经开始实践县级的直接选举，而且选民可以行使罢免代表的权利。党和国家领导人的终身制已经被废除。例如，中国的宪法规定，担任国家主席、副主席、总理、副总理的职务不能超过两个任期，也就是说，不能超过十年。党政分开的问题也正在讨论过程中。“法律面前人人平等”的原则再次被重申。全国人民代表大会已经制定了46项新的法律。

西方人常说，中国缺乏民主、自由和人权。在这些问题上，中国和西方之间存在的一些根本性的认识上的分歧导致了沟通困难。尽管如此，即使是一些严厉的批评者也已经注意到，曾经昙花一现的“百花齐放、百家争鸣”政策似乎正在重新抬头。他们也注意到，中国的立法机构——全国人大常委会——最近就一部有关破产问题的新法律展开了激辩，以至于它的制定不得不被推迟。

的确，中国吃尽了所谓的“文化大革命”和大跃进的苦头。但是，展望这个国家未来的发展前景，说它的今天就意味着未来是不正确的，说它的过去意味着未来也是不正确的。通过我谈到的上述事实，你们可以看到中国改革的大方向，你们可以看到中国一直在推进改革。一贯性和持久性可能不是一回事，但是它们之间的相关性肯定是不容忽视的。

另一个备受关注的争论是，由于邓小平主席是这场改革背后的真正推动力，他未来的离世也将意味着改革的终结。

确实，邓主席是这场改革中的关键人物。他在中国享有巨大的声望，不仅因为他有过人的才智和高尚的爱国主义精神，更重要的是他有通过改革建设国家的精辟见解。但是人们不应该仅仅强调个人的作用，而忽视了一定的历史条件才是使个人发挥作用的首要因素。在中国，一个非常重要的条件是，中国人民被一个事实唤醒了，那就是以往僵硬的经济体制已经严重阻碍了中国经济的发展，不完善的政治体制，也包括其他因素，将中国带入了“文化大革命”的惨剧。正是这种觉醒，为改革提供了强大的背景。邓和其他中国领导人看到了改革的必要性，但这并不意味着改革是一场个人秀。中国的现任领导人在推动改革的问题上同样是坚定的。许多年轻的、受过良好教育的、有才干的以及有改革意识的中国人，已经走上了各个领域的领导岗位。在我看来，改革事业将会得到更好的推进。

即使是某一天某个握有很大权力的人试图使中国退回到封闭状态，那么他或她也不可能成功，因为改革得到了广大中国人民的支持，他们是改革的获益者。1978—1985年间，城市居民的人均年收入平均增长了8.5%，而在农村地区则增长了14.8%。假如某个人想要废除在农村实行的联产承包责任制，并且重新回到人民公社的僵化体制下，假如某个人想要给工厂重新穿上紧身衣，并且剥夺他们的自主权，那么工农业产值肯定会下降，人民的生活水平也将会下降。中国人民会接受这一切吗？根本没有可能。这一点再真实不过了。十年前，中国人民被压抑到几乎完全沉默。但是后来这沉默变成了爆发的惊雷。四人帮倒台没费一枪一弹，尽管他们拥有巨大的权力。为什么？说到底，这就是人民创造历史，是人民决定了一个国家的命运。在哥伦比亚广播公司（CBS）的迈克·华莱士的最近一次访谈中，82岁的邓既谦虚又自信。他说，是人民，而不是他或其他个人，决定了中国未来的道路。

此外，用中国人民的方式思考发生在中国的变化就会明白，任何想要回到过去的做法都是不太可能的。中国人再也不会被假的社会主义愚弄了。他们再也不会成为个人崇拜的受害者。他们确信真正的社会主义应该给人们带来繁荣。他们确信应该扩大民主和加强法治。

简言之，已经发生的事情都无法更改。有人说，在美国，人们根据自己的钱包投票。我要说，在有了一笔好生意之后，中国人不会再接受一笔糟糕的生意。

女士们，先生们，

中国的改革和对外开放政策已经对中国与外部世界的关系产生了显著的影响。其他国家对中国改革的态度会带来什么结果，可能还不太确定，但可以确定的是，这将会影响到中国改革的步伐。中国人民和政府欢迎来自其他国家的建议和忠告，它们将有助于中国通过改革实现繁荣。一个经济发展了的中国，意味着五分之一的人类享有更好的生活。它同时也意味着中国与其他国家的经济合作能获得更多的利益。我想强调的是，世界已经发展到这样一个阶段，那就是简单地以意识形态和社会制度为标准来决定一个人对另一个国家改革的态度，既不现实又不明智。中国渴望和平和发展，并且渴望拓展与世界上所有类型的国家的互惠互利关系，当然也包括美国。

女士们，先生们，

今天，我很高兴能参加你们的会议，并且贡献我的一点看法。我也非常希望有机会参加后续的会议。我可以为下一次会议的主题提个建议吗：中国改革的持久影响。

谢谢你们！

哈佛大学*Update*杂志　1986年12月

中国寻求与美国建立更紧密的关系

一些美国人将中国比喻为一只幼虎："当虎长大的时候，它就会咬喂养它的那只手。"所以，中国驻美大使韩叙上个月在这里谈到了中美关系的现况。

然而，在谈及美国已开始在中国进行的政治、经济和文化投入时，他谈到了两国之间相互交流的潜在前景。事情不是谁"需要"谁更多，韩说，而是双方如何从更密切的关系中获利。

美国为中国的纺织品、石油、原材料以及工业产品提供了一个市场，并且成为中国急需的技术和管理经验的来源，韩说，反过来说，中国对美国的考古学家和地质学家也很有价值。更重要的是，中国的国内市场对投资者来说是一块沃土。"如果美国不捷足先登的话，"他警告说，"其他人会的。"

对两国来说，找到克服彼此之间的显著差异而展开生意的方法是一个挑战，按照韩的说法，"意识方面的问题不会成为发展良好关系的阻力。"

虽然韩也认为台湾和大陆的重新统一问题是中美关系发展的障碍，但他希望美国政府能支持中国的"一国两制"政策。中国将尽量不使用武力达成统一，他说。他还说，当中国在1997年从英国手中接管香港时，香港将继续由港人治理。

韩断言，只要美国支持这个倡议，中美关系就能顺利发展。

1987 年

4月30日—5月2日

田纳西：五月的孟菲斯

8月12日—13日

俄勒冈：蚕式导弹风波乍起

11月30日—12月3日

密歇根：老友记

12月6日—7日

伊利诺伊：成长的友谊之树

4月30日—5月2日

田纳西：五月的孟菲斯

我该怎么形容5月的孟菲斯呢？我是说1987年5月的孟菲斯。当我们在4月的最后一天下午抵达那里时，直觉告诉我，我们走进的是一座正处于即将揭开一场狂欢序幕的期待和兴奋中的城市。

孟菲斯位于密西西比河畔，是田纳西州最大的城市，也是整个美国东南部仅次于佛罗里达州的杰克逊维尔市的第二大城市和全美第17大城市。由于它在历史上是著名的棉花产区和棉花交易市场，所以，这里每年5月都会举行棉花狂欢节。但孟菲斯人在5月要过的不只是这个节日，他们还会用一整月的时间去过另一个节日——国际节（International Festival）。正因为如此，这个节日又被称为“五月的孟菲斯”（“Memphis In May”）。在这个月份里，孟菲斯人将通过各种公共活动了解世界上的某个国家，而在1987年的5月，他们要了解的国家是中国。作为美国的十大艺术节之一，孟菲斯国际节在1987年的选择，成为当时遍布于全美的中国文化热的真实写照。

中国外交官们一直被这股热浪包围着。我们应邀到各州去参加中国文物展、画展、各类演出的揭幕式或首演。许多文化机构都主动找上门来，希望我们能为他们的某项计划提供必要的帮助，比如华盛顿儿童博物馆的负责人希望我们协助他们在展区内开设一个中国馆，而美国最著名的博物馆和研究机构的联合体——史密森学会（Smithsonian Institution）则想让我们帮他们举办一个全面介绍中国文化的系列讲座。麦迪逊饭店的老板科恩也带着他的几个朋友来到使馆，希望从我们这里获得一些建议，因为他的朋友们打算投资建造一座中国文化公园。还有些人找到我们，是因为他们想出资举办中国画展，而且他们已经发现，不少私人收藏家正开始购买中国画家的作品。

到了1987年，在美国中西部和南部的一些州，中国更是成了一些公众性文化活动或节日的主题。比如4月中旬，我们就曾赶往亚拉巴马州最大的城市伯明翰，参加了他们举办的一个为期一周的以中国为主题的艺术节。为了筹办其中的一个中国文物展，主办方花了近两年的时间，从美国各地的博物馆和私人藏品中精心挑选了展品，其中不少都是一个世纪以来流散在海外的艺术珍品。他们还排演了一部描写一位中国公主爱情故事的歌剧《图兰朵》。为了追求更具震撼力的演出效果，同时也能让更多的人参与其中，他们把剧中的布景换成了一个由200人组成的大型合唱团，而剧中的男主角更是他们专门从意大利重金聘请的。

想想吧，田纳西州的孟菲斯人要用整整一个月的时间向公众介绍中国，他们又该付出多少心血呢？据说，在这个拥有65万人口的城市中，至少有20万人将会参加与国际节有关的各种活动。为了办好这个盛大的节日，孟菲斯市的市长理查德·海凯特（Richard C. Hackett）先生甚至在1986年亲自率领一个节日代表团访问了中国。为了协助节日组委会的工作，中国使馆文化处的外交官们也跟着忙碌了大半年。

我们原计划是在当地时间中午11点半抵达孟菲斯的，但因为飞机起飞时出现了机械故障，等我们到达那里时，已经是当地时间下午4点半了。如果我的行李箱和我一起离开机场的话，我一点儿都不担心自己会准时出现在6点半开始的活动现场。但遗憾的是，它没有出现在行李传送带上，而那里面装着我按照主办方的要求为当晚的活动准备的礼服。为了那只不见的行李箱，主办方派出了好几个警卫人员在机场四处查找。这种情形我还是第一次碰到。不过值得庆幸的是，行李箱终于在最后时刻被送到了我的面前。我只用五分钟的时间就换好了礼服，而此刻，孟菲斯国际节组委会主席卡拉·哈伯德（Carla Hubbard）女士和她的丈夫已经备好交通工具，在我们下榻的酒店门口等着了。

能想象他们为我们准备的是什么交通工具吗？一辆精巧别致的四轮马车。美丽的夕阳下，暖风拂面，马车悠然地将我们送往当地的一家著名酒店——Waterford Place，去参加在顶层大厅举行的招待会。觥筹交错之间，客人们还可以尽情地俯瞰孟菲斯的迷人夜景。令人难忘

• 在去Waterford Place的路上。坐在我们对面的是孟菲斯国际节组委会主席卡拉·哈伯德女士和她的丈夫。

的安排中，处处体现着主人的盛情和独到的匠心。

这只是当晚活动的一个前奏。“我们要让你们好好体验一下南方人的热情！”孟菲斯的朋友们这样对我们说。是的，那真是一个热情的夜晚，特别是当我们走进第二个招待会的会场时。

那是一场和孟菲斯各界人士的见面会，就在我们下榻的皮博德（Peabody）酒店举行。我们很少见识过场面如此热烈的招待会，主人带着我们在人群中挤来挤去，和数不清的人相互介绍、握手和拍照。人们的谈笑声和乐队演奏的乐曲声鼎沸，每个人都要抻长脖子、提高嗓门才能让对方听清自己在说什么，虽然很累，但却让人既兴奋又高兴。

国际节组委会主席卡拉·哈伯德女士和孟菲斯市长理查德·海凯特先生先后上台发表了讲话。在他们之后走上讲台向大家祝酒的是联邦快递公司的创始人、董事长兼首席执行官弗瑞德里克·斯密斯（Frederick W. Smith）先生，他是这场招待会和随后举行的晚宴的赞助人。当然，他和他创立的联邦快递公司更是孟菲斯的名片和骄傲。斯密斯先生不仅为这座城市带来了巨大的财富，更为世界缔造了一个前景远大的新行当。斯密斯先生对中国非常友好，他曾经担任过美中商会的主席。后来看到他的公司多次为中国运送国宝大熊猫，我真为他感到高兴！因为他的公司承载的不仅是可爱的动物，也是中国人民对包括美国人民在内的其他国家人民的美好感情。

韩叙在斯密斯先生发表完祝酒词后也走上了讲台。他在致辞中提到了美国著名作家马克·吐温（Mark Twain），因为这位在中国享有很高知名度的作家年轻时曾在一艘航行于密西西比河上的名为“孟菲斯号”的轮船上当过领航员，甚至就连“马克·吐温”这个笔名都源自于当时水手们使用的一个测量水深的术语。韩叙说，在中国，有很多人开始了解孟菲斯和田纳西，就是通过马克·吐温的作品。“如果马克·吐温能够活到今天的话，这位了不起的老人一定会非常高兴地知道，他幽默的作品已经拉近了这块美国的腹地和中国之间的距离。”当然，人们还需要了解更多关于对方的知识。他高度评价了艺术节的意义，他说，艺术节就像马克·吐温的小说一样，“不仅将给我们带来更

• 孟菲斯市市长理查德·海凯特先生（左四）出现在第二个招待会上。

多的愉快和享受，也能增进我们两个不同国家之间的了解和情谊。而我们两个伟大国家人民之间更多的了解，将有利于我们两国的关系，也将有利于和世界的和平。”

招待会之后是正式的晚宴。专程赶来参加艺术节的中国广西杂技团的演员们拿出了几个小节目为大家助兴。他们的精彩表演将晚宴推向了高潮。晚宴一直持续到将近零点才结束。那天晚上，我们的心从始至终都沉浸在南方朋友们的热烈友情之中。

第二天上午，当我们走进孟菲斯大学附属中学参观时，那里的师生们又带给我们一连串的惊喜：学校主楼的墙面上贴满了学生们制作的各式各样的熊猫手工作品，每间教室的门上和墙上也都挂满了中国风格的装饰品。更出乎我预料的是，当我们前往学校董事会参观时，一大群早已等候在那里的学生们为我们表演起了欢快热烈的中国红绸舞，之后，他们还演唱了一组中国儿童歌曲。不过，影响更深远的事情发生在课堂上——每一个学生都得到了一本大约200页的介绍中国的手册，他们将在老师的带领下学习手册中的内容。像这样的介绍中国的教学活动不只是在孟菲斯大学附属中学里展开，艺术节期间，孟菲斯所有学校都会安排这样的课程。

受当地媒体的邀请，我们在当晚观看了一部即将在艺术节期间向公众展映的纪录片《中国之行》。影片浓墨重彩地介绍了中国辉煌灿烂的古老文明。相比之下，影片对中国改革开放以来的发展变化却着墨甚少。不过，对当时的那些拍摄者而言，这就是他们眼里的中国。这也让我意识到，我们彼此之间相互了解的路还很长。但令人欣慰的是，我们已经有了一个很好的开端。想要更多地了解今天的中国吗？那就像影片结尾所说的那样："亲自到中国去看看吧！"

在一系列热烈的前奏之后，孟菲斯艺术节终于在5月2日上午正式拉开了帷幕。那是个周六，更多的市民可以参加当天的活动。节日组委会在欧菲姆剧院（Orpheum Theater）举行了隆重的开幕式。

在前往欧菲姆剧院的途中，我们经过了著名的太阳录音棚。享誉全球的歌手猫王埃尔维斯·普莱斯利（Elvis Presley）就是在这里灌录了他一生中的第一张唱片。是的，这是个著名的音乐之城。孟菲斯不

• 在孟菲斯剧院观看纪录片《中国之行》。

仅有猫王，它还是“蓝调”的发源地。当你听到这种起源于黑奴的音乐，当你看到密西西比河从孟菲斯的城中自北向南流过，你就不能不想到这座城市的历史，不能不想到保尔·罗宾逊（Paul Robeson）演唱的著名歌曲《老人河》，因为这段历史就写在穿城而过的密西西比河上，这里不仅曾经是这条河流上最大的内陆港口和棉花市场，同时也是美国中南部最大的奴隶市场。

在艺术节的开幕式上，韩叙在致辞中既提到了密西西比河，也提到了那首脍炙人口的歌曲。他说：和中国的长江一样，密西西比河也是一条伟大的河流，而保尔·罗宾逊演唱的《老人河》，则让很多中国人开始了解生活在这条伟大河流两岸的人民。因此，“在中国，很多人觉得和这个地方之间有某种亲近感。”他再次高度评价了孟菲斯艺术节的意义，他说：像这样的文化交流和在其他许多领域的联系，已经将我们两国人民日益紧密地连接在一起。

在开幕式现场，美国海军的士兵们高高举起了中美两国国旗。《义勇军进行曲》和《星条旗之歌》的旋律在剧场中回响。庄严的仪式结

• 在艺术节开幕式上。左一是国际节组委会主席卡拉·哈伯德女士。

• 卡拉·哈伯德女士向我们赠送礼物。

束后，我们和大家一起欣赏了广西杂技团的演员们带来的长达一个半小时的精彩演出。观众们的阵阵喝彩声简直震耳欲聋。

此刻，整个孟菲斯沉浸在节日的气氛中。在此后的一个月里，人们不论是走进孟菲斯大学、孟菲斯艺术学院，还是走进迪克森美术馆或迪克森公园，都能欣赏到中国的美术作品、书法作品和手工艺品，当然，还有中国广西杂技团的精彩表演。当时负责使馆文化工作的参赞许家宪说："孟菲斯的做法可以使中国文化深入人心，至少在很长一段时间里，中国一直都是人们谈论的话题之一。"我对此深为赞同。

我们在当天晚上返回了华盛顿，但是我们的心，却依然沉浸在对密西西比河畔那座迷人城市的深深眷恋之中。

孟菲斯《周六晨报》(*Saturday Morning*) 1987年5月2日

中国走进城市节日

Allan Brettman

在保安人员的众目睽睽之下，中国贵宾于孟菲斯五月节的第一天参观了一所小学和阿瑞萨特国际（Agricenter International）。

当这一天结束的时候，中国驻美大使韩叙说，他对自己在孟菲斯看到的一切感到高兴。

“孟菲斯五月节为增进我们两国人们之间的相互了解做了大量工作。”大使说。

虽然为期一个月庆祝活动的正式开幕式是周二晚上在皮博德酒店举行的，但是今天下午1: 45，在广西杂技团演员们的自由表演开始之前，在欧菲姆还将有一个开幕式。

韩和随行的十几个中国外交官在孟菲斯州立大学的小学校园里开始了他们的一天，他们参观了课堂，并且观看了一些学生表演如何写中国书法。

三辆豪华轿车把他们载到了教育委员会的大楼，学校系统正式的节日开幕式在这里举行。身穿和服的教师们站在大楼的院子中央，来访的外交官们观看了两组学生表演的中国舞蹈和音乐。

外交官们在离开院子时，还获赠了孟菲斯五月节准备的有关获选国家的一套教程，这套教程已经被送到了该地区所有学校的15.2万名学生手中。

此后，中国来宾们还参观了装饰在委员会大厅里的中国主题的艺术品。这些装饰是由孟菲斯整个教育系统中接受特殊教育的学生们提供的。

中国人民对外友好协会副会长林良（音译）女士穿过大厅，走到一位来自谢菲尔德高中的名叫翁玲的学生面前和她交谈起来，翁当时正站在一些中国绘画作品前面。

林女士用中文与翁小姐交谈。翁小姐微笑着用中文作答。

“她问我来自哪里并且在这里住了多久。”翁小姐说，她来自中国广州，6岁时来到美国，9岁时搬到了孟菲斯。

翁小姐的哥哥凯特跑到她旁边说，韩大使叮嘱他在学校里要努力学习。

外交官们参观了被农场所环绕的农业中心的谢尔贝农场展示区和特色展厅，那里展示的是水培和复合养殖的最新农业技术。

昨天晚上，贵宾们和1800多人出席了在欧菲姆剧院举办的东人柯达（Eastman Kodak）的一个多媒体展映活动，展映的作品是《中国之行》。

来宾们的访问一直由身着西装、手拿对讲机的安保人员陪同，他们显然来自孟菲斯警局。但官员们并不想谈论安全问题。

“由于安全问题本身的性质，我们从不谈论安全问题。”孟菲斯的警长克莱德·肯纳说，他是一个大约由六人组成的安保小组的负责人。

节日组织者对安全问题给予了足够的重视，他们只给新闻机构提供了贵宾们的行程备忘录，但是并不对外公开。就连节日组委会的官员们也搞错了周四行程中贵宾们到达和离开的时间。

这足以证明节日的组织者们非常希望成为一个出色的东道主。去年的时候，组委会因为出现了一些过失而受到了批评，那一次被选中的国家是日本。

在贵宾们到达孟菲斯之前，组委会向参与接待中国访客的人们分发了一份“礼仪介绍”。

这份介绍按照中国来宾的官阶列出了他们的名字。介绍还提供了在各种情况下的欢迎用语——比如在机场、在通常情况下和在乘车抵达时。

它还告诉人们应该如何应对翻译问题，如何对中国客人尽到地主之谊以及与来宾沟通的基本知识。

8月12日—13日

俄勒冈：蚕式导弹风波乍起

从1987年下半年到1988年上半年，中美之间经历了一场不大不小的外交风波，或许我可以把它称作“蚕式导弹风波”。

风波的起因在遥远的霍尔木兹海峡。这个只有几公里宽、平均水深不足30米的狭窄航道被称为世界的“油阀”。每天都有装载着产自海湾国家大量原油的近200条油轮经过这里，然后驶向欧洲、亚洲、澳洲和美国。由于航道内遍布岛屿、暗礁和浅滩，所以巨型油轮和重型军舰只能缓慢通行，而一旦有人使用岸基火力和导弹，就能轻易控制住海峡。这正是已经相互交火了五年之久的伊朗和伊拉克从1985年起相继展开针对对方的袭船战的原因。为了进一步重创伊拉克，伊朗在1986年又将打击目标扩大到了所有支持伊拉克的海湾国家，因此，差不多每周都有船只在这个狭长的航道内被击中或击沉。由于科威特的石油运输几乎全部仰仗水路，在袭船战中的损失格外惨重，于是便向联合国安理会的成员申请护航保护。一时间，西方国家和苏联都纷纷向这一地区派遣护航舰队。1987年6月之后，美国海军也以为科威特油轮护航为由介入两伊战争。从这一刻开始，伊朗成了随时都有可能与美国交火的敌人。

这原本不是中美之间的问题，但有一个传闻却给中美双边关系制造了麻烦——就在各大国纷纷将他们的舰队派往霍尔木兹海峡之后，欧洲，也包括美国媒体上开始出现了一个颇具轰动效应的消息：伊朗所使用的击中其他国家油轮——其中也包括一艘美国油轮——的武器是由中国生产的一种陆基反舰导弹：蚕式导弹。这条消息在美国引起轩然大波，它带给美国公众的印象之一，就是中国有可能正在帮助美国的敌人。

就在媒体的一片议论声中，我们抵达了俄勒冈州的最大城市波特兰。这是一个早已确定的计划。邀请我们的是美国世界事务委员会的朋友们，因为他们要在这个美丽的玫瑰之城召开1987年度的理事会年会。

我想我必须介绍一下美国世界事务委员会，因为我们和这个组织之间有着非常友好和密切的往来。该组织成立于1918年，总部设在华盛顿。它在全美拥有90多个分会和数万名会员，这使它成为美国最大的旨在增进美国公众对国际事务关心和了解的非党派、非盈利组织。我们到各地访问时，常常在当地分会组织的活动上发表演讲，可以说它是连结我们和美国公众的重要桥梁之一。所以，当理事会年会向我们发出邀请时，我们非常愉快地接受了。

对波特兰的媒体而言，我们的到访显然正是时候，因为那里的记者们都迫不及待地想要听听中国大使是如何回应传闻的。我们也非常希望有这样的机会，因为在这种情况下，大使的职责之一就是向公众澄清事实和努力消除误解。于是，在原本已经十分紧凑的日程中，韩叙想方设法地挤出时间，先后安排了两场记者会。

“我们不排除在国际市场上有一些中国武器，但是我们没有直接向伊朗出售任何一种武器。”韩叙坦率地对记者说。他还对美方在这件事上捕风捉影的做法提出了批评：“当美国指责我们向伊朗出售武器时，却没有确凿的证据。”不过有件事却证据确凿，那就是里根政府自己曾向伊朗出售了武器，“这已经是公开的事实了”。

韩叙指的是不久前将里根政府搞得狼狈不堪的“伊朗门事件”。1986年5—11月间，为解救此前被伊朗关押的美国人质，同时为尼加拉瓜的反政府军筹集款项，美国政府曾先后六次向伊朗秘密出售过包括反坦克导弹和战斗机零部件在内的武器装备。该事件由黎巴嫩贝鲁特西区一家亲叙利亚的名为《帆船》的杂志披露后，在全世界引发了轩然大波。美国新闻界和国会更是炸了锅。为调查此事，美国参众两院联合组成了特别调查委员会，展开了为期近一年的调查。1987年8月3日，也就是我们抵达波特兰的前几天，国会刚刚结束了一次长达11个星期的“伊朗门”事件听证会。尽管人们还没有看到特别调查委员会最后提交的正式调查报告，但《帆船》杂志所披露的丑闻都已经被逐一证实，这使里根政府遭受了一次类似尼克松总统在“水门事件”中所遭受的重创。

是的，美国政府是向伊朗秘密出售了武器，但中国政府就不会做同样的事情吗？在一部分美国人看来，中国和伊朗之间一向良好的双边关系本身就可以被视为某种证据，伊朗的外交部长不是在6月刚刚访问过北京吗？

然而作为伊朗的朋友，中国所做的恰恰是敦促他们通过外交途径结束战争。“我们告诉他们，战争对世界和平或是你们人民自身的利益都没有好处。”韩叙这样回答了记者们的提问，“我们双方还探讨了如何找到彼此都可以接受的合理的解决方案的问题。”

这是韩叙第一次通过美国媒体对所谓“蚕式导弹事件”作出反映。记者们的报道让更多的美国公众听到了中国的声音。

但误解显然不是那么容易消除的，事实上，有关的传言不仅没有从人们的耳边消失，甚至还愈传愈烈。到了10月，更糟糕的事情发生了——22日，美国国务院以宣布暂停审议进一步放宽对华高技术产品出口的方式，表明美国政府对待传言的态度。与此同时，美国还向“巴黎统筹委员会”施压，使后者取消了原定于1988年1月举行的专门讨论进一步放宽对华技术产品出口问题的会议。

事态顿时升级了。中国政府立即通过外交途径进行了交涉。11月18日，外交部新闻发言人在北京公开表示：中国从不向伊朗出售武器，也包括导弹在内，而且中国目前已经采取了措施，防止西方报刊所说的中国导弹进入国际市场。事实证明，正是大国的军事卷入加剧了海湾地区的紧张局势，把这一责任推到中国身上的企图是不能得逞的。

在通过外交渠道展开交涉的同时，韩叙也更多地通过美国媒体向美国公众阐明事实的真相和中方的立场。11月16日，他在接受纽约华文报纸《中报》记者采访时这样说：中国从来没有直接向伊朗出售过任何武器，“尽管我们已经一再申明这一点了，美国政府却仍然在编造大量怪诞的新闻，说中国向伊朗出售了价值10亿美元的军火，其中包括96枚蚕式导弹，但所有这些都是无稽之谈。”

11月25日，他通过《洛杉矶时报》向公众披露了中国政府的最新决定：“由于我们无法控制国际武器市场，所以我们已经决定停止向任何国家出售蚕式导弹。”这样一个决定已经足以表明中方在消除美方误解方面所抱有的诚意了。

当中国政府的上述努力仍然未能改变美国政府的态度时，韩叙开始通过美国媒体以更加严厉的口吻对后者提出了批评。12月2日，韩叙在访问密歇根州期间接受《安阿伯新闻报》记者的采访时这样说：“伊拉克曾经用法国导弹击中过一艘名叫‘斯塔克号’的美国船只，美国政府并没有因此指责法国。但是现在，尽管没有证据证明击中美国油轮的是中国的蚕式导弹，美国政府却停止了对中国的高技术出口，这是不公平的，美国政府在这件事上执行的是双重标准。”

由于美方始终未能拿出确凿的证据证明中国的确向伊朗出售过蚕式导弹，有关此事的传闻终于在进入1988后开始逐渐平息。

1988年3月，中国外长吴学谦访美，双方共同就喧嚣了半年之久的“蚕式导弹风波”正式画上了句号。吴外长代表中方就此事向美方做出如下说明：中国在两伊战争爆发后已经彻底停止了蚕式导弹的出口，中国只是在几年前通过国际军火交易渠道出售过这种导弹，但绝不是出售给伊朗的。

美方对这一说明表示满意。白宫发言人随即对外宣布说：美国没有发现中国再向伊朗运送导弹，这一情况以及中国就伊朗获得中国蚕式导弹传说的说明使我们感到鼓舞，因此，美国决定对中国重新实行放宽出口管制的做法。

所幸的是，这场风波并未影响到中美双边关系的大局。其实，出现传闻在所难免，但重要的是，不要让传闻导致误解和误判。

现在我要回过头来谈谈我们那次的波特兰之行了。那是一次非常

• 会见波特兰港口的负责人塞西 W. 瑞克沃德（Cecil W. Drinkward）先生。

短暂但却给我留下了很多美好回忆的行程。我们在抵达波特兰的当天晚上出席了世界事务委员会的理事会年会。韩叙在会上发表了演讲，并同与会的朋友们展开了热情洋溢的互动。

我们还会见了波特兰的各界人士。甚至就连我们的早餐、午餐和晚餐都被安排成了回答大家问题的工作餐。由于要回答的问题太多，韩叙几乎顾不上进食。要不是细心的主人发现了这一点，并且笑着让大家给客人留一点儿时间吃些东西的话，那我们对波特兰之行的记忆里一定会有关于饿肚子的情节了。

联邦众议员莱斯·奥克茵（Les Aucoin）先生亲自陪同我们在霏霏细雨中欣赏了波特兰的市容。夏日的波特兰格外美丽，到处都是苍翠的树木和盛开的鲜花。这座城市在美国是以公园众多而著称的，事实上，它拥有美国最高的人均公园数。这不禁让人想到了它在中国的姊妹城市苏州市，那也是一座以优雅园林而著称的城市。

我们还拜会了俄勒冈的州长奈尔·高斯米德，他和我们兴致勃勃地谈论了他打算再度访华的计划。为了表示对我们的欢迎，他还专门做出了一项特别安排——让我们使用他在波特兰机场的州长候机室，而我们是直到离开波特兰时，才从为我们送行的朋友那里得知此事的。

一天半的时间倏然而逝，我们只能与波特兰匆匆别过了。然而那座美丽的城市，以及我们在那里结识的友好而热情的朋友们，都让我们关于此行的记忆历久而弥新。

《俄勒冈报》(*The Oregonian*) 1987年8月13日

中国大使强调贸易前景

记者：R. Gregory Nokes

中国驻美大使韩叙周三晚上在波特兰说：中国的经济改革政策不会动摇，中美关系“处于良好状态”。

“我想在这里强调的是，政策将不会改变，”大使在演讲中说，“我们的政策不是那个人的怪念头，而是党和政府根据历史发展的要求和人民的愿望集体制定的。”

韩是对出席宴会的大约450个来宾说这番话的，这次活动由国际事务委员会俄勒冈分会和西北地区中国协会在红狮旅游公司/劳埃德中心举办。稍早些时候，韩和州长奈尔·高斯米德有一次私人会晤，他们讨论了高斯米德特希望在1988年年初访问中国以考察经济发展情况的有关问题。

韩在他的讲话中说，他很高兴来到俄勒冈，虽然这里离华盛顿很远，但是却“离中国更近”，这让听众们也很高兴。他说，在过去的这些年间，关系已经得到显著改善。他说，以前在美国没有中国留学生，但是现在已经有了1.5万名，其中包括在波特兰的100名。他说，过去也没有美国人到中国旅游，但是去年的美国游客已经达到25万。

他说，去年的双边贸易额已经超过了70亿美元，而且美国已经成为中国的第三大贸易伙伴。

他说，中美关系曾经起起伏伏，但是“现在处于良好状态”。

不过，韩警告说，关于美台关系的持续争议，依然是双边关系的症结所在。他说，如果美国尊重中国对台湾的主权的话，关系就将继续顺畅发展，否则的话，关系就会出现挫折。

“台湾一直以来都是中美关系中的主要障碍，”他说。“违反一个中国原则的情况不时发生。这个问题应该引起所有希望看到中美关系在未来更加紧密的人们的关注。”

韩说，应该努力发掘发展稳固的两国经济关系的潜力，这将给彼此带来利益，但是他警告说，国会将要审议的一些贸易保护主义的立法将成为主要的拦路虎。

他呼吁美国政府和美国商人减少对中国出口产品的限制，放松对中国技术转让的控制，从而使美国产品在中国市场上具有更大的竞争力。

他说，最近这些年，中国在对美贸易中出现了很大的赤字，美国已经得到了好处。他说，如果中国不能在美国市场上卖出更多产品的话，它也不能赚到钱来扩大进口。

“我们只有卖得更多，才能买得更多。”他说。

谈到中国的改革政策时，韩说，“我们的美国朋友很关心改革政策的连续性”，其中包括政府减少对中国经济的控制以及对外开放问题。为了消除这样的担忧，他说，我们的政策是要促进经济的发展，并且结束“中国长期落后”的历史。他说，这些政策已经实施，并且得到了几乎所有中国人的支持，此外也得到了共产党和政府的支持。

“这些政策不应该也不会改变。”他说。

《俄勒冈报》(*The Oregonian*) 1987年8月14日

大使坚称中国没有出售武器

记者：R. Gregory Nokes

“我们了解到美国的确在向伊朗出售（武器），有确凿的证据……”

中国驻美大使周四在波特兰坚称，他的国家没有向伊朗出售蚕式导弹或其他武器，虽然他说伊朗有可能通过其他途径获得中国武器。

“有很多传闻说，中国正在向伊朗出售武器，”韩叙大使说，“我们不排除在国际市场上有一些中国武器，但是我们没有直接向伊朗出售任何一种武器。”

美国官员说，中国已经成为伊朗和伊拉克交战的主要武器供应商。里根政府的官员也指控说，中国向伊朗出售了大约20枚蚕式反舰导弹，据伊朗方面的报道称，这些导弹已经被安装在可以覆盖从霍尔木兹海峡入口处到波斯湾的区域。

“我不知道这些向伊朗出售导弹的交易，”韩说，“当美国指责我们向伊朗出售武器时，却没有确凿的证据。”

但是在他位于西斯曼饭店的房间里进行的一次采访中，他忍不住刺向了里根政府自己在向伊朗出售武器的行为，而这种行为违反了华盛顿自己宣布的不出售武器政策。

“我们知道美国向伊朗出售了武器，”韩微笑着说，“已经有了确凿的证据。这已经是公开的事实了。”

美国官员相信，中国在结束长达七年半的两伊战争问题上可以发挥非同寻常的作用，因为它与德黑兰的关系比西方国家更密切。伊朗的外交部长在6月访问了中国。

韩说，中国正在与各方合作。他说，中国积极支持联合国为结束战争而展开的持久努力，他还说，中国正在敦促伊朗通过外交途径结束战争。

“我们告诉他们，战争对世界和平或是你们人民自身的利益都没有好处，”他说，“我们双方还探讨了如何找到双方都可以接受的合理的解决方案的问题。”

11月30日—12月3日

密歇根：老友记

你有没有这样的朋友，当你一想到马上要见到他们时，就会感到一种按奈不住的愉悦和兴奋？11月30日，当我们登上从华府飞往底特律的航班时就是这种心情。一路上，我和韩叙一直在不停地谈论着正在密歇根等着我们的老朋友的往事。

其中一位朋友一手安排了我们此次的旅行。我敢肯定他也迫不及待地想要见到我们，当我们乘坐的航班抵达机场时，他和夫人甚至穿过了登机桥，直接跑到机舱门口迎接我们。所以，我们刚一走出机舱，就看见了他和夫人——美国前驻华大使罗纳德·伍德科克（Ronald Woodcock）和姗伦——热情的笑脸。当韩叙和伍德科克紧紧握手时，我和姗伦则以相互拥抱的方式表达了我们的思念之情。

离开机场后，姗伦驾车，载着我们驶向距底特律50多公里处的安阿伯市（Ann Arbor）。那是底特律城市圈中一个美丽而静谧的小城，在美国宜居城市的排行榜上一直位列前茅。安阿伯不仅是伍德科克的故乡，也是他当时供职的地方，所以，不论是作为安阿伯市的居民，还是位于市内的密歇根大学安阿伯分校（University of Michigan, Ann Arbor）的政治学教授，他都想让这个花园般的城市成为我们此行的第一站。

我们下榻于密歇根大学的校园旅馆。事实上，我们在安阿伯市的主要活动都与这所大学有关，这不仅因为它是一所在世界范围内都享有盛誉的高等学府，还因为这所大学文理学院下属的中国研究中心是人们公认的全美最重要的中国学研究基地之一。不用说，我们还将很快见到当时在该中心任职的一位重量级学者、我们的另一位老朋友迈

• 向副校长詹姆斯·杜德斯代特先生（左一）赠送《国宝》画册。

克·奥克森伯格，这足以让我们兴奋不已了。

学校的副校长詹姆斯·杜德斯代特（James Duderstadt）先生为我们准备了欢迎午餐。午餐非常简单，但是其中却出人意料地有一道韩叙特别喜欢的甜点——原来这是姗伦事先专门让主人准备的，因为她很清楚韩叙对甜食的偏好。

我想我先要向大家介绍一下姗伦。她是一位温文尔雅、体贴周到的女士。39岁那年，她嫁给了比自己年长20多岁的伍德科克。那是一段发生在北京的传奇——当时的伍德科克是美国驻华联络处主任，而姗伦则是联络处的护士。他们是在1977年伍德科克到任后相识的，但是第二年4月，包括外长黄华在内的不少中国外交官就受邀出席了他们的婚礼。没有谁记得在北京的外交圈内发生过如此浪漫的事情，它也因此被人们传为佳话。和伍德科克的结合，将姗伦带入了中美关系的风风雨雨。十年一路走来，姗伦对中国也怀有和丈夫一样深厚的感情。

就在我们要开始下午的活动之前，奥克森伯格出现了，事实上，他正是我们下午活动的向导，他和姗伦将陪同我们参观密歇根大学的空间实验室和大学医院。毫无疑问，这两个地方都是这所世界顶级公立大学的骄傲。据了解，仅仅是在安阿伯校区，就密布着四百多个理工科实验室和研究所。正是它们，奠定了密歇根大学在美国研究型大学中举足轻重的地位。而密歇根大学医院更是赫赫有名。它始建于1850年，是美国最早的教学医院。不仅如此，它还开创了美国医学界的诸多第一：最早设立皮肤科、最早应用心电图、最早倡导使用加碘盐预防甲状腺肿、最早进行胸外科培训、最早设立遗传疾病诊所等等，它同时也是最早设立精神病科和核医学科的医院之一。正因为如此，它一直都是在美国享有盛誉的医院。这个下午的所见所闻，让我们对密歇根大学在增进人类知识发展方面所做出的杰出贡献留下了极其深刻的印象。

不用说，从进入密歇根大学校园的那一刻起，我们就盼望着与老朋友畅叙友谊时刻的到来，而这正是当天晚上的安排。代理校长罗宾・费莱明（Robben Fleming）先生为韩叙和伍德科克举行了一个晚宴，有三十多位朋友受邀出席，其中还包括密歇根州的州长詹姆士・J.布兰查德（James J. Blanchard）先生，1984年，他曾在伍德科克的陪同下访问过中国。

人们在晚宴上谈论最多的话题是中美建交。作为这一伟大历史性事件的亲历者和见证人，伍德科克、奥克森伯格和韩叙的共同回忆将人们带回到1978年。“罗纳德对中美关系的贡献将被历史铭记。”韩叙这样对来宾们说。

的确，仅仅是作为中美建交谈判的美方首席谈判代表，伍德科克的贡献就是卓著的。他不是在被动地履行自己授权范围内的职责，而是在主动地推动这一历史进程。那无疑是一场艰难的谈判。阻力主要来自于美国权力系统内部，因为有些人不想放弃他们的亲台立场以及相关利益。伍德科克成了这些人的公开批评者。1978年2月，当他回到华盛顿为即将开始的中美建交秘密谈判挑选代表团副团长时，在未经授权的情况下，发表了一番令美国媒体大哗的言论，他说：“把台湾政府看作是全中国的政府的政策是十分荒谬的，美国应该停止干涉中国的内政，承认北京政府为中国的合法政府，同时适当照顾台湾人民的

• 韩叙与伍德科克在代理校长罗宾·费莱明先生举行的晚宴上。

• 韩叙与前来参加晚宴的奥克森伯格（左二）和密歇根州州长詹姆士·布兰查德先生交谈。

安宁和幸福。”当他的这番话成为当天晚上的头条电视新闻以及第二天出版的《华盛顿邮报》和《纽约时报》的一版要闻时，国务卿万斯气愤地要求伍德科克立即向新闻界发表一个声明，证明上述言论仅仅代表他的个人看法。

然而，正是这番险些给伍德科克惹来大麻烦的讲话，让他赢得了包括韩叙在内的不少中国朋友。几天后，他受邀出席了韩叙在联络处为他举行的晚宴。那也是他们之间个人友谊的开端。

在此后的日子里，伍德科克回到北京，和黄华就中美建交问题展开了秘密谈判。作为中美之间在谈判期间交换看法的另一条渠道，韩叙和美国国家安全事务助理布热津斯基也开始在华盛顿定期举行有关外交政策的研讨。奥克森伯格当时刚好是布热津斯基的助理，他也在为推动中美建交竭尽所能。当谈判进入最后阶段时，他和布热津斯基向卡特总统提出了一个关键性的建议——向中方提交一份写上明确建交日期的建交公报草案。事实上，正是这份草案最终打消了中方对卡特政府建交决心的疑虑。

中美建交后，韩叙结束了他在联络处的使命回到北京。作为外交部美大司司长，他和美国首任驻华大使伍德科克之间继续保持着密切的工作接触，他们之间的友谊也得以延续。那是一个麻烦不断的时期，由于美国国会试图通过《与台湾关系法》来保留美国与台湾方面的原有关系和利益，因此，围绕台湾问题展开的交涉成了韩叙和伍德科克会面的主要内容。此外，伍德科克还被要求就里根竞选总统期间以及当选总统后的一系列亲台言论和行为向中方做出解释。身在华盛顿的奥克森伯格曾经用“令人沮丧”一词来描述当时的感受。然而，那些令人不快的交涉并没有影响到韩叙和伍德科克之间的友谊，韩叙在美大司的同事们注意到，“他从未让那位老大使不快地离开过”。伍德科克后来曾经这样描述过那些艰难的时刻：“因为我信任他（指韩叙）的正直和坦诚，我在会谈时感到轻松容易一些。我相信他对我也有同样的感受。”

在与中方进行交涉的同时，伍德科克本人也忍不住对里根的亲台言论提出了激烈批评，他也因此惹恼了后者。所以，当里根走马上任后，换掉驻华大使也是在所难免的了。而当新政府有意要冷落一位他们不喜欢的大使时，韩叙则为伍德科克的离任做出了周到的安排，他是在以这种方式来表达自己和中方对这位正直而坦诚的朋友的友情。伍德科克后来回忆说："我被允许会见了许多重要人物，我对此感到十分满意。在妻子和我去北京机场回国时，韩大使赶来为我们送行，他询问了我们的旅行路线。当我们到达旧金山时，当时的总领事胡定一在机场迎接我们，并准备了一辆车让我们使用。而当我们抵达华盛顿时也有同样的安排，迎接我们的是柴泽民大使和他的妻子，他们还把我们的行李送到了宾馆。"

在经历了那段艰难的历程之后，伍德科克曾经对中美关系的前景感到过失望。但是，在安阿伯的那个晚上，他的看法显然已经改变了，他相信两国关系已经有了"一个非常坚固的基础"。他满怀信心地对来宾们说：中美关系"这艘船将会经历很多暴风雨，但是它将不会沉没"。

第二天的日程非常紧张。早餐时间照例是留给工商界人士的。安阿伯地区的三十多位著名商人和企业家与我们共进了早餐。安阿伯的市长杰劳德·杰尼根（Gerald D. Jernigan）先生也出现在来宾当中。韩叙发表了题为《中国的政治、经济和投资环境》的演讲，全面回答了工商界人士迫切关心的问题。

我们在那天上午参观了密歇根大学的法学院和亚洲图书馆，而其余的时间，我们全都交给老朋友奥克森伯格了。他带领我们参观了著名的中国研究中心，他还为韩叙安排了三场座谈会。座谈会非常精彩，没有任何话题限制，人们可以尽兴地展开各种问题的讨论。而韩叙和奥克森伯格之间的友情和相交之深，也给学者们留下了深刻的印象。两人有很多共识，但是也会在某些问题上不客气地将对方的军。他们的坦诚和幽默，令在座的学者们深受感染。而能在著名的密歇根大学见到那么多致力于中国研究的资深学者和朝气蓬勃的研究生们，这也令我们深受鼓舞。他们的选择和努力，将在一个深刻的层面上增进中美两国之间的相互了解。

当然，我们从中也看到了奥克森伯格的卓越贡献。事实上，他本人对中国的浓厚兴趣总是能影响很多人。我想在这里引用美国另一位著名中国问题专家——他同时也是奥克森伯格的同事和挚友——李侃如（Ken Lieberthal）对他的评价：他最大的贡献首先在于不断地提出研究中国的新议题。其次，他是一位积极的学术组织的促进者。他在美中关系全国委员会、美国科学院对华学术交流委员会等许多美国全国性学术组织的发展中起了至关重要的推动作用。他不断为美国当代中国研究提出新思想、提供新资源，他发起并组织开展有关中国问题的讨论，以加深美国人对中国的了解。他的另外一个杰出贡献是教书育人。他引导学生对中国产生浓厚的兴趣，把中国研究作为其毕生的事业。他培养出的几十位研究中国的学生，如今已是美国中国研究领域的生力军。是的，这就是我们的老朋友奥克森伯格。

当天晚上，奥克森伯格夫妇还为我们准备了家宴。他们的住所里到处都摆放着来自中国的陈设，就连餐桌上都放着好几只小狮子，以示吉祥如意。

家宴结束后，我们前往密歇根大学商学院，韩叙在那里发表了一个题为《中美关系：进展和挑战》的演讲，然后和听众展开了热烈的互动。此后我们又应邀参加了一个小型招待会。当天的最后一项安排，是接受《安阿伯新闻报》记者保尔·杰吉（Paul Judge）的采访。为了完成这次采访，杰吉先生在我们的住处一直等到了10点多。当他问韩叙对美苏之间即将签署的消除中短程导弹条约有何评价时，他得到的是一个赞赏的答复：中国支持美国和苏联签署这一条约，因为“中国需要和平的环境以实施改革和现代化”。

第二天一大早，天上飘起了雪花，我们要离开安阿伯前往底特律了。奥克森伯格特地赶来为我们送行，而伍德科克夫妇则将继续陪同我们一路前往。

在底特律这个世界上最著名的汽车之都，我们最感兴趣的商业目标是通用汽车公司，因为中国那时迫切需要发展自己的汽车工业，所以韩叙一直希望有机会同该公司的有关人员探讨一下在中国建立合资企业的问题。事实上，这也正是通用汽车公司的愿望，正因为如此，负责开拓中国市场项目的鲁道夫·冯·梅欧特（Rudolph W. von Meioter）先生专程赶到安阿伯市来接我们。在前往底特律的高速公路

- 参加奥克森伯格夫妇家宴时的合影。前排为伍德科克和夫人姗伦。后排左三、左五为奥克森伯格夫妇。左一、左二是他们的儿子和女儿。（上左）
- 我们和伍德科克夫妇。（上右）
- 韩叙和奥克森伯格相谈甚欢。（下左）
- 我和奥克森伯格夫人。（下右）

上，他和韩叙已经开始讨论有关问题了。

我们在通用公司的访问几乎持续了一整天。我们和公司总裁罗伯特·斯坦帕尔（Robert Stempel）先生、副总裁巴顿·布朗（Barton Brown）先生以及其他高管进行了卓有成效的会谈。我们还造访了公司的技术中心，参观了其中的汽车设计部门和永久磁铁实验室。

底特律经济俱乐部总裁魏希礼·约翰逊（Wesley R.Johnson）夫妇为欢迎我们的到访举行了晚宴。由魏希礼先生负责运营的经济俱乐部是一家成立于1934年的老牌俱乐部，它不仅在底特律颇有名气，甚至在全美国也不乏影响力。俱乐部每周都会举行一次演讲会，各界名人，包括尼克松、福特、里根等数位总统，都曾经走上过这里的讲台。

魏希礼先生当然也是伍德科克的老朋友。事实上，我在前面提到过的中美建交前伍德科克批评美国政府对华政策的那番激烈言辞，就是出自这间俱乐部的讲台。而这一次，伍德科克和魏希礼先生也将在俱乐部为韩叙举行一场演讲会。

演讲被安排在第二天中午，是以“特别会议”的名义举行的。这是一种很特殊的安排，因为每年只有三四次演讲是以这一名义举行的。

• 在底特律经济俱乐部总裁魏希礼·约翰逊夫妇为我们举行的晚宴上。

• 底特律经济俱乐部的演讲现场。

演讲的规模很大，在主席台上就座的有五十多位俱乐部董事会的成员，而台下的听众则多达六百多人。伍德科克热情洋溢地向来宾们介绍了他的老朋友，而韩叙发表的题为《中美关系：期望和挑战》的演讲以及他对听众问题的回答，也在大厅里激起了阵阵掌声。

那天真是把伍德科克忙坏了！演讲开始前，他陪同韩叙前往市政厅拜会了底特律的市长考尔曼·杨（Coleman Young）先生。演讲结束后，他和姗伦又马不停蹄地陪同我们访问了韦恩州立大学。当天晚上，校长大卫·阿德曼尼（David Adamany）先生还特别在他的家中为我们和伍德科克夫妇举行了一个小型晚宴。

在老朋友们的精心安排下，我们的密歇根之行圆满结束了。晚宴结束后，我们直接赶往机场，搭乘返回华盛顿的航班。姗伦驾车把我们送到了机场。至于伍德科克，他已经太累了。事实上，这段时间里，他一直是带病安排我们的行程并且不辞劳苦地陪伴我们。姗伦告诉我们，因为伍德科克一侧的肺部有问题，所以等我们离开后，他马上就要住院接受肺部手术了。我和姗伦拥抱告别，当我们转身离去时，我看到她的眼中闪动着泪花。

今天，当我回忆起那次出访经历时，我对那些老朋友们怀有深深的思念。但非常遗憾的是，伍德科克和奥克森伯格都已经先我而去。伍德科克终因肺部疾患在2001年1月辞世，而奥克森伯格也在一个月后因胃癌离开，他那时刚刚62岁，真是英年早逝。

我们最后一次见到伍德科克是在1989年11月。那是中美关系最困难的时期，但是他和姗伦却勇敢地访问了北京。而在美国国内一片谴责中国的舆论声中，奥克森伯格也勇敢地发出了不同的声音。我非常钦佩他们的判断和勇气。我们应该铭记他们在那一特殊时期为稳定中美关系所作出的非凡努力。

奥克森伯格曾经说过这样一句话："我这一生不能没有中国。"是的，这是一句充满情感的表白。我非常珍视这份情感。然而，我们绝不能仅仅从个人情感的角度去理解奥克森伯格一生的选择，因为他的选择和努力是根植于理性和一种令人赞赏的态度，那就是要不断增进中美两国之间的相互了解和信任。他认为，中国的不断崛起是当今世界最重大的变化之一，而中美两国的共同利益则使得彼此之间的战略合作必不可少，因此，增进相互了解和信任，在缩小分歧的同时尽力扩大合作的领域，就成为双方必须做出的努力，而当两国关系出现问题时，则不要因为误判而影响了友好的大局。我想，这应该成为我们每个人的态度。

让我们记住伍德科克和奥克森伯格这两位可贵的朋友吧！而记住他们的最好方式，就是把他们留下的宝贵遗产不断地传承下去。

《安阿伯新闻》(*The Ann Arbor News*) 1987年12月1日

伍德科克在密歇根州立大学晚宴上被赞美

Pual Judge

周一,一场以荣幸地拜访中国大使韩叙而开始的晚宴，变成了向韩叙的老朋友罗纳德·伍德科克的致敬，他是密歇根大学的兼职教授和安阿伯市的居民，他曾在1977—1981年间担任美国驻中国的大使，

中国大使说，伍德科克在1970年代末中美两国建立正式外交关系的过程中发挥了关键作用，他还说，这位美国汽车工人联合会的前主席，在形成协议的最后阶段，曾与中国领导人邓小平直接会谈过。

“罗纳德对中美关系的贡献将被历史铭记。”韩对30位伍德科克的朋友、家人和前同事们说，他们当时正在密歇根大学于英格力士宫举行的优雅晚宴上。“我们的领导人认为伍德科克是中国的一位好朋友。”他又补充道。

密歇根大学教授迈克·奥克森伯格——他在1977—1979年间曾担任过国家安全委员会中国事务助理——也赞扬了伍德科克，他曾与后者在巩固与中国关系的微妙和令人沮丧的过程中密切合作过。

“罗纳德·伍德科克懂得，正常化对中国人来说，在更大程度上是一项政治任务而不是外交任务。”奥克森伯格说。

伍德科克，76岁，据报道说他身体状况欠佳，并且有可能在不久前接受过肺部手术，昨天晚上，他对家人和老朋友的到来感到惊喜，他们当中还包括前美国汽车工人联合会的副主席派特·古瑞索斯，此外还有在底特律团结大楼汽车工人联合会和他一起工作了近30年的秘书。

另一位出乎意料的客人是州长詹姆士·J.布兰查德，1984年，他曾随一个贸易代表团访问中国，是由伍德科克陪同的。用他的话说，他之所以挑出了伍德科克，“不仅因为他是一位劳工领袖，也不仅因为他

是一位公仆，而因为他是密歇根州和美国人民的出色的公仆。”

伍德科克在宴会过程中站起身对来宾们说，虽然他曾经对中美关系的前景感到过失望，但是他现在相信，两国关系已经有了“一个非常坚固的基础”。

“这艘船将会经历很多暴风雨，但是它将不会沉没。”他说，他采用了中国外交官经常使用的一个比喻。

在中美关系实现正常化的最后两年中，伍德科克经历了从商界领袖到记者到政治家的转变，他预测到了恢复外交和贸易关系的结果，奥克森伯格说。伍德科克和奥克森伯格都曾供职于卡特政府。

至少有三次，当谈判由于来自美国政界的阻力而陷于停顿时，这位前大使从中国返回华盛顿，并且直接找到卡特总统，后者运用他的权威让谈判得以重新启动，据奥克森伯格说。

伍德科克担任大使期间，韩叙大使是中国外交部美大司司长。他在周一参观了密歇根大学医院和医学院，并且访问了密歇根环境研究中心以了解其工作内容。

他今天的日程是造访当地的商业机构，然后会见在密歇根大学学习的400个中国留学生，晚间他还要做一个有关中美关系的演讲。

韩叙在演讲中谈到了这样一个主题，这个主题在当晚经常听到，那就是让中美之间的友谊“代代相传”。

《南端报》（*The South End*） 1987年12月4日

大使看中美关系的发展

记者：David J. Sobczak

中国驻美大使韩叙说，中美关系的良好状态得益于两国领导人的远见卓识。

周四，在底特律经济俱乐部午餐会上的一次演讲中韩说，前总统尼克松打开了大门，此后，历任美国总统都到访过中国，而几乎每位中国总理也到访过美国。他说，两国之间的交流就更多了——通过经济方面的投资和文化视角。

"1972年，我们两国之间的贸易额是零。1986年，它变成了73亿美元，而今年可望达到80亿美元，"他说，"这已经超出了我们最大胆的想象力。"

韩说，对中国的投资也在不断上升。去年，对中国的投资项目达到了300个，比1985年翻了一番，今年有望达到接近400个。

"美国已经成为一个最重要的经济伙伴，每年都有更大的投资进入中国。"

"中国的食物征服了美国，而美国的食物，比如肯德基，已经在北京开办了它在海外的第6600个餐厅，"他说，"这是肯德基在全球的最大一家餐厅，它同时可以容纳500人就餐。"

"我听说它的价格也相当合理。"

他说，美国和中国已经结成了72对姊妹城市。所谓姊妹城市，就是将一个美国城市与中国的一个类似的城市连结起来，市长们和其他城市领导互访交流，并且分享他们城市的信息。

他说，当美国人到中国去旅游时（大约超过了或者远不止25万人），人们有了更多见面的机会。韩说："文化可以使人们彼此靠得更近，并且对彼此更有好感。"

“乡村音乐在中国很流行，中国的杂技在这里也很流行。我们中国的熊猫在这里尽人皆知，你们的米老鼠、唐老鸭和白雪公主在中国也深受喜爱，特别是我的小孙女。”他说。

“就连她的祖父也一样。”他笑着说。

他说，尽管两国关系处于良好状态，仍然有三个主要障碍横亘在通向未来成功的道路上：

“一个障碍就是美国决定向台湾出售武器。尽管美国承认中华人民共和国是中国唯一合法政府，但它还是向台湾出售武器。”

“支持针对中国向美国出口商品的贸易保护主义也是一个问题。如果不能妥善处理，也将造成巨大伤害。”他说。

韩说，第三个主要障碍就是所谓的西藏独立问题。他说，这个国家的许多人需要学学历史。

他解释道，自从13世纪以来，西藏一直就是中国的一部分，西藏的农奴制——它已经实行千百年了——对待人民连牲畜都不如。1959年，这一制度被废除，三百多万西藏人从农奴制下获得了自由。

韩说，1997年中国将收回对香港的主权，但是它将保留现有的社会和政治制度50年不变。

“1990年，我们将承担起香港的防卫，但是其他的方面将保持50年不变。1997年，英国的统治就将废止，但香港仍然是一个自由港，它将仍然是亚洲发展银行的成员。唯一的不同是，它将在中央政府的领导下使用自己的旗帜和名称。”

“所以，如果你们想要到香港投资，那就尽管去。”他说。

韩在讲话中说，1978年之前，美国的大学里没有来自中国大陆的学生，但是现在已经有2万名之多。

“在中国，学习英语的人比在你们国家的人还多，”他说，“当然，中国的人口是美国的4倍。”

午餐会演讲结束后，韩由伍德科克陪同访问了韦恩州立大学。他在麦格雷戈纪念会议中心会见了大约100位中国学生，并且用中文发表了一个半小时的讲话，他告诉学生们中国发生了什么样的变化以及取得了怎样的成就。

会见学生后，他又在阿罗姆尼大楼会见了学院的教员、管理人员和学校董事会的成员。在出席了大卫·阿德曼尼为他举办的沙龙晚宴后，他结束了对韦恩州立大学的访问。

《安阿伯新闻》（*The Ann Arbor News*） 1987年12月2日

大使说，保护主义的贸易法案将伤害与中国的关系

Pual Judge

中国驻美大使韩叙说，中美之间不断发展的经济关系，目前正在推动足以平衡苏联霸权的中美关系的发展。

但是保护主义的措施正在阻止中国商品进入美国市场，这有可能导致中美关系的出轨，韩警告说。

在周二于密歇根大学发表的一次演讲中，中国大使在大多数情况下对中美关系做出了乐观的评价，根据他掌握的情况，美国公司在去年向不少于300家中国企业投入了27亿美元的资金，这使得美国成为在中国的最大的外国投资者，并且成为中国的第三大贸易伙伴。

于最近召开的中国共产党第13届全国代表大会又发出了“一个引人注意的信号”，那就是中国将向世界更大程度地开放，并且进一步发展全球贸易，韩说，他已经当选为这届委员会的候补委员。

富有改革意识的领导人们将继续致力于发展出口贸易，这不仅是为了挣取中国急需的外汇，而且也是为了给正在寻找工作的大约4000万剩余劳动力提供工作岗位。

但是最近正在国会审议中的贸易法案，有可能使中国纺织品出口的空间进一步压缩，也包括其他外国产品。此外，劳动密集型产品也有可能受到这些正在审议的立法中的反倾销条款的影响。“倾销”这一概念是用来形容那些为了增加公司的市场占有率而将产品以低于实际价格出售的行为。中国低廉的劳动力价格有可能使它在任何反倾销措施面前处于明显的劣势。

沿着保护主义这一话题，大使谈到了美国国会对中国严厉镇压西藏骚乱的谴责以及美国多年来向台湾出售武器的问题。

"让我们面对现实，"他对聚集在黑尔礼堂里的大约150名听众说，"我们的关系已经走过的历程并不总是一帆风顺的。"

在承认西藏"要赶上国内的经济发达地区仍然有很长的路要走"的同时，韩明确表示，中国认为西藏的抗议是一个单独的国内事务，而不是一个国际人权问题。

中国大使也回应了他的国家对波尔布特和红色高棉的支持，1970年代后期，红色高棉被指屠杀了100万甚至更多柬埔寨人。韩说，红色高棉是中国在柬埔寨支持的三支游击队之一，其目的是将入侵这个国家的越南军队赶出去。

"波尔布特在过去犯了一个错误，"他说，"我们现在支持他并不意味着我们赞同他过去的政策。"

韩擅长社交，生气勃勃而又风度优雅，在美国担任外交官8年的经历使他能操着一口流利的英语。他赞扬密歇根大学中心的中国留学生们从事的是一项"开拓性的工作"，并且说，密歇根大学接受的是美国大学校园里最大的中国留学生群体之一，其中国学生和学者的数量超过了400名。

随着中国接受美国学者和学生的意愿不断增强，中国的学生和学者也在以更大的规模流向美国，其数量从1978年的零发展到了现在的2万名。

最近几年，中国有近一半的出国留学生来到了美国，韩又补充说，中国留学生是在美国留学的外国学生中增长最快的群体。

教育交流"已经为两国之间的关系注入了持久的生命力，并且为这种关系在未来的发展提供了最可靠的保证。"他说。

韩说，中国支持美国和苏联签署削减中程核武器的协议。"中国需要和平的环境以实施改革和现代化。"他解释道。

密歇根大学的中国专家和助理教授劳伦斯·苏利文说，中国在裁军问题上的立场于1980年代早期发生了改变，当时中国因为大力发展经济而不得不进行了裁军，虽然在大规模削减了军队人数之后，结余的部分费用，又被花费在提高武器技术含量方面的支出所抵消。

然而，苏利文说，“如果要在武器和黄油之间做出选择的话，中国将会选择黄油。他们只是无法承受一个庞大的国防开支。”

韩建议三个主要的拥有核武器的国家——美国、苏联和中国——可以为削减核武器设置阶段，以抑制国防开销而满足经济的需要。

《底特律新闻》(*The Detroit News*) 1987年12月3日

中国寻求与美开展汽车贸易

中国大使周四说，中华人民共和国急切地希望与美国的汽车制造商建立合资企业，这是这个国家拓展对美贸易努力的一部分。

韩叙说，他在周三会见了通用汽车公司的总裁罗伯特·斯坦帕尔，同他讨论了中国希望与这个最大的汽车制造商开展合作的问题。

“我们着眼的是长远的目标，因为中国有一个发展自己的汽车工业的战略。”韩在于底特律经济俱乐部发表演讲前说。

通用汽车公司的发言人荣·希斯说，韩对公司做了一次礼节性的访问，并简短地讨论了通用汽车公司与中国建立合资企业的可能性问题。

韩说，一个由中国的经济和工业官员组成的团组将于下周访问福特公司和克莱斯勒公司总部，讨论酝酿中的联合生产计划。

“已经有了一些合作，但不是和通用汽车公司，而是和克莱斯勒公司。”韩说。

中国已经建立了一个生产切诺基吉普的企业，其产品主要是出口亚洲。

韩说，在中国，汽车生产可能不会是中国贸易图景中的耀眼部分，但是与美国的（汽车）贸易，对中国这个世界上人口最稠密的国家来说，其重要性正在不断上升。

“中国的大门将会对世界敞开得更大，美国拥有极好的机会成为中国的经济伙伴。”他说。

“与美国的双边贸易额今年将远远超过80亿美元，这是一个历史新高。”韩说。

美国是中国的第三大贸易伙伴。1986年，两国间的商品和服务贸易额为73亿美元。

韩说，由于美国的对日贸易出现了赤字，中美贸易关系最近受到了伤害。另外的对发展贸易关系构成潜在障碍的问题，是美国保护主义的抬头以及向台湾出售武器。

“1972年以来，中国一直有长期的赤字，”韩说，“当美国惩罚日本的时候，它不应该惩罚中国。”

12月6日—7日

伊利诺伊：成长的友谊之树

从伊利诺伊州的首府斯普林菲尔德（Springfield）一路向北，穿过密西西比河左岸的一条支流伊利诺伊河，就会遇见一个看上去宁静而舒适的小镇——杰克森威尔（Jacksonville）。是的，它远不如佛罗里达州的杰克森威尔有名，但对我们而言，这个看上去似乎没什么特别的小镇却有着非同寻常的意义。

尽管12月的日程已经排得非常满了，但我们还是设法为杰克森威尔之行挤出了一天时间。6日——那是个周日——下午，我们在从杰克森威尔专程赶来迎接我们的伊利诺伊学院（Illinois College）政治学教授理查德·弗莱（Richard Fry）博士的陪同下赶往那个小镇，因为伊利诺伊学院将在第二天上午举行一个仪式，授予韩叙名誉博士学位。在我们看来，这个学位并不是韩叙获得的一项个人荣誉，而是中美两国人民之间友谊成长的见证，因为如果没有我们上一次的杰克森威尔之行，这件事是不会发生的。

是的，对我们而言，这是故地重游。所以，要理解我们此行的意义，就要先回到我们上一次的杰克森威尔之行。

那不是一两年前的一次访问，而是在九年之前。那时和这时的最大不同，就是中美两国之间还没有建立正式的外交关系。在很多美国人看来，我们所代表的“红色中国”还是一个敌对国家。在那种情况下，有多少人会主动向来自“红色中国”的外交官发出热情的访问邀请呢？

但有个人会，他真诚地邀请我们访问他的家乡，他也因此成为第一个让我们有机会走进美国人民中间的人，他就是来自伊利诺伊州的资深众议员保尔·芬德利（Paul Findley）先生。

不错，那时他和韩叙已经是彼此信赖的朋友了。由于经常在华盛顿的缘故，他和韩叙之间接触颇多。而使他和韩叙成为好朋友的原因之一，就是他对打破国家间的各种壁垒以推动彼此的了解和合作抱有强烈的愿望。正因为如此，芬德利在中美建交前就曾经两度访华。特别是第二次，作为一位来自美国著名农业州的议员，他亲自率领着一个农业小组，到中国做了一次令他极为满意的深度考察。考察结束后，他迫不及待向韩叙发出了访问伊利诺伊州的邀请，他不仅是想以这种方式答谢韩叙为他的中国之行所做的各种安排，他更想以这种方式点燃伊利诺伊人了解中国并与中国展开合作的热情。

毫无疑问，在推动中美民间合作方面，芬德利是一个富有远见和热情的先行者。但在当时两国关系的背景下，他的计划在伊利诺伊州受到了一部分人的抵制。特别是当有人听说来自“红色中国”的外交官还将在令伊利诺伊人十分自豪的伊利诺伊学院的毕业典礼上发表演说时，他们更是气愤地指责道：我们的大学怎么能为一位来自敌对政府的代表提供讲坛?!

但芬德利没有退缩，他也不打算让访问静悄悄地进行。他把自己的家乡杰克森威尔市作为了我们此行的第一站。当我们抵达那里时，我们看到的是用鲜花和霓虹灯组成的大幅欢迎标语。在市长和芬德利的儿子精心安排的早餐会上，我们有机会广泛接触了包括当地名流和普通工人在内的各界人士。

此前遭到部分人抵制的公开演说，显然是我们那次访问中最为引人注目的安排。是的，我们有可能遭到冷遇。但事实却刚好相反——演讲竟然吸引了两千多名听众！这是一件非同寻常的事情。是的，就是在杰克森威尔，就是在伊利诺伊学院1978年5月的毕业典礼上，人们听到了来自新中国的外交官在美国公众中发表的第一个演讲。很多年后，芬德利曾经这样回忆说：“韩叙作为中华人民共和国的外交官，第一次向美国公众发表演讲是在杰克森威尔，他勉励1978年伊利诺伊学院的毕业生们，对其他国家的人民要真诚以待，并且把友谊的精神一代一代传递下去。”

当然，韩叙还向人们介绍了他的祖国。他着重谈到了粉碎“四人帮”之后中国所发生的深刻变化以及中国的对内对外政策，尤其是中国在实现中美关系正常化问题上所坚持的原则立场。他还呼吁中美两国人民为发展中美之间的友好关系而做出自己的努力，因为这能够给双方带来不可限量的好处。人们对他的演讲报以热烈的掌声。当他谈到芬德利议员已经两次访华，而且当地的一家公司已经开始同中国做生意时，听众中甚至爆发出了震耳欲聋的欢呼声。

我们的到访，在杰克森威尔刮起了一股强劲的中国旋风。这股旋风在我们抵达伊利诺伊州首府斯普林菲尔德市时势头丝毫不减。州长夫妇不仅参加了市长为我们举行的早餐会，还特地为我们安排了一个小范围的家庭早餐，以强调他们的欢迎之情。

芬德利无疑是一位精于策划的东道主，他特地选在我们访问的最后一天晚上举行了他的访华报告会。他的生动讲述，以及他为来宾们放映的他在访华过程中拍摄的大量幻灯片，将人们的情绪推向了顶点。芬德利的报告结束后，人们向韩叙提出的各种有关中国的问题简直让他应接不暇，其中有很多人都迫不及待地想要步芬德利的后尘，去亲眼看看大洋彼岸的中国。

那些天里，中国外交官的首次出访成了美国媒体竞相报道的热点新闻。不仅是当地的媒体，就连《纽约时报》也不惜为此拿出版面。一路跟踪采访的记者们对韩叙在参观林肯故居时摸林肯塑像的鼻子这样的细节尤其感兴趣。按照当地的说法，摸一下林肯的鼻子将会交上好运。而当一位中国外交官这样做时，显然传递了更为丰富的信息。《纽约时报》甚至为他们的相关报道配发了照片，我必须说，那张照片让韩叙看上去很有人情味儿。媒体的报道，不仅让美国公众从一个全新的角度接触到了一位中国外交官，更让他们看到了中国向世界展露的新形象：开放、充满活力、渴望与世界各国建立良好的关系以及努力实现现代化。

那是一次令人兴奋和难忘的访问。我们和芬德利以及伊利诺伊州的朋友们共同开创了一个增进彼此之间了解的富有成效的新模式。那也是一次播种，我们共同播下的是中美两国人民的友谊之种。九年后，当我们重返杰克森威尔时，我们知道，那颗种子已经深深地扎根在这片土地上。

傍晚时分，我们在蒙蒙细雨中驶入了那个宁静如往昔的小镇。理查德先生特地载着我们在市区转了一圈。尽管还是12月初，但杰克森威尔的很多人家，都已经用各种节日饰品将自己的院子和房子装扮了起来，所以整个小镇早早地便弥漫着浓郁的圣诞氛围。

我们的住处就在美丽的伊利诺伊学院校园内。这是一所成立于1829年的私立文理学院，它同时也是伊利诺伊州的第一所大学。可以说，从建立之初，它的影响力就已经远远超出了伊利诺伊州。它的首任校长爱德华·比彻（Edward Beecher）先生是一位坚定的废奴主义者，在他担任校长期间，伊利诺伊学院开始接受黑人学生。他的妹妹斯托（Harriet Beecher Stowe）夫人就是著名的反奴隶制小说《汤姆叔叔的小屋》的作者。比彻先生的废奴立场对伊利诺伊学院的师生们产生了深刻的影响，这使得该学院成为美国废奴运动中的先锋。正因为如此，亚伯拉罕·林肯总统也成为造访该校的众多名人之一。当然，这是学院悠久历史上颇为值得自豪的一页。

我们刚一放好行李，学院的现任校长唐纳德·马丁格（Donald Mundinger）先生就赶来了，他已经在自己家中为我们准备好了晚宴。

清朗的夜色中，我们一起步行着前往校长官邸。猜猜谁在官邸的客厅中等着我们？保尔·芬德利夫妇！我们情不自禁地热烈相拥。时间不仅没有冲淡我们之间的友谊，反而使友谊变得更加醇厚。

杰克森威尔市的市长海伦·福尔曼（Helen Foreman）女士也特地赶来参加了晚宴。我们还有幸结识了几位终身校董和他们的夫人。让我们颇感意外和惊喜的是，有位校董夫人竟然是中国水墨画和书法作品的收藏家。

晚宴结束时已经很晚了，但芬德利夫妇还是盛情邀请我们到家中小坐片刻。我们欣然前往，因为我们都很珍惜彼此相聚时的分分秒秒。

杰克森威尔的商业人士很想借我们到访之机从中国大使那里了解有关中国经济发展的最新信息，当地世界事务委员会的朋友们安排的早餐会让他们得偿所愿。包括海伦市长、当地商会主席、商会会员以

• 在唐纳德·马丁格校长家的晚宴上。(上)

• 我们和芬德利夫妇。(中)

• 各种圣诞饰品让芬德利先生的家充满了节日氛围。(下)

及商界领袖在内的60多人出席了早餐会。韩叙做了题为《中国对世界开放》的演讲。他鼓励在座的商界人士到中国去投资，他说："随着中国经济的进一步增长，中国在全球经济中将更有分量。从长远来看，中国经济巨大的发展潜力将为国际上的剩余资本和过剩产能提供良好的市场，从而促进世界经济的增长。"演讲结束后，倍受鼓舞的商界领袖们围绕着如何开拓中国市场的问题与韩叙展开了热烈讨论。

早餐会进行的同时，伊利诺伊学院已经为学位授予仪式做好了一切准备。上午10点整，当身穿伊利诺伊学院博士礼袍的韩叙在马丁格校长的陪同下走上主席台时，在场的一千多名师生和来宾发出了热烈的欢呼。

当人们安静下来之后，马丁格校长郑重宣布，授予韩叙伊利诺伊学院名誉法学博士学位，以表彰他为促进中美两国关系发展所做出的贡献。作为授予学位的标识之一，他为韩叙佩戴上了一条蓝色的丝绒带。韩叙在随后的讲话中说，他将这个学位"视为美国人民向中国人民所表达的巨大善意和深厚情感"。

• 早餐演讲会现场。

那天刚好是珍珠港受袭46周年纪念日。马丁格校长给了韩叙一个很好的建议：谈谈他在46年前太平洋战争爆发时的个人经历。于是，再一次登上伊利诺伊学院讲坛的韩叙，和大家分享了一个他此前从未在公共场合谈及的话题。“我的朋友马丁格校长建议我讲讲46年前太平洋战争爆发时我的个人经历。是的，在这个时刻，没有比这个更恰当的话题了。”他这样开始了他的讲述，“就像珍珠港事件改变了杰克森威尔市一些年长者的生活一样——我相信是这样的，它也成为我生活中的一个转折点。”“太平洋战争爆发前，我是北京燕京大学的一个17岁新生，那是一所由美国教会基金资助的久负盛名的大学。”“在珍珠港遭受突然袭击的第二天早上，日本宪兵队就占领并且关闭了燕京大学，他们还逮捕了很多教授和学生。”“对我来说只有一条路：加入抵抗日本侵略的斗争。”

人们被韩叙的讲述深深吸引。珍珠港事件爆发时，他的年龄和台下的学生们相仿。他的这段鲜为人知的个人经历，不仅勾起了中美两国人民对彼此在第二次世界大战期间共同遭遇的回忆，也将他和在场的年轻人彼此拉得更近。

学位授予仪式在伊利诺伊学院师生们高唱的校歌声中落幕。当那首名为《母校》(《Alma Mater》) 的校歌在大厅中回响时，我们深深感到，我们已经成为这所有着悠久历史的学校的一部分。

仪式结束后，前来采访的记者们已经迫不及待地聚集在了接下去将要举行记者招待会的大厅里。除了报道学位授予仪式外，记者们还想从中国大使那里了解有关伊利诺伊州在未来如何拓展与中国合作的第一手信息。

韩叙同他们着重讨论了双方在农业方面的合作前景。他说：中国的农业改革已经赋予农民在自己土地上的自主经营权，目前“中国迫切需要的就是美国先进的农业技术”，而先进的农业技术刚好是伊利诺伊州的优势。韩叙举例说：中国“购买了很多美国的联合收割机收割小麦，并且正在使用伊利诺伊式的粮仓存储粮食”，中国的农民还希望按照美国的方式来发展自己的瘦肉型生猪养殖业，因此，双方在农业方面的合作机会非常多。

- 唐纳德·马丁格校长在学位授予仪式上致辞。(上左)
- 学位授予仪式现场。(上右)
- 唐纳德·马丁格校长向韩叙授予学位。(下左)
- 韩叙在接受学位后致答词。(下右)

• 身穿博士服的韩叙与马丁格校长合影。

• 与芬德利的合影。

• 记者招待会现场。(上、中)

• 韩叙还戴上了马丁格校长赠送的棒球帽。(下)

我们的最后一项日程是和伊利诺伊学院的部分师生座谈。在回答大家提出的各种问题的同时，伊利诺伊学院的朋友们也向我们详细介绍了他们在同中国的河南师范大学建立了姊妹关系后正在积极筹划的有关合作项目。

因为韩叙在第二天中午要出席在白宫举行的美苏签订中导条约仪式，我们必须搭乘当晚的航班返回华盛顿了。没有时间访问更多的地方，这让我们觉得非常遗憾。但令我们颇为高兴的是，伊利诺伊州和中国之间的友谊之树正在健康成长。仅仅是在伊利诺伊学院校园内，我们不就已经真切地感受到了这一点吗？

《杰克森威尔信使报》的一位记者在他的报道中这样写道：伊利诺伊州和中国合作的种子“毫无疑问是在1978年时播下的”。

但是，当年有谁会想到，我们之间的合作会发展得如此迅速？那么未来呢？就像那位记者接下去写道的：“谁又能预测的到，在未来十年里还会发生什么呢？”哦，我们今天早已看到了那个“未来”，依然远远超出了我们当时的想象。

我们的老朋友芬德利坚持要由他来送我们前往机场。作为当年那次访问的发起人，他迫不及待地想要和我们分享他的感受。当然，对我们来说也一样，如果说有谁最能理解我们在那一天的心情的话，那一定非芬德利莫属了。

从伊利诺伊学院到圣路易斯机场需要两个小时的车程，我们一路上相谈甚欢。抵达机场后，我们得知飞机晚点了。但对我们来说，这不是个坏消息，因为这可以使我们愉快的交谈得以延续，我们甚至还有时间共进了晚餐。

因为芬德利已经退休的缘故，我们后来没有机会再见到他。但是我们之间一直保持着密切的联系。韩叙去世后，芬德利在媒体上发表了悼念文章，标题是《韩叙象征友谊》。而在我们看来，芬德利也象征着友谊。从我们彼此相识的那个时候起，他一直都在为中美人民之间的友谊播种和浇灌。

• 和芬德利在机场的餐厅里。

韩叙在伊利诺伊杰克森威尔世界事务委员会早餐会上的演讲

1987年12月7日

中国对世界开放

女士们，先生们，

我妻子和我很高兴能有机会和你们共度这个早上。我知道你们对国际范围内的变化怀有极大的兴趣，所以我想同你们谈谈中国的对外开放。我希望这个题目能让一个关注国际事务的组织的成员们感到满意。

在很长时间里，中国被外界认为是一个封闭的国家。但是，这种看法只是部分真实。人们常常没有看到的是，中国以前的封闭，与其说是中国自己选择的结果，不如说是被外界施与的。当人民共和国在38年前成立时，中国政府就向外界宣布，中国经济发展的基本政策之一，就是开展对外交流。然而，中国从西方世界所得到唯一回应是经济封锁。中国不得不将自己对外经济交流的范围缩小在苏联和其他社会主义国家之间。1960年代，苏联突然停止了对中国的经济援助，迫使中国转向闭关自守。只有当中国处于极左思潮当道的所谓“文化大革命”的十年里，才可以说是自我隔离。

闭关自守让中国付出了高昂的代价。中国与外部世界在经济上的差距越来越大，人民也不得不为此蒙受痛苦。

“文化大革命”结束后，中国的领导人和人民经过了痛苦的反思，变革的需求变得日益强烈。为了达到变革的目标，中国必须向外界开放，当然也包括采取其他措施。中国现代化的总设计师邓小平对中国人民的心情做了最好的表述，我来引用一段他的话：“如果实行闭关锁国政策，任何一个国家要发展自己的经济都是不可能的。我们经历过这样的痛苦，我们的祖先也经历过。这样的政策让我们深受其害。”

这一清醒的认识让中国政府在1978年做出了对外开放这个历史性

的决定。中国的开放政策有两个维度：第一，中国的开放政策是全方位的，它不仅向西方的经济发达国家开放，也向社会主义国家和第三世界的大多数发展中国家开放。第二，中国向外国投资者和资本开放国内的市场以加快其自身的经济发展，而且开放也给中国带来了积极参与国际经济交流的机会。

开放政策已经对中国的经济发展产生了深远的影响。为了吸收外国资本和先进技术，中国在广东和福建两省设立了4个经济特区，开放了14个沿海城市以及珠江三角洲和福建东南三角区。其他一些内陆省份也正在对外资开放。1979—1986年间，中国吸引了来自40个国家的536亿美元的投资和贷款，签署了超过8700份利用外资的合同，并且在中国开办了7800家合资或外商独资公司。在这里，我很高兴地告诉大家，美国已经领先于所有在中国投资的国家，截至到1986年年底，总投资额为27亿美元。同样是到1986年年底，已经同中国签署了304个直接投资项目，比1985年增长了一倍，项目涵盖多个领域，从煤炭开采到酒店服务。

这些资本和技术帮助中国实现了现有企业的升级，并且生产出了国内市场急需的各种产品。受到了开放所取得成就的鼓舞，中国政府目前有了更大的设想：海南岛——中国的一个面积仅次于台湾的第二大岛——将成为类似经济特区的特别省份。它将采取一些高度灵活的措施，比如转让土地使用权，以便在一个开放的经济环境下促进经济的发展。甚至还有更加雄心勃勃的计划，即考虑把辽东半岛和胶东半岛——其面积数倍于台湾岛——转变为经济开发区。

中国的大门对外国旅游者也越开越大。1986年，到访中国的外国游客超过了100万，其中包括大约四分之一的美国游客。这个数字是1978年的5倍，取得了文化和物质方面的双重收益。交流增进了人们之间的相互了解，对外开放为中国带来了发展所需要的资金。

对外开放有效地促进了中国对外贸易的增长。中国已经和世界上177个国家和地区建立了贸易关系。在最近9年间，中国的对外贸易额以年均17.3%的速度递增，其增长率超过了国内经济的增长率。这是对外开放带来的一个快速增长的良好指标。中国的进出口贸易总额在

1986年达到了740亿美元，是1979年的2.6倍。中国从世界上排第28位的出口国跃升为第15大出口国。中国同其他国家的贸易实现了跨越式发展。中国的对美贸易也实现了最大幅度的增长：在中国实行对外开放政策的9年间，中国的对美出口增长了8.7倍，进口增长了5.5倍。对西欧的出口增长了2.3倍，进口增长了6倍，对苏联的出口增长了4.2倍，进口增长了6倍。

中国也勇敢地打开了通向国际工程承包和投资市场的大门。中国已经在140个国家和地区拿到了4000份建造合同，合同总金额为72.5亿美元。有超过20万的中国技术人员和工人在海外完成各种建设项目。他们在第三世界尤其活跃，由中国人建设的项目已经对当地经济的增长做出了贡献。

1979年，中国在海外仅有4个投资项目，投资额为53万美元。今天，这个数字已经跃升到了300，投资总额也达到了3亿美元。举个例子，中国国际信托投资公司已经在华盛顿州建立了一个木材切割公司，它已经运回了100万立方米的木材，从而缓解了国内市场的木材短缺。中国的海外投资规模从总体上讲仍然很小，但不论按照何种标准衡量，其增长速度都是相当快的。

在国际金融市场上，人们也越来越能感受到中国的存在。中国银行已经在9个国家和地区设立了超过300家分支机构。在过去9年间，其资产增加了5.2倍，储蓄额增加了4.2倍。它的信用评级直接升到了3A级。就是最近，中国银行在美国发行了2亿美元的债券，这是自1949年以来的首次发行。美国金融界也做出了热情的回应。假如华尔街出现了另一次暴跌，我相信中国银行的债券也会像国债一样成为一个安全的避风港。

所有这一切在9年前都是无法想象的。但是今天，对外开放和中国日益融入国际经济已经成为家常便饭。

有些人怀疑中国的对外开放政策是否能在未来得以继续实行。答案是肯定的，一个简单的理由是，继续实行现行政策对中国最为有利。闭关自守的政策已经被彻底放弃，因为其结果对中国明显不利。今天，中国政府和人民比以前更加清醒地意识到，我们生活在一个日益变小并且相互依存的世界，没有哪个国家可以在不与外界积极互动的情况下实现现代化。中国对外开放的承诺是坚定的。中国的大门不会摇摆不定。它不仅将继续打开，而且会越开越大，因为只有这样才能使国家更加发达，收获更多经验和成长得更加强壮。

中国的对外开放政策已经被写入法律，一套完整的法律框架已经确立，以确保这项政策的连续性。比如，对外开放已经被作为一项基本国策写入了宪法。有关对外投资的法规也已经制定了十几部。更重要的是，这项政策又被最近召开的中国共产党第13届全国代表大会进一步确认。这届党代会决定，要将对外开放政策作为在新的历史时期指导中国经济发展的基本原则。

所有这些可以推导出一个合乎逻辑的结论：中国的对外开放政策会得以继续。正像它已经给中国的现代化建设带来巨大利益一样，这项政策在未来必将给中国带来更大的活力。

中国的对外开放已经产生了世界性的影响。中国的蓬勃发展和在世界经济舞台上的积极表现，与正在努力避免被拖入衰退的国际经济形成鲜明对比。随着中国经济的进一步增长，中国在全球经济中将更有分量。从长远来看，中国经济巨大的发展潜力将为国际上的剩余资本和过剩产能提供良好的市场，从而促进世界经济的增长。

女士们，先生们，

让我用这样一句话来结束我的发言：中国将承诺对外开放和参与国际经济交流。作为国际社会的成员之一，中国将为自己十亿人民的福祉和人类的繁荣而不断努力。

谢谢！

韩叙在伊利诺伊学院学位授予仪式上的讲话

1987年12月7日

我的经历和使命

亲爱的马丁格校长，

女士们，先生们，

这是我一生中最难忘的一个时刻。作为中国驻美大使，我被你们的学院授予法学博士这一荣誉学位，我感到非常荣幸。我这样说，并不仅仅因为它是对我为发展我们关系所尽绵薄之力的认可。事实上，我将它视为美国人民向中国人民所表达的巨大善意和深厚情感。你们所给予我的这一巨大荣耀，将成为我继续为锻造我们两个伟大国家之间的持久友谊而努力工作的源源不断的精神动力。

在接受这个荣誉学位的同时，我也荣幸地成为伊利诺伊学院这个我一直深怀敬意的团体的一员。作为伊利诺伊州历史最悠久的大学，伊利诺伊学院在培养青年人方面一直扮演着领导者的角色，而正是这些青年人把伊利诺伊州和美国建设成了今天的样子。我为自己能够加入伊利诺伊学院而感到骄傲。我向你们精彩的过去致敬，并祝愿你们在永无止境地追求卓越的智慧和服务方面继续取得成功。

在接受这个荣誉学位的同时，我也对伊利诺伊学院有了新的认识。无论是我的前任大使们还是我本人，都在这个国家的许多校园里做过演讲。但是，所有的演讲都是从这里开始的。九年半以前，我作为中华人民共和国驻美联络处大使级副主任，荣幸地受邀在伊利诺伊学院毕业生的毕业典礼上发表演讲。那是一个中国外交官在美国大学校园里做的第一次演讲。这一点，令我对今天的这个场合倍加难忘。

从我第一次访问伊利诺伊学院以来，我们两国的关系已经发生了巨大的变化。就在我访问你们学院之后不久，中美两国在1979年1月1日建立了全面的外交关系，它带来了我们双边关系的稳步发展。

1978年，我在毕业典礼的演讲中说，有1.9万名美国人访问了中国，当时我认为那是一个很大的数字。但是到了1986年，访问中国的美国人已经超过了25万。在同一时期，大量的中国访客也到访了你们的国家。

1978年，在这个国家几乎看不到中国学生。而现在，在美国的大学校园里已经有2万名中国学生和学者。同时，有7000多名美国学生和学者前往了中国。我很高兴你们同中国的河南师范大学建立了姊妹关系，并且希望你们建立起来的学术关系能够结出硕果。

1978年，我们的双边贸易额只有9.9亿美元。而去年，它已经跃升至73亿美元。在过去九年多的时间里，我们关系中所发生的一切，已经远远超出了人们——即使是我们这些见证了我们关系发展的人——的预期。它为我们两国关系的进一步发展奠定了坚实的基础。我们必须加倍努力，去增进这一已经被证明造福于我们所有人的关系。

今天刚好是珍珠港事件46周年纪念日。我的朋友马丁格校长建议我讲讲46年前太平洋战争爆发时我的个人经历。是的，在这个时刻，没有比这个更恰当的话题了。就像珍珠港事件改变了杰克森威尔市一些年长者的生活一样——我相信是这样的，它也成为我生活中的一个转折点。今天的世界正变得日益相互依存，太平洋地区的和平与稳定对人类的未来日益重要。因此，回顾46年前所发生的事情，并且思考它对今天世界的意义，对所有致力于世界的和平与繁荣的人来说，不仅关系重大，而且能获得启发。

太平洋战争爆发前，我是北京燕京大学的一个17岁新生，那是一所由美国教会基金资助的久负盛名的大学。埃德加·斯诺，《红星照耀中国》一书的作者，就曾经在这所大学任教。那时，日本已经占领了中国北部的很多区域。北京——这座古老的都城在当时被称作北平——正在日本人的占领下呻吟。北京的很多教育机构都被迫关闭了。燕京大学之所以被允许开放，仅仅是因为美国在战争中仍然是一个中立国。但是，随着太平洋战争的爆发，这所大学的命运立刻就改变了。

在珍珠港遭受突然袭击的第二天早上，日本宪兵队就占领并且关闭了燕京大学，他们还逮捕了很多教授和学生。我那时虽然很年轻，但我再也不想在日本人的羞辱下生活了。对我来说只有一条路：加入抵抗日本侵略的斗争。

在那个时刻，我面临着两种选择：我或者加入北京郊区由共产党领导的游击队，或者南下，到仍然由国民党领导的国民政府控制的地区。我没有犹豫地做出了第一种选择，虽然我非常清楚，这将使我立刻处于危险当中，并且这种危险会一直存在。我隐瞒了自己的真实身份，在共产党的一些地下工作者的帮助下，我和一位教授及几个同学一起，悄悄穿过了日本人的封锁线，到达了位于北京西山的游击队基地。就是在那里，我加入了游击队——八路军。

你们可能会问，我为什么要加入共产党领导的军队。那是因为他们能够领导中国人民抗击日本侵略，正是这一点说服了我。通过和他们在一起的体验，我相信，我能以自己的力量对民族解放的伟大事业有所贡献。

对美国的年轻人来说，日本的侵略是从偷袭珍珠港开始的。但事实上，在珍珠港事件之前，中国人民就已经独自和日本侵略者作战十多年了。早在1930年代初，日本军队就开始实行海外扩张了。中国成为他们的第一个目标。1931年9月18日，日军占领了中国东北的几个省份，也就是被外界称为满洲里的地区，并且扶植了一个被叫做满洲国的傀儡政权。从他们入侵的第一天起，日军就遭到了中国人民的强烈抵抗。六年后，日军又在北京附近策动了卢沟桥事变，试图侵占中国北部。中国军队展开了全力抵抗。这就是发生在1937年的著名的七七事变，它标志着中国全面抗战的开始。

在日本入侵中国之前，这个国家正深陷内战的困苦之中。国民党试图消灭共产党的军队——共产党正赢得越来越多的被压迫者的支持，但是一直未能成功。在面临国难当头的时刻，中国共产党呼吁国民党停止内战，将枪口一致对准日本侵略者。与此同时，它将自己的军队开赴到日本占领区，展开了游击战。共产党的军队成功地建立起了抗日根据地，并且重创了侵略者。共产党领导的游击队的顽强抵抗极大地鼓舞了中国人民的斗志。

国民党最终同意了联合起来一致抵抗共同的敌人，这主要归功于中国共产党的主动态度。七七事变促成了两党的和解，开启了一个联合抗战的新阶段。

中国人民为抗战付出了巨大的牺牲。敌人既强大又骄横，而且他们装备精良。在国际上，绥靖心态盛行。有些西方人认为，牺牲中国可以维护他们自己的安全。实际上，中国几乎得不到任何外援。它不得不独自作战，并且承受着日军的全面进攻。在这里，我想要指出的是，即使是在如此黑暗的时刻，一些富有正义感的美国人对中国人民抗击日本侵略的斗争给予了坚定的支持。直到今天，美国人民曾经给予的同情和支持仍然在中国人民心中占有一个特殊的位置。

尽管牺牲巨大，但是中国人民坚持斗争。整个国家都被动员起来抵抗侵略，就像我们的国歌里所描述的那样，筑成了一个血肉的长城。他们的英勇抵抗使中国战场转入了与侵略军相持的阶段。当日军将领发动七七事变时，他们认为他们能在六个月内征服中国。但是，五年多过去了，他们在任何方面都没有接近他们所谓的胜利。

太平洋战争的爆发将中国的抗日战争带入了一个新的阶段。中国不再独自作战。始终同情中国人民的美国人民向中国提供了更多急需的帮助。美国的空军来到中国，协助打退日本的空中进攻，并且运来军需品装备中国的军队。而中国人民也通过他们自己的努力，支持了美国人民的反法西斯斗争。中国战场变成了让日军主力深陷其中的泥潭，中国也成为日军前进道路上的一个无法逾越的障碍。

为了维护民族独立，中国人民付出了巨大的牺牲。抗日战争期间，1000万人失去了生命，还有1100万人严重受伤。财产损失达到了600亿美元。但是中国人民以坚韧不屈的精神一直战斗到最终胜利。中国共产党始终坚守在民族解放的前沿，赢得了民心，也赢得了中国的未来。

第二次世界大战结束以来已经过去了40年，世界发生了深刻的变化。但是，人们仍将从过去的教训中汲取有用的东西。

就中国而言，由于历史的原因，台湾直到今天依然和祖国大陆人为地分离，中国还没有实现统一。过往的经历可以为今天提供有用的指导。抗日战争期间，中国共产党和国民党曾经联合起来抵抗外部入侵。这种结盟与合作被证明是赢得战争的决定性因素。这也恰恰是今天实现国家统一所需要的。毕竟，还有什么是比一个民族的统一和完整更重要的呢？对大陆和台湾的人民而言，这都是最大的利益所在。中国政府已经提出了“一国两制”的模式以寻求台湾问题的解决，并且呼吁在两岸之间通商、通邮以及在空中和海上通航。最近，台湾当局已经决定向访问大陆的家庭开放航班。这是值得欢迎的一步。我们希望通过双方的努力，台湾海峡上的人为障碍最终能够被拆除，海峡两岸的中国人民将重新成为同一个大家庭的成员。

第二次世界大战以来，太平洋地区就像世界上的其他地方一样发生了巨大的变化。太平洋地区已经成为世界上经济增长最快的区域。它在资源、资本和市场方面拥有巨大的潜力。事实上，它在世界GNP总量中占有48.1%的份额，在全球贸易总量中占有54.6%的份额。它在世界经济中的重要性与日俱增。

日本已经成为一个工业巨人。它同中国的关系也发生了很大的改变。两国已经建立了全面的外交关系，目前已经成为密切的经济伙伴。中国非常重视与日本的关系。同样，与中国建立牢固的友好关系，也是日本政府和广大人民的目标。日本军国主义已经遭到了日本人民的否定。但是另一方面，日本仍然有少数人还在做着复活日本帝国的旧梦。中日两国人民都要反对任何复活日本军国主义的企图，以确保两国关系稳定而持久地发展。

中美这两个最大的太平洋国家之间的关系也获得了稳定发展。二次大战期间，我们为太平洋地区的和平而并肩作战。今天，我们仍然分担着维护该地区和平与稳定的共同责任。这不仅有益于两国人民，也有益于其他国家。所有不抱偏见的人都不难看到，中美关系的正常化为增进该地区的和平与稳定做出了显著贡献。有鉴于此，让我们携起手来，为中美两国以及世界人民的安全、繁荣，更重要的是和平，共同努力。

谢谢你们！

《杰克森威尔信使报》(*Jacksonville Journal Courier*) 1987年12月9日

中国大使的访问具有特殊意义

小镇上通常不会发生什么。但或许可以这样说，在中西部一个舒适的小镇上，有那么一两天，发生了一些引起了高度关注的事情。

周一这儿发生了一些事。这些事让杰克森威尔和它周围的散布在草原上的其他小镇有所不同。

中国驻美大使这天上午接受了伊利诺伊学院的一项荣誉，他周二又在华盛顿观看了里根总统和苏联领导人戈尔巴乔夫签署历史性的武器控制条约。

授予荣誉学位在一个大学城里是经常发生的，它们通常并不会被过多地关注，但值得注意的是，韩叙大使是第二次到访杰克森威尔。他第一次访问这里是1978年，在美国与中国——当时它被称为红色中国——正式建立外交关系之前六个月，韩叙因此成为第一个向这个国家的非官方听众发表演讲的中国政府官员。

当时，保尔·芬德利，一个出生在中西部的、对打破壁垒以推动国际间的了解抱有浓厚兴趣的国会议员，以他的官方身份将韩叙带到这里。在那时，这不是一个普遍流行的做法，如果我们没记错的话，很多人曾经反对本地大学为一个来自敌对政府的代表提供讲坛。

但谁能想到，短短几年后，伊利诺伊州的州长就率领着一个贸易代表团进入了红色中国这只巨兽的腹地。也没有谁会想到，伊利诺伊州在中国的姊妹省份会在州展览会上举办一个展览，而伊利诺伊学院的学生和教师会离开玉米地到中国去学习。

有件事虽然尚未发生，但似乎不是不可能的：伊利诺伊学院正和中国的一所师范学院讨论一个交流项目，这些种子毫无疑问是在1978年时播下的。那么谁又能预测的到，在未来十年里还会发生什么呢？

周一，官方在谈到大使先生的访问时，使用了马歇尔·麦克卢汉的“地球村”的提法，这很贴切。150多年前，几个理想主义者决定在旷野中建立一所大学，周一之前，这所大学的比彻大厅和中国之间的距离似乎并没有那么遥远。

1988 年

2月22日—23日

田纳西：与美国未来精英的对话

3月10日—12日

圣路易斯：为有源头活水来

4月13日

旧金山：在斯坦福大学的讲坛上

5月6日—7日

内布拉斯加：红色记忆

THE STANFORD UNIVERSITY

Campus Report

China's ambassador defends 'one couple, one child' policy

By MARY ANN SEAWELL

Harsh circumstances have forced China to adopt its stringent family planning policy of "one couple, one child," Han Xu, China's ambassador to the United States, said in a talk at Stanford April 13.

Speaking at a colloquium sponsored by the Morrison Institute for Population and Resource Studies, Han noted that planning is not a terribly popular term in the United States. "Some well-wishers have suggested to us that as the economy develops, the population will regulate its own growth." However, he added, that "is a luxury China cannot afford."

As it is, he said, China's farmland is disappearing at a rapid rate, with more space needed to house the increasing number of people. "That means it will be even harder for China to keep its population well fed."

In many rural areas of the country, where 80 percent of the population resides, firewood remains the main source of energy. As population grows, more trees are cut, and this has led to a rapid shrinkage of China's forest cover, upsetting the ecological balance.

In addition, overcrowding in big cities "has become a social problem."

In presenting this "rather gloomy picture," the ambassador said, "I do not intend to suggest that China is powerless in facing up to this problem of its own creation."

The country's goal, he said, is to increase fourfold, between 1980 and the turn of the century, its industrial and agricultural output. The optimal size of China's population would be within 1.2 billion by the year 2000.

To ensure that population growth does not consume any economic gains, Han said, the Chinese government since 1979 "has encouraged the practice of one couple, one child."

Contrary to what some Americans have alleged, he said, the family planning program relies not on coercion, but on voluntary participation.

'Family planning involves every household in a country of one billion people. Without popular support, no amount of coercion can possibly sustain the program'

PHOTO: ED SOUZA

Allowing the population to regulate its own growth is a luxury China cannot afford, says Ambassador Han Xu

"The reason is clear: Family planning involves every household in a country of one billion people. Without popular support, no amount of coercion can possibly sustain the program."

As to charges that forced abortion is a primary means used to control population growth, Han said that the program focuses on contraception and abortion is permitted only when birth control fails.

He conceded that "cases of abuse have indeed occurred in rural areas. However, it needs to be pointed out that such practices have never been conducted with government sanction. On the contrary, such abuses are stopped whenever they are found, and those responsible duly punished."

It is important to differentiate, he said, between government policy and the excesses of individuals charged with implementing a program that involves hundreds of millions of families.

The one couple, one child policy is not intended to be permanent, he said, but was adopted to meet specific historical circumstances. He added that the policy is not enforced uniformly throughout the country. Ethnic minorities may be exempt; for example, no family planning is required for Tibetans.

Between 1973 and 1986, China's annual average birth rate was kept at 20 per thousand. However, said Han, a new challenge is looming as people born during the baby boom of the early 1960s enter their childbearing years.

In 1986, 21 million babies were born, 3 million more than in 1985. China's birth rate in that year was 20.8 per thousand. By the end of 1987, China's total population reached 1.0722 billion, showing a net increase of 14.97 million over the previous year.

At this rate, Han said, China's population will reach 1.284 billion at the minimum by the end of this century, "which threatens to exceed the target of keeping the country's population within 1.2 billion."

"If we allow the baby boom of the early 1960s to reappear, whatever economic growth China has been able to achieve will be quickly eaten up by the explosive growth of the population," and the goal of modernizing the country will be beyond reach.

The Chinese government is prepared to meet the challenge, Han said. Among other efforts, a national census will begin on July 1 and the data collected will be used to improve the family planning program.

In a question session after his talk, the ambassador was asked about the sociological impact of one-child families.

There is a danger, he said, that these children will be spoiled by their parents and grandparents, and education may be needed to deal with the problem.

The point, he said, was illustrated by a recent cartoon in a Chinese newspaper of four birds carrying one small bird in a cage. The baby bird is saying "I want to fly by myself" and the adults are replying "Honey, we can't allow you to fly because you are the only child we have."

2月22日—23日

田纳西：与美国未来精英的对话

与官方外交不同，公共外交面对的是多元的主体。人们身处不同的地域，分属不同的阶层和界别，因而也有着不同的关注焦点。到不同的地方，和不同的群体沟通，对我们来说既是一种挑战，更是一种机会，它可以让我们接触到真实而多元的美国社会，可以帮助我们了解和理解那些与我们有着各种差异的人们的利益和想法，从而帮助我们打破自身的局限，并且在此基础上逐步建立起我们对彼此的尊重和包容，而这正是我们所追求的目标。

那么，该如何形容我们这一次的田纳西之行呢？我们是为什么而去的呢？我想我愿意说，它是我们和美国未来精英之间的一次对话。

此行的安排非常紧凑，把所有路途上的耗时都算上，也只有两天的时间。这两天被分配给了位于田纳西州的两所大学：范德堡大学（Vanderbilt University）和塞沃尼南方大学（Sewanee-University of the South）——它们都向韩叙发出了热情的演讲邀请。

在美国的各类大学中，范德堡大学和塞沃尼南方大学都属于典型的精英学府。范德堡大学一直享有“南方哈佛”的美誉，而塞沃尼南方大学则被人们形容为“南方的牛津”。

这两所大学有很多共同点。它们都是历史悠久的私立大学，拥有不乏业界巨匠的师资队伍和雄厚的科研实力，能够向它们选中的学生提供丰厚的奖学金。学校的学生大多来自富裕家庭，并且拥有良好的素质。有很大比例的学生在毕业后会成为各领域的成功人士，他们会像自己的父辈们一样，以慷慨捐赠的方式回馈母校。当然，它们还有占地广阔的美丽校园，其间遍布着经历了时光打磨的精美建筑。

我们在22日上午飞抵范德堡大学的所在地纳什维尔市，它是田纳西州的第二大城市。前来迎接我们的是学校的一个叫作IMPACT（意为“影响力”）的学生组织的成员。与以往大多数访问不同，我们这一次的范德堡之行，从向我们发出邀请，直到我们抵达后的各项安排和接待工作，全部是由这个学生组织负责的。把我们自己完全交给一群二十多岁的大学生，这本身就是一种很独特的体验。

但我必须说，这不是一群普通的年轻人。和他们的同龄人相比，他们关心的是一些远远超出他们自身范围的深刻问题。就像这个有着二十多年历史的学生组织的名称一样，它所运营的一个研讨会的确颇有一些影响力。它以讨论各种各样严肃的国际、国内问题见长。有不少名人都曾受邀走上过它的讲坛，其中包括前总统卡特、福特以及前美国驻联合国大使柯克·派屈克等。

研讨会的主题通常由IMPACT来确定。当然，这不是一件轻松的事。可以说，出题首先是对出题者本身的考验。我想这一次我们可以给这些年轻人打高分，因为他们给出了一个很棒的题目——“美国及其亚太伙伴的关系”。对我们而言，这是一个很有吸引力的主题，它使我们有机会在一个更广阔的层面上讨论中美关系。在1988年，亚太背景下的中美关系还不是中美双方讨论的主要议题，但今天毫无疑问它是了。IMPACT的年轻人很有前瞻性，不是吗？

虽然已是冬天，但纳什维尔依然草木葱茏。我们下榻在学校附近的范德堡广场酒店。放下行李后，我们礼节性地拜会了范德堡大学的校长琼·怀耶特（Joe B. Wyatt）先生。他此前是哈佛大学的副校长，自1982年起在此任职，管理这个素有“南方哈佛”之称的学校可以说恰当合宜。

拜会结束后，我们在美丽的校园里一路步行，前往范德堡大学俱乐部，与前任校长亚历山大·赫德（Alexander Heard）先生及学校的12位教授共进午餐。赫德先生在怀耶特先生到任之前担任了19年校长，对范德堡大学的发展贡献卓著。那是一次小范围的座谈会，韩叙发表了一个简短的讲话，并且就一系列问题和大家交换了看法。

下午的安排非常有意思——和学生们一起听一堂课。被选中的是一堂政治学科的课程，内容是“帝国主义”。教授的讲解比较客观，他既介绍了对“帝国主义”的肯定的观点，也介绍了批判的观点，其中就包括列宁在《帝国主义论》中的看法。他还不时地和学生们互动，课堂的气氛相当活跃。课程的后半段，教授将韩叙请上了讲台。韩叙向学生们介绍了中国探索自身发展道路的情况，并回答了他们提出的问题，学生们对他的回答报以热烈的掌声。

晚餐时，我们见到了更多的IMPACT成员，而它的主要成员几乎悉数到场。晚餐的地点是他们精心选择的——由一个古老的火车站改建而成的精美餐厅。被这群年轻人包围着，并且被他们洋溢着的青春活力所感染，我们觉得自己也年轻了许多。

演讲被安排在了当晚，是在庄严的法学院礼堂举行的。《亚太背景下的中美关系》，这就是韩叙演讲的题目。他首先强调了中美关系的状况对整个亚太地区的重大影响：“我相信你们会同意我的这样一种观点，那就是重新打开中美关系以及这种关系随后的发展，是过去20年间亚太地区发生的最重要的政治变化之一——如果不说是最重要的话。”在

• 演讲现场。

• 与部分IMPACT成员的合影。

回顾了中美双方相互接触以来在发展双边关系方面所取得的重要进展之后他说，“17年前，中美之间的敌视和对抗加剧了亚太地区的紧张和不稳定。今天，凡是那些没有被偏见所蒙蔽人，都不能无视这一事实，即由于中美的和解，太平洋的确比以往任何时候都更加安全。”

他在演讲中特别强调了维护亚太地区和平与稳定的重要性。为什么要强调这一点？他向在座的人们发问道。“答案是清晰和简单的。”他说：那是因为亚太地区正在经历前所未有的经济增长和繁荣，而“维持这一增长势头，对所有的太平洋国家来说都利益攸关”。

那么，“我们如何才能支撑这些对我们各自的经济如此至关重要的强劲增长和交流呢?”他谈到了政治和经济两方面的因素，他说：在政治方面，“我们应该平等相待，尊重对方的民族感情。亚太国家有不同的社会制度、历史、文化和价值判断，把一国的价值观和文化强加给其他国家是不明智的”。而在经济方面，则“必须防止贸易保护主义的幽灵阻碍我们拓展经济和贸易关系”。他说，“就像1929年世界经济萧条清楚地告诉我们的那样，人工设置的贸易壁垒，将使所有的人身受其害。”

韩叙在演讲结束时这样预言道：“亚太地区正在发生一场非同寻常的历史巨变，其深远影响将延续到下个世纪。”他呼吁中美两国携起手来，“拥抱这个历史性的机会”，为亚太地区和整个世界的和平与繁荣共同努力。

演讲结束后，韩叙照例和在场的听众进行了热烈的互动。

尽管人们离去时已经是晚上9点半了，但IMPACT的年轻人还要为我们举行一个招待会。那是个令人留恋的时刻，我们很高兴在离开范德堡大学之前还有机会和他们共度一段时光。

第二天一早，IMPACT的当值主席米勒（Miller）就赶到了我们下榻的宾馆，他将驾车送我们去塞沃尼南方大学。他是一位22岁的大三学生，机敏而健谈。塞沃尼南方大学坐落在田纳西州的坎伯兰高原，距纳什维尔市大约两小时车程。但那天我们赶上了一个很少碰到的坏天气，一路上又是雨，又是风，又是浓雾。不过米勒车技娴熟，他不仅没有耽误行程，而且还将我们提前送达。

• 在塞沃尼南方大学的美丽校园里。

因为到早了，原本计划迎接我们的行政校长罗伯特·艾瑞斯（Robert Ayres）先生正在主持学校的校董会。他索性热情地将我们带进会议室和校董们一一见面，他甚至还让韩叙发表了一个简短讲话。

塞沃尼南方大学不像范德堡大学那么有名气，但是它的教学质量和学生素质却堪称一流。你若是去查一查罗兹学者（Rhodes Scholars）名单的话，你就会发现，塞沃尼南方大学是美国罗兹学者占学校人数比例最高的学府。罗兹学者是世界级的著名奖学金——罗兹奖学金（Rhodes Scholarships）的获得者，由于该奖学金一向被视为“全球本科生的诺贝尔奖”，所以，罗兹学者的称号也被视为全球最高学术荣誉之一。如果说，罗兹学者的得主比例代表的是学校顶尖学生水准的话，那么下面两个数据则能反映出塞沃尼南方大学学生的普遍水准：在全美顶级研究生商学院的录取比率中，塞沃尼南方大学的毕业生高达90%—95%，而在全美顶级研究生医学院的录取比率中，塞沃尼南方大学的毕业生也高达80%—85%。这和塞沃尼南方大学是一所宗教色彩背景浓厚的学校有关。事实上，学校一直为南方28所圣公会教堂所有，

• 前美中人民友协全国主席简·若伊（Jean Troy）女士专程从查特努格市（Chattanooga）赶来与我们会面。

学校的神学院同时也是官方的教堂神学机构。正因为如此，它有着比一般大学更严格的校规，包括更严格的道德品格要求和更高的学业要求。而正是这种更严格的要求和训练，使塞沃尼南方大学的学生更加出类拔萃。

为了欢迎我们的到来，校方举行了一个有九十多人参加的招待会。让我们颇感意外和惊喜的是，来宾们要么身着中式织锦缎服装，要么在胸前挂着中美两国国旗的徽章。交谈之后才知道，原来他们大多去过中国。正因为如此，他们对我们格外热情。韩叙一直在不停地与人握手和交谈，竟然没顾上吃任何东西，甚至连水都没顾上喝一口。

接下去的活动并不在我们原本的日程安排内——参加一位杰出的美籍华人校友陈宣远（英文名为Clement Chen，克莱门特·陈）先生的追思会。陈先生在美国的酒店运营和建筑设计领域有着不俗的业绩，他同时也是塞沃尼南方大学的重要捐赠人。当然，他对自己的祖国更是一往深情。在中国，他以第一个中外合资饭店——建国饭店的投资人而广为人知。不仅如此，在饭店建成后的很多年间，他还为饭店的运营呕心沥血，而当饭店收回了全部投资并且盈利越来越好时，他竟然以1美元的价格，将自己所持有的49%的股份出让给了中方。他以这样一句话解释了自己的初衷："我就是想为中国做点事。"他所做的远不止这些，其中就包括一直在塞沃尼南方大学和中国之间热情地牵线搭桥。就在两年以前，他开始资助在塞沃尼南方大学就读的中国学生。而作为我们的老朋友，他原本还打算专程赶到学校，在演讲会上向来宾们介绍韩叙。他已经精心准备好了开场白，但是现在，只能由别人带为宣读了。

在当天下午举行的演讲会上，艾瑞斯校长和韩叙都对陈宣远先生的去世表示了悼念。"我非常钦佩克莱门特的一点是，他对中国和美国都怀有深厚的情感。"韩叙这样说，"尤其让我感动的是，即使是在病情危急的情况下，他头脑里仍然在想着塞沃尼和中国之间的关系。的确，对我来说，而且我确信对你们所有的人来说，克莱门特已经成为我们双方之间的一个情感的符号。"

《中美关系：已经走过的道路和未来的前景》，这是韩叙和塞沃尼南方大学的师生们讨论的主题。他在演讲中特别强调了中美之间相互了解、理解和尊重的重要性，因为这不仅是使我们两国关系获得长足发展的重要经验，更是消除和管控我们关系中存在的问题和障碍，从而推动这一关系继续深入发展的首要原则。

韩叙以十分坦诚的口吻对人们说：“我们的大门被重新打开已经16年了，但我们之间真正的了解已经足够好了吗？我想恐怕没有。我们对各自的文化、历史和民族感情还有很多需要了解的东西。”他提到了两国的教育机构在增进相互了解方面所承担的特殊使命，他希望塞沃尼南方大学在分担这一重要使命方面做出自己的独特贡献。他还以自己的切身经历和感受表达了对两国关系的珍惜之情：“我作为中国外交官，在这个国家工作了八年多的时间，并且已经深深介入了中美关系发展的过程。我深切地意识到，我们关系所取得的一切进展都来之不易。因此，我们有更多的理由增进我们之间的相互了解，珍视我们之间的关系，并且使这种关系免遭破坏。”

演讲结束时，他以超越两国关系的更加远大的理想鼓舞在座的年轻人：“每当我回想起我们曾经走过的道路，我总会想到一个大问题，那就是中美关系对世界的影响。我们所生活的世界仍然处在动荡、分裂和对立之中，但同时又变得日益相互依存。如果中国和美国——这两个世界上最大的国家——能够证明,尽管我们之间在文化、社会制度和价值判断上存在着巨大的差异，但是我们仍然能够友好和睦地相处，我们不是能为其他国家，特别是那些仍然相互怨恨和敌视的国家，树立一个好的榜样吗？作为彼此的朋友，我们不能帮助这个世界成为一个更美好的生活之所吗？我相信我们能。”

人们起立对他的演讲报以长时间的掌声。我希望，我们从掌声中听到的是人们发自内心的共鸣。

这一次的田纳西之行，的确是一次感受独特并且令人印象深刻的访问。我常常想，在我们两国之间，应该有更多，同时也是更加有效的渠道，让年轻人也能加入到关于我们的双边关系以及中美两国在国际社会所承担的重大使命的讨论中来。这是为未来播种，这将对我们缔造和拥有两国关系及人类社会发展的美好前景产生积极而深远的影响。

韩叙在范德堡大学的演讲

1988年2月22日

亚太背景下的中美关系

大卫·黑尔先生，

都德·米勒先生，

弗雷德·格瑞汉姆先生，

范德堡大学的朋友们，

今天能够参加IMPACT的研讨会并且发表讲话，我感到非常荣幸和高兴。若干年来，IMPACT研讨会在增进范德堡大学对事关美国和整个世界的国内、国际问题的认识上扮演了一个重要的角色。将美国和它的亚太伙伴的关系确定为我们今天讨论的主题，我感到特别高兴。由于亚太在国际经济和政治领域的重要性与日俱增，这个主题确实值得我们密切关注。我希望我的发言以及随后的问答环节，可以增进我们大家对这个由主办方明智地挑选出来的问题的了解。

首先，我想谈谈亚太背景下中美关系的发展。然后，我想谈谈亚太地区一些相互关联的问题的动态。

我相信你们会同意我的这样一种观点，那就是重新打开中美关系以及这种关系随后的发展，是过去20年间亚太地区发生的最重要的政治变化之一——如果不说是最重要的话。感谢那些采取了重新打开两国关系这一富有远见和勇气的举措的先驱们，我们两个伟大的太平洋国家之间的传统友谊得以恢复和增强。

自从我们在1971年向对方打开大门以来，中美关系取得了实质性的和多方面的发展。

经常性的高层互访，已经成为我们政治关系中的常规。从尼克松总统开始，历任美国总统，包括在任的和不在任的，都访问过中国。邓小平，中国现代化建设的总设计师，在1979年我们两国建立正式外交关系之后立刻访问了美国。很多其他的重要的中国领导人也访问过你们这个伟大的国家。所有这些交流都增进了我们两国政治关系的发展。

宽广的太平洋不再是一条巨大的分界线，而成为一座巨大的沟通的桥梁。今天，跨洋旅行的人比历史上的任何一个时期都多。仅仅是去年一年，就有30万美国人到中国旅行。有很多中国游客也来到了你们国家。众多的文化团组也在宽广的大洋两岸之间来回奔波。通过电影、戏剧、音乐以及艺术展览等方面的交流，我们丰富了我们各自的文化。中国的大熊猫成了数百万美国孩子喜爱的朋友，而米老鼠、唐老鸭和白雪公主也俘获了众多中国年轻的电视观众的心，也包括我的外孙女。坦率地说，它们也打动了她的外公。我们两国伟大文化中绚烂多彩的遗产，就像一块引力巨大的磁石，将两国人民吸引到了一起。

如果回到1978年的话，在这个国家里就连一位来自中国大陆的学生也找不到。今天，中国学生的数量已经达到了2万，这大约是中国赴海外留学生人数的一半。事实上，中国学生成了在美国人数增长最快的留学生群体。前往中国的美国学生和学者也日益增多，到去年为止达到了8000人。目前，几乎在所有的美国重要大学中，都有中国学生就读。你们可能觉得很有意思，现在在中国学习英语的人比在你们自己国家的还多。吃惊吗？好吧，想想我们的人口规模吧！

我们两国政府已经签署了有关科技合作的29项协议。它们涵盖了广泛的领域，在这些协议之下，已经执行的项目多达400个。有些已经完成的中美科技交流项目，有可能是我们各自同其他国家执行的规模最大、进展最快以及最多元化的项目。

经济合作已经成为我们关系的中心舞台，在过去的岁月里，我们之间不断有新的合作项目达成。1972年，我们之间的贸易额是零。去年，它已经达到了78亿美元。今天，美国是中国的第三大贸易伙伴，而中国也在美国的一百多个贸易伙伴中位列第16。

美国已经日益深入地参与了中国的现代化建设。截止到去年9月，美国的在华投资总额达到了31亿美元，它已经成为在中国的最大外国投资者。目前，已经有340个美国投资的项目，在中国29个大陆省份中的18个省内建设。

中美关系发展的成果告诉我们，双边交流可以使两国互惠互利。更重要的是，当中美两国为和平和繁荣而努力，而不是以怀疑和不信任而相向时，这不仅有利于我们各自的国家，而且也有利于整个世界的和平与稳定。在亚太地区，这就是符合我们关系的大局。16年前，中美之间的敌视和对抗加剧了亚太地区的紧张和不稳定。今天，凡是那些没有被偏见所蒙蔽人，都不能无视这一事实，即由于中美的和解，太平洋的确比以往任何时候都更加安全。

但是，太平洋还没有成为真正太平的区域。在阿富汗和柬埔寨，人民正在外来入侵者发动的战争下呻吟。在朝鲜半岛，统一的前景依然像以往一样难以捉摸。两个超级大国之间的军事对抗，依然是这个广阔区域中存在的现实。因此，争取亚太地区的真正的和平与稳定，依然是该区域所有国家所面临的严重挑战。在这方面，中美两国作为隔洋相对的两个大国，毫无疑问肩负着特殊的责任。

的确，中美两国在维护亚太地区的和平与稳定方面有着许多共同之处。我们都反对对阿富汗的外来军事入侵和越南侵略柬埔寨。这两个热点一直是导致亚洲紧张局势的根源。我很高兴地看到，中美两国正和亚太地区其他爱好和平的国家一起，为缓解这两个热点共同努力，以维持该地区的和平与稳定。

要维护亚太地区的和平与稳定，就要为缓解这两个热点做出更多努力。在我看来，非常重要的一点是，要减少两个超级大国在太平洋的军事存在。正是出于这一见解，我们欢迎美国和苏联签署中导条约。毫无疑问，这是朝着正确方向迈出的受欢迎的一步。亚太地区的稳定和安全与欧洲同样重要。因此，我们希望美国和苏联进一步主动减少在该地区的军事存在。美中和解的例子已经雄辩地证明，美苏这两个最大的太平洋国家的缓和，将不仅有利于他们自身，也将有利于所有的国家。

我在今天的演讲中一再强调我们需要维护亚太地区的和平与稳定，为什么？答案是清晰和简单的。今天，亚太地区正在经历前所未有的经济增长和繁荣，维持这一增长势头，对所有的太平洋国家来说都利益攸关。

也许，第二次世界大战以来，世界上的任何一个地区都没有出现像太平洋地区这样的如此巨大的变化。就资源、资本和市场而言，这里有着广阔的发展潜力。事实上，它在世界GNP总量中占有48.1%的份额，在全球贸易总量中占有54.6%的份额。亚太地区在世界经济中的重要性正变得日益显著。

1987年，亚太的发展中国家和地区，经济增长率达到了6%，远高于世界经济的平均增长率。特别是中国，其经济增长更是脱颖而出。这要感谢1978年实行的改革和对外开放政策，在过去10年间，中国的GNP总量、工农业总产值和人均国民收入都翻了一番。去年，中国的经济增长率更是达到了惊人的9%。

一个多么非同寻常的地区！最近,《基督教科学箴言报》的社论这样惊呼道。的确，亚洲在20世纪80年代这10年中所实现的增长，已经被认为是亚洲10年中令人印象最深刻的增长。而且它的增长潜力十分惊人。不少经济学家相信，世界经济的焦点已经转移到了亚太地区。到2000年，东亚和东南亚国家的GNP总量，在世界GNP总量中的占比有望达到22%，相当于北美和西欧GNP的总和。事实上，亚太国家已经轻松地取代西欧，成为美国最大的贸易伙伴。

在亚太地区发生的所有这些富有活力的经济互动，显示出世界经济增长的一个突出特征，那就是相互依存。所有的亚太国家，包括发达国家和发展中国家，都彼此需要。美国和日本需要发展中国家的广阔市场以出口它们的商品。而像中国和菲律宾这样的发展中国家则需要美国和日本的资本以及技术，以帮助它们加快国内现代化的进程。当这样的经济交流得以强化时，所有的国家都可以从中受益。

我们如何才能支撑这些对我们各自的经济如此至关重要的强劲增长和交流？在我看来，有两个因素特别值得关注，那就是政治的和经济的。

当我们处理我们之间的关系时，政治是一个重要的因素，我们应该平等相待，尊重对方的民族感情。亚太国家有不同的社会制度、历史、文化和价值判断，把一国的价值观和文化强加给其他国家是不明智的。在中美关系中，美国有少数人希望将台湾和西藏——它们是中国领土的一部分——从祖国分离出去。这种行为是对中国内部事务的粗暴干涉。以往的经验告诉我们，这种企图只会伤害我们的关系。因此，如果亚太地区的经济交流与合作要继续下去，这种试图干涉别国内政的行为就必须停止。

在经济上，我们必须防止贸易保护主义的幽灵阻碍我们拓展经济和贸易关系。就像1929年世界经济萧条清楚地告诉我们的那样，人工设置的贸易壁垒，将使所有的人身受其害。正如你们所知道的，中国正在向世界开放自己，并且积极参与到国际交流当中。完全由政府控制的经济已经被削减到只占经济50%的比例，并且在未来还将被进一步削减到30%。中国已经申请恢复它的关贸总协定成员席位，并且正在对经济做出相应的调整，以实现更多的公开竞争。我希望美国政府能够扫除那些针对中国的歧视性贸易行为，无论是立法领域的还是其他方面的，以推动我们之间经济关系的拓展。

女士们，先生们，

亚太地区正在发生一场非同寻常的历史巨变。其深远影响将延续到下个世纪。让我们拥抱这个历史性的机会。让我们为亚太地区和整个世界的安全、繁荣，当然首先是和平，而携手努力！谢谢！

韩叙在田纳西州塞沃尼南方大学的演讲

1988年2月23日

中美关系：已经走过的道路和未来的前景

艾瑞斯校长，

学校董事会的成员们，

女士们，先生们，

塞沃尼南方大学的朋友们，

我妻子和我非常高兴有机会访问你们的大学，并且和你们共度此刻。在来这里之前，我们听说塞沃尼享有南方的牛津大学的美誉。当我们访问了你们可爱的校园之后，我们对此深信不疑。但是，我们也清楚地知道，和你们的建筑风格相比，你们大学卓越的学术水平，为你们更多地赢得了在全美学术界的显著地位。《塞沃尼评论》，这份美国历史最悠久的文学季刊就是在这里出版的。在《名人录》的上榜名单中，塞沃尼校友的百分比是美国大学中最高的。我确信，塞沃尼将继续以不停歇地为美国人民寻求更多的知识、认知及智慧而为人所知。

女士们，先生们，

今天，我想以一个中国人的视角，同你们谈谈我们两个伟大国家之间的关系，我希望这是一个你们感兴趣的题目。

在开始这个话题之前，我无法不想到一个与塞沃尼有很深渊源的中国人。他是我的好朋友，克莱门特·陈先生，很多年前毕业于塞沃尼。他原本已经计划好今天到这里来亲自向各位介绍我。但一次严重的心脏病发作让他未能前来，所以他请艾瑞斯博士带他宣读他的开场白。就在前天，我听到了他过世的消息，这让我感到无比悲痛。我非常钦佩克莱门特的一点是，他对中国和美国都怀有深厚的情感。尤其让我感动的是，即使是在他病情危急的情况下，他头脑里仍然在想着塞沃尼和中国之间的关系。的确，对我来说，而且我确信对你们所有的人来说，克莱门特已经成为我们双方之间的一个情感的符号。这就是我为什么坚信，他的努力将通过我们大家的共同努力继续结出硕果。

16年前，当中美两国富有远见的领导人们会面，决定结束冰冻的关系并且建立一座相互了解和友谊的桥梁时，他们希望这一大胆的举措能够给我们两国带来利益，同时也有利于维护世界的和平与稳定。历史已经证明了这一点。

在过去的16年里，中美关系发生了巨大的变化：从对抗变为放松，从长期疏远到两国关系的重新开放，以及随之而来的外交关系的建立。不夸张地说，我们之间关系的恢复发展，是过去20年间国际变化中最重要的事件之一，其深刻影响不仅是对我们两国而言，对整个世界也是同样的。在探讨其中的内涵之前，让我们首先来看看我们关系多方面的发展。

高层的定期互访已经成为我们之间政治关系的突出特征：从尼克松总统开始，历任美国总统，包括在任的离任的，都是中国政府的座上宾。邓小平，中国现代化建设的总设计师，在1979年我们两国建立正式外交关系之后立刻访问了美国。很多其他重要的中国领导人也访问过你们这个伟大的国家。下个月月初，中国外交部长吴学谦还将访问华盛顿，会晤里根总统和国务卿舒尔茨。各种层级之间的互访交流加深了我们对彼此的了解，从而确保了双边关系的发展。

一个显著的持续性的特征已经出现在我们的关系中。从中国方面来说，尽管领导人在更换，但发展对美关系始终是中国外交政策的主要目标之一。在美国，发展良好的对华关系的承诺已经赢得了四届政府的支持，也包括共和党和民主党两党的支持。

我们的关系一直在不断拓展。如果说安全性的考虑在开创中美关系的先驱们的头脑中占据了主导地位的话，那么今天，当我们考虑我们之间的关系时，却有着远远多于当时的其他因素。的确，中美关系已经从政治领域拓展到文化、经济、贸易、科学技术和教育等诸多领域。

重启中美关系为我们之间经贸关系的快速发展打开了通道。有关的数据是令人印象深刻的。1972年，我们之间的双边贸易是零。而去年，它已经达到了78亿美元，占中国外贸总额的10%。美国已经成为中国的第三大贸易伙伴，而中国则位列美国一百多个贸易伙伴的第16位。

经济合作已经成为我们关系的重心，它在这些年间得到了不断加强。它所覆盖的范围已经超出了最大胆的想象。一个由中国投资的公司，可以在华盛顿州砍伐木材，并且将它们运回中国以满足中国国内的需要。在上海，麦道公司正在和中国联合组装麦道82型客机，这是美国的飞机制造商首次在海外生产产品。就在四个月以前，肯德基在北京市中心开办了它最大的餐厅，能同时容纳500人就餐。去肯德基立刻就成为时尚，它甚至对我们著名的北京烤鸭构成了某种程度的挑战。另一个足以证明我们之间的经济合作达到何种深度的有趣例子是，中国已经同两家美国的空间技术公司签署了合同，用中国制造的火箭发射设备为它们发射卫星。这说明中国甚至在某些最尖端的科技领域，也成为美国的一个平等的伙伴。

今天，双边政府之间签署的29项协议指导着我们之间的科技合作。他们涵盖了广阔的领域，正在执行的项目已经达到了400个。或许很少有人意识到，中美之间的科技交流，相对于我们各自同其他国家的科技交流而言，是规模最大、发展速度最快以及涉及范围最广泛的。信息和数据的分享已经被证明对我们双方都很有价值。在癌症治疗方面的联合研究就是一个很好的例子。中国的研究者们得以使用先进的实验设施，而他们的美国同行则获得了对研究极富价值的罕见的癌细胞样本。

当人们相遇时，误解和不信任会被消除。当两种文化相遇时，它们可以彼此借鉴，相互丰富。我们两国人民之间的交流也丰富多彩。太平洋不再是一条巨大的鸿沟，而成为一座交流的桥梁。今天，跨越太平洋宽阔洋面的人比历史上任何一个时期都多。去年，大约有30万美国游客访问了中国。大量的中国访客也来到了你们的国家。我们的城市之间、州和省之间已经不再陌生。23对州、省成为姊妹，33对城市之间也建立了同样的关系。比如说，田纳西就同中国的山西省建立了姊妹关系。随着这些姊妹关系的发展，我希望在不久的将来，每一个美国的州都能在中国找到一个好姊妹。

跨越太平洋的文化团组更是往来不断。在田纳西极为著名的美国乡村音乐，在中国的年轻人中非常流行。中国的杂技艺术也吸引了美国的观众。

教育领域的交流也有了很大的发展。1978年之前，在这个国家，来自中国大陆的学生连一位也没有。今天，他们的数量已经达到了2万人，大约占到了中国赴海外留学的全部学生的一半。事实上，他们是美国人数增长最快的外国学生群体，他们遍布美国的50个州。就连阿拉斯加的寒冷都没能阻止他们求学的脚步。前往中国学习和从事研究的美国学生和学者也毫不逊色，到去年为止已经达到了8000人。超过200所中国大学和美国大学建立了姊妹关系。目前，通过这一途径展开的学术交流为数众多，其范围涵盖了所有的教育领域。

我特别高兴地注意到，由于我在使馆中的一位年轻的同事魏延俊先生通过招录进入你们学校读书以来，中国学生也出现在了塞沃尼校园。我希望他的名字现在能够让我和你们大家更加亲近。你能站起来吗，魏先生？我要感谢学院和同学们给予魏先生的慷慨帮助。我们希望把更多的学生送到这里学习，我们也希望塞沃尼能够和更多的中国院校建立学术联系。

通过这些交流，我们在文化上和智力上变得更加富有。更重要的是，它们为我们两国的关系注入了持久的生命力，并且为这种关系在未来的发展提供了最可靠的保证。

回顾了我们关系中所取得的这些进展，有人很自然地会问：是什么让我们两国走到了一起？毕竟，和地理方面的某些因素相比，我们两国在文化、历史和发展道路方面有着更多的不同之处，但这个问题是不难回答的。

首先，我们两国人民之间有着深厚的友好感情，甚至多年的敌意也没有将其湮灭。此外，对了解对方的历史传统和遗产的渴望，像强大的磁石一样，把两国人民吸引到了一起。

第二，更广泛的利益已经取代了相对狭隘的安全考虑，成为推动我们的关系向前发展的原动力。既有经济方面的，又有政治方面的。

在经济方面，我们彼此在经济上的互补性，为中美关系提供了持续的动力。中国是世界上最大的发展中国家，目前正在致力于现代化建设。它的广阔的发展潜力意味着对外国资本和技术的巨大需求。作为世界上最大的发达国家，美国在满足中国的需求方面占尽天时地利之便。与此同时，它也能更方便地进入中国市场。的确，美国已经成为在中国的最大的外国投资者，截止到去年9月，投资总额已经达到了31亿美元。到去年为止，美国商人在中国运营的投资项目为340个。美国和中国处在不同发展阶段这一事实，意味着我们能够成为更好的合作伙伴而不是竞争者。

中国目前正在实行的经济改革和对外开放，也为我们两国关系的发展提供了光明的前景。在最近召开的中国共产党第13届全国代表大会上，中国又对外界释放了一个信号：中国将对世界更大限度地开放，并且更大胆地参与国际经济交流。由于GNP的年均增长率超过7%，中国在国际经济中的比重快速增长。美国正面临着一个成为中国最重要的经济伙伴的好机会。结论是显而易见的：稳步拓展经贸关系，毫无疑问地将对我们全面关系的发展带来更大的好处。

在政治方面，两国在维护和平与稳定方面享有共同利益。中国奉行和平的外交政策，因为中国需要一个和平的国际环境去实现自己的发展目标。和包括美国在内的其他国家发展友好关系，对实现这一目标极为有利。此外，当我们两个大国以友谊和理解取代了怀疑和不信任时，国际紧张局势得以显著缓解，而且也使这个星球成为更安全的地方。我相信，任何一个怀有良好愿望的人都不能不看到，由于中美的和解，亚太地区比任何时候都更加安全。

另一方面，在这一广袤的区域，紧张和热点依然存在。战火依然在阿富汗和柬埔寨熊熊燃烧。作为两个最大的太平洋国家，中国和美国对缓和紧张局势以及维护该地区的和平负有特殊的责任。

当我们为和平和繁荣而共同努力时，其结果不仅将有利于我们两国，也将有利于维护世界的和平与稳定。这曾经是并且将继续是推动中美关系发展的最重要的动力。

女士们，先生们，

当我们有足够的理由为我们两国关系的巨大进步而感到高兴时，我们也没有理由自满。我们的关系已经走过的旅程并不总是没有痛苦的。我们的道路上还存在着一些障碍和问题，有些暗流还时而造成威胁以至于破坏。对于这些问题我们无须讳言，毕竟，朋友关系是靠诚实维系的。

首先是台湾问题。尽管台湾被普遍认为是中国的一部分，但是在这个国家，仍然有一些人将它作为一个独立的政治实体对待。同样的情形也发生在对待西藏的问题上，尽管它在哥伦布发现美洲大陆之前就已经成为中国的一部分。这样一些做法，请原谅我的坦率，是对中国内部事务的干涉，是不受欢迎的。在贸易领域，针对中国商品的一些过时的歧视性法案以及一些不公平的反倾销事件，挡住了中国商品进入美国市场的通道。所有这些都威胁到了我们之间经贸关系的健康发展。如果要维护中美关系的发展动力，这些障碍和问题——既有政治的又有经济的——就应该得到正视。

当我们试图消除这些障碍和问题时我们应该牢记什么？在我看来，最重要的一点就是，我们需要在对对方的民族感情给予应有尊重的平等基础上相互对待。尼克松总统在接受NBC记者采访时对此有过很好的表述，我引用一下："由于美国和中国有不同的政治制度、文化和历史，所以将自己的文化和价值观强加给对方是不明智的。"这些话在我们今天看来仍然有较强的针对性。以往的经验已经告诉我们，相互尊重对确保中美关系的稳定发展是至关重要的。当这一原则被违反时，我们的关系就遭受痛苦。因此，对所有致力于发展我们关系的人来说，尼克松总统所说的那些话都值得听取。

第二，我们需要更好地相互了解。相互了解可以为我们的关系提供坚实的基础，而缺乏了解则会导致误解和问题。我们的大门被重新打开已经16年了，但我们之间真正的了解已经足够好了吗？我想恐怕没有。我们对彼此的文化、历史和民族感情还有很多需要了解的东西。我们两国的教育机构在此方面承担着特殊的使命。我希望通过学者的交流、访问、讨论和会议，帮助我们两国的人民更好地了解各自的需要和感情。我确信塞沃尼在分担这一重要使命方面一定会有所贡献。

我作为中国外交官，在这个国家工作了八年多的时间，并且已经深深介入了中美关系发展的过程。我深切地意识到，我们关系所取得的一切进展都来之不易。因此，我们有更多的理由增进我们之间的相互了解，珍视我们之间的关系，并且使这种关系免遭破坏。

放眼未来，我对我们关系的前景充满信心。每当我回想起我们曾经走过的道路，我总会想到一个大问题，那就是中美关系对世界的影响。我们所生活的世界仍然处在动荡、分裂和对立之中，但同时又变得日益相互依存。如果中国和美国——这两个世界上最大的国家——能够证明，尽管我们之间在文化、社会制度和价值判断上存在着巨大的差异，但是我们仍然能够友好和睦地相处，我们不是能为其他国家，特别是那些仍然相互怨恨和敌视的国家，树立一个好的榜样吗？作为彼此的朋友，我们不能帮助这个世界成为一个更美好的生活之所吗？我相信我们能。为了这一愿望，让我们所有的人，中美两国的人民，为中美关系的持久发展而共同努力。

谢谢！

《查塔努伽时代报》(*Chattanooga Times*) 1988年2月24日

中国大使批评了里根对伊朗导弹事件的反应

记者：Jim Corbett

田纳西塞沃尼消息：中国驻美大使韩叙周四批评了里根政府对伊朗购买中国制造的蚕式导弹用于波斯湾战争一事做出的回应，指出那是不合理和不恰当的。

在对南方大学的师生发表演讲前的一次采访中，大使说，因为发生在数年前的国际市场上的一笔武器交易，美国威胁说要减少向中国转让西方技术，这是在向中国施加“政治压力”，但这不会影响中国目前所持的中立立场。

“我们已经在促成交战双方——包括伊朗和伊拉克——停火并且实现和平方面发挥了非常积极的作用。”韩说。

大使也提到了美国支持台湾以及美国对中国政府在西藏处理内乱的批评。他说，美国在以上两个地区的活动“构成了对中国内政的干涉，是不受欢迎的”。

在采访中以及在对大学听众发表的讲话中，大使说，只要遵循尼克松总统在1972年对中国的历史性访问期间签署的协议，中美关系就“将继续向前发展”。

但是，他又说，美国在今后不能继续向台湾出售武器。西方试图让台湾脱离共产党执政后的中国，这将会危及今后的关系，他说。

韩强调指出，中国领导人邓小平实行的对外开放政策，已经使中国成为美国的第16大贸易伙伴。他说，美国是中国的第一大贸易伙伴。韩说，去年，两国间的贸易额达到了78亿美元。

韩提到了肯德基快餐连锁店，它去年在中国的首都开了一家有500个座位的餐厅。他开玩笑说，这种南部美味的人气甚至威胁到了北京烤鸭店的人气。

他说，在中国，还有更多的雄心勃勃的美国企业，包括麦道公司的一个飞机装配厂。他说，中国最近和美国的空间技术公司签署了用中国制造的火箭发射卫星的合同。

“的确，”韩说，“美国已经成为在中国的最大的外国投资者，截止到9月份，投资总额达到了31亿美元，而且去年一共有340个投资项目在中国运营。事实上，中国和美国处在不同的发展阶段，这意味着我们能成为好的商业伙伴，而不是竞争对手。”

他说，中国的经济改革将会继续，但是“你们无须担心，我们不会改变我们的生活方式”。

“稳固地拓展经济和贸易关系，毫无疑问会极大地推动我们全面关系的发展。”韩说。

韩访问了南方大学，这所大学和中华人民共和国之间开始了一个为期10年的文化交流项目。

3月10日—12日

圣路易斯：为有源头活水来

我们在9日晚上刚刚送走了到访的吴学谦外长，第二天一大早便赶往机场，搭乘前往密苏里州第一大城市圣路易斯市的航班，因为圣路易斯—南京姊妹城市委员会和密苏里中国委员会的朋友们共同筹备了一个“中国工人和农民画展”，他们希望我们能参加10日下午举行的揭幕式，不用说，我们是不会让圣路易斯的朋友们失望的。

对于这座位于密西西比河畔的安静而美丽的城市，我的心里始终怀有一种特殊的亲近感，因为源源不断的文化交流，已经在圣路易斯人民和中国人民之间结成了一根连接彼此心灵和情感的纽带。

在中美两国的双边关系中，友好城市关系的发展是重要的基石之一。中美建交35年来，两国已经有二百多对城市结成了姊妹关系。知道这张越来越庞大关系网络的结成是从哪里起步的吗？就是从圣路易斯！是圣路易斯人热情地迈出了第一步。

但他们为此而努力的时间一定比你想象得要早——1978年，或者说更早，那时中美之间还没有建交，在很多美国人的印象里，中国甚至还是一个敌对国家。可圣路易斯人不同，他们在那时就对中国的南京市情有独钟了。

1978年1月，当中美有可能建交的曙光初露时，圣路易斯就建立了由市长直接负责的“圣路易斯—南京筹建友好城市委员会”，其成员囊括了圣路易斯市各领域的头面人物。1979年初，中美刚一建交，当时的南京市市长就收到了圣路易斯市市长詹姆斯·康威先生的一封长信，信中表达了圣路易斯市希望尽快与南京市结为友好城市的强烈愿望。

半年后，由“圣路易斯—南京筹建友好城市委员会”主席威特考夫率领的一个20人组成的圣路易斯地区联合访华团到访南京。康威市长授权威特考夫作为他的全权代表，与南京方面洽商建立友好城市一事。在拜会储江时市长时，访华团的代表们恳切地说：圣路易斯市已经与法国、德国、日本及爱尔兰的有关城市建立了姊妹关系，但“我们多年来就盼望着能与中国的一个城市结好”。他们还表示，圣路易斯市已经为此做好了多方面的准备，他们是全美第一个在中学里创办中文班的城市，也是第一个在学校里介绍中国的大学和中学课本，并且运用中文简体字和拼音的城市。圣路易斯市的华盛顿大学同样也创造了一个有关中国的全美记录——第一个介绍中国教育方法的大学。这所大学甚至早在1955年就开设了中国现代史课程。谁能说这不是一种最真诚的努力呢？如果你不打算去深入了解一个国家的话，你会去学习对方的语言和了解对方的历史吗？

三个月后，圣路易斯人得到了他们期待已久的消息——他们就要拥有一个新的姊妹城市了。一时间，圣路易斯市的不少学校、文艺团体、植物园和图书馆，都纷纷写信给康威市长，要求同南京市的对口单位建立友好关系。在那段时间里，圣路易斯与南京结好，甚至成了当地社交场合最热门的话题。

1979年11月2日，康威市长和储江时市长在南京人民大会堂正式签署了缔结友好城市的协议书，这使它们成为中美之间的第一对姊妹城市。康威市长激动地说：“137年前，清政府和英国签订了一个南京条约，夺走了中国的自由。而今天，我们在南京签订的是一个完全平等和促进友谊的南京条约，我愿它永世长存！”

自那时以来，即使在中美关系出现波折的情况下，两市的友好交往也始终稳步发展。这其中，源源不断并且逐步深入的文化交流起到了非同一般的作用。我们这次即将参加的“中国工人和农民画展”，就是这种源源不断的文化交流的一部分，我们很高兴有机会能成为这种重要交流的直接参与者。

经过精心挑选的几十幅画作将在密苏里—圣路易斯大学（Saint Louis University）展出。这所始建于1818年的古老学府在南京和圣路易斯的文化交流中扮演着重要角色。这一次，圣路易斯大学不仅资助了画展，而且还为观众精心准备了专门的推介活动。

媒体对于画展揭幕式和我们的到访格外关注。在揭幕式开始前的间歇时间里，韩叙一连接受了当地电台、电视台以及报刊记者的四轮采访。

揭幕式热烈而隆重。圣路易斯大学在来宾观摩作品之后，还举行了招待会和晚宴。晚宴结束后，韩叙受邀发表了题为《中美关系中文化交流的重要性》的演讲。他对画展给予了高度评价，他说：这是个很有价值的项目，因为“在这里展出的画作充分反映了中国民间艺术的多样性。它们以在表达欢乐时的浪漫想象和不拘一格的形式给人们留下了印象。它们也打开了一扇窗子，让人们了解中国业已发生的变化，以及推动这些变化的奇妙的创造力。”但他更希望这个画展在带给参观者快乐和艺术魅力的同时，也能在增进彼此之间的了解和友谊方面取得成功。正因为如此，他说，画展给他的演讲出了一个题目，那就是“中美关系中文化交流的重要性”。

“我们两国之间文化交流的意义怎么强调都不过分。”韩叙这样评价道。他提到了一位名叫鲍勃·罗斯钱伯格（Bob Rauschenberg）的美国艺术家，他刚好被在中国看到的农民画迷住了，那些画带给他的灵感，促使他创作了一系列有关中国民间艺术主题的作品。韩叙还提到了美国喜剧在中国舞台上获得的成功，其标志之一“就是演出过程中，观众爆发出的笑声都恰逢其时”。的确，文化交流极大地丰富了中美两国各自文化的丰富性和多样性。“但是，文化交流的重要性并不仅仅局限于娱乐方面或者是艺术之间的相互充实。”韩叙这样对听众说，“它在另外一个方面的重要性要远远超过这一点，那就是，它可以增进两国人民之间的相互了解。”

他还谈到了自己的切身感受：“我时常会被人们问及这样的问题：为什么中国要采取这样的政策？为什么中国不这样或那样去看待某个问题？”他认为，在通常情况下，这是由于提问者缺乏对中国文化背景的了解所导致的。“文化，从更大的意义上讲，它的确是一个社会的全部。”因此，文化交流刚好可以使我们彼此对对方的社会有更多的了解，而“一旦有了更多的相互了解，我们对彼此政策的观察，就可以摆脱偏见的束缚，并且我们在各个领域的合作也能更有成效”。他呼吁人们更大程度地向彼此开放，他说：“如果我们能朝着这一方向努力，世界的明天，我们的孩子和我们孩子的孩子的世界，就将成为一个比今天更美好的生活之所。我们不仅应该在不同的文化之间系起纽带，我们还应该在今天和未来之间系起纽带。”

为了帮助人们更深入地理解画作，圣路易斯大学还专门从加拿大的维多利亚大学邀请了一位对中国民间艺术颇有研究的专家戴芬·克劳艾格（Ralph Croiger）博士，他向来宾们做了一个主题讲座——《农民画在中国：一种新的民间艺术的发展》。他通过大量的幻灯片，让人们对正在改革开放后的中国蓬勃发展的农民绘画及其创作背景有了生动形象的了解。

与以往的大多数出访不同，在我们行程的第二天，东道主专门为我安排了几乎一整天的单独活动。那天我只和韩叙共同出席了当地最有影响的报纸《圣路易斯邮报》的总编辑为我们到访举行的午餐会，但我成了唯一一个迟到的人，因为我整个上午都在与银行界、出版界及实业界的妇女代表们座谈。我还为她们现场演示了中国书法。当我用毛笔饱蘸墨汁，在一块大红绸子上写下代表中美两国的“龙鹰”两个大字以及“中美友谊万古长青”的祝福语时，现场发出一片赞叹之声。为了答谢女主人的盛情款待，我还特意将她的名字翻译成了中文。当我把“艾吉妮”这三个字用毛笔写出来时，她既惊喜又感动。聚会结束时，我和女主人告别，她眼中流露出来的恋恋不舍之情，我至今都记忆犹新。

午餐结束后，我立即赶往密苏里—圣路易斯大学，因为有一场演讲正等着我，演讲的主题是《中国的裁军立场》。这个主题是东道主根据我个人的外交工作经历精心选择的。在随韩叙出使美国之前，我一直在外交部国际司负责裁军工作。我还曾作为中国代表团的成员，出席过在纽约召开的联合国裁军特别会议以及日内瓦裁军会议。听众是这所大学里对此问题感兴趣的教授和学生。我最初从主办方那里获得的信息是，我要面对大约五十多位听众，不过他们很快又告诉我，听众增加到了七十多人。但是当我走进演讲会场时，我发现整个会议室里已经座无虚席。我不知道那究竟有多少人，但是肯定远远超过了70人，我被圣路易斯人了解中国的热情深深感动。

我在演讲中详细介绍了中国一贯坚持的和平外交政策、中国在国际裁军问题上的态度以及中国自身在裁军方面所作出的真诚努力，包括裁军100万和力争将军费开支从18%减至8%，并且不在其他国家驻有一兵一卒等等。但是听众们显然还想了解更多有关的问题，在演讲结束后的问答环节，大家提出的问题一个接着一个："中国对日本军费增长突破1%有何看法?""中国对印度、巴基斯坦、南非、利比亚等国有可能掌握核武器有何看法?""中国何时将会参与核裁军的行动?""中国对美苏首脑下一次会晤时是否会达成削减50%战略武器的协议有何估计?""中国现在是否已经停止了大气层核试验?""中国裁减100万常规武装部队的意图是什么?""中国是否关心苏联在中蒙边界驻军?"……直到主持演讲会的格莱斯曼教授宣布活动结束，仍有二三十位意犹未尽的听众走到讲台前，继续和我讨论他们没有来得及提出的问题。

还有人对我个人参加裁军工作的经历颇感兴趣，这个人就是《圣路易斯邮报》的女记者派屈西娅·莱斯（Patricia Rice）。在她看来，一位女性参与裁军工作本身就很令人赞叹，她也因此想要更多地了解我和中国女性。当她通过主持演讲会的格莱斯曼教授向我提出采访请求时，我欣然接受。

是的，我们谈到了裁军，我们还讨论了更宽泛的话题，特别是一个更具根本性的话题——和平。我表达了女性对和平的特殊期待，我说："全世界的妇女都特别渴望和平，他们是士兵的妻子和母亲。"在我看来，这不仅是一次采访，也是两个女性间的真诚对话。

采访结束后，我匆匆赶往密苏里—圣路易斯大学校长玛格莱特·博纳特（Marguerite R. Barnett）先生的官邸，出席他为我们举行的晚宴，然后我们又匆匆赶往机场，登上了返回华盛顿的航班。

那真是紧张、劳累但又令我十分兴奋的一天。我很高兴圣路易斯的朋友们给了我这次和他们深入交流的机会。在增进我们之间相互了解的同时，我还收获了真诚和友谊。

但更令我高兴的是，三十多年过去了，圣路易斯市和南京市这两个姊妹城市之间的文化交流可以说硕果累累：不仅有常年不断的各种文化艺术展览，还有日益深入的校际合作，这种合作还从大学延伸到了中学。两市间的媒体也频繁互访。南京市的人事组织部门甚至还委托密苏里大学为他们培训公务员。在圣路易斯市政府的支持下，接受培训的学员还被分配到该市政府相关部门实习，以帮助他们了解美国地方政府的运行机制。

日益深入和不断拓展的文化交流，不仅沟通了我们的心灵，也在潜移默化之间，将友谊深植在我们心中。可以说，它是增进我们之间了解、理解、信任甚至是喜爱的源头活水。只要这股活水在不停歇地流淌，我们的关系就会拥有来自心灵和情感的滋养。

圣路易斯之行给我留下了一份独特的记忆。在后来的日子里，每当我想起那座挺立着一个由钢铁铸成的巨大拱门并且极富文化气质的城市时，那些记忆都会清晰地浮现出来，并且深触我心。

韩叙在密苏里—圣路易斯大学的演讲

1988年3月10日

中美关系中文化交流的重要性

女士们，先生们，

我很高兴能出席今天的晚宴，见到圣路易斯的朋友们，并且和热爱中国艺术的来宾们聚集一堂。我妻子和我很想借此机会向东道主的盛情款待表示感谢。今天下午的早些时候，我们非常高兴地参观了“中国工人和农民画展”。这的确是个很有价值的项目，我要对格拉斯曼博士和为举办这个展览而努力工作的其他美国朋友表达深深的谢意。值得一提的是，圣路易斯市是继中美建交后第一个同中国的城市——南京市——建立姊妹关系的美国城市。我确信，举办这个展览将为我们两国间的文化交流注入新的动力。

在这里展出的画作充分反映了中国民间艺术的多样性。它们以在表达欢乐时的浪漫想象和不拘一格的形式给人们留下了印象。它们也打开了一扇窗子，让人们了解中国业已发生的变化，以及推动这些变化的奇妙的创造力。我希望展览在带给参观者快乐和艺术魅力的同时，也能在增进我们之间的了解和友谊方面取得成功。

展览也为我今晚将要在这里发表的演讲出了一个题目，那就是“中美关系中文化交流的重要性”。我想从介绍我们两国之间文化交流的概况开始我的演讲。

我们之间建立文化联系的最早证据，可以追溯到二百多年前一艘名为“中国皇后号”美国商船的远航。这艘海上商船带回美国的不仅是中国的茶叶和瓷器，也带回了大量附着在其中的中国传统文化。通常情况下，我们之间的文化互通就是以这种形式延续的。但是1940年代以后，情况发生了非同寻常的改变，我们两国之间的联系中断了二十多年。文化联系也同样中断了。

1970年代早期，我们两国的领导人，以远见和勇气决定重启我们的关系。当时对这一重大历史事件的发生帮了不小忙的，却是一个文化事件——美国乒乓球队访问中国。它为一直冻结了二十多年坚冰的融解创造了一个非常好的氛围。这件事已经作为“乒乓外交”被载入了史册。

融解首先带来的是涓涓细流。但是很快，文化传播的潮流就快速涌动。1979年，当时的中国副总理邓小平和卡特总统一起签署了我们两国之间的第一个文化协定。由于有了官方的鼓励和支持，中美之间文化交流的规模迅速扩大。美国的表演艺术团体，包括费城交响乐团、波士顿交响乐团、匹茨堡交响乐团、纽约芭蕾舞团和埃尔文·欧蕾美国舞蹈团，都在中国举办了演出。中国的中央芭蕾舞团和中央乐团也在美国成功举办了巡回演出。我们还相互举办了各种艺术展，它们让我们双方都获益匪浅。为数众多的艺术家还以个人身份进行了互访。今天在我们这里举办的来自中国的展览，就是我们之间的文化交流得以延续和拓展的又一个例证。

与此同时，在一个更大的意义上，很多访客因为商业、教育交流或者旅游的缘故进行跨洋旅行，他们也为增进文化交流做出了贡献。仅仅是去年一年，就有大约30万美国游客访问了中国，他们给自己的朋友和亲戚带回了许多关于旅行的故事，它们也加深了对中国的了解。美国的文化也被他们带到了中国。在美国的学院和大学里，目前有2万多名中国学生在学习数学、物理、计算机科学、音乐、美术和社会科学。当他们完成学业回到中国时，他们将不仅能为中国的现代化做出贡献，也能为增进我们两国之间的了解和友谊做出贡献。的确，开始于15年前的涓涓细流，如今已经变成了强大的洪流。

我们两国之间文化交流的意义怎么强调都不过分。现在，我想谈谈文化交流对中国以及我们两国关系所产生的重要影响。

我相信，很多美国人都为美国是一个移民国家这一事实感到骄傲。几个世纪以来，来到这里的移民带来了他们自己民族的音乐、文学、习惯和观念。他们以特有的文化传统丰富和塑造了美国的文化。正是这种源源不断的外来文化，成就了美国文化的多样性和丰富性。

中国也从同外部世界的文化交流中获益匪浅。在中国历史上的那些伟大时代，中国和外来文化保持着经常性的联系。在大约1200年前的盛唐时代，中国与中亚地区的国家保持着广泛的联系，而通过它们，中国又与地中海国家建立了联系。与此同时，中国文化也达到了历史上的高峰时期之一。后来，由于遭受了外部侵略的痛苦，中国被迫中断了与外部文化的联系。

因此，在今天，大力推进各项文化交流项目，对重新焕发中国文化的活力十分重要，学习其他国家的文化和艺术经验，可以促进中国自身的文化蓬勃发展。与此同时，中国也有大量的文化成果和传统可以与世界上的其他国家分享。

文化交流的益处是显而易见的。两国的艺术家们通过与对方同行的接触，可以极大地丰富自身的艺术，并且获得大量的灵感。美国艺术家鲍勃·罗斯钱伯格被他在中国看到的传统的造纸技术和农民画迷住了，他后来创作了一系列有关中国民间艺术主题的作品。美国剧作家们的作品也拓宽了中国剧院观众的视野。尤金·奥尼尔的《安·克瑞斯汀》和阿瑟·米勒的《推销员之死》都已经在中国的舞台上用中文演出。由中国出品的《音乐人》和《神奇》也获得了极大的成功。我听说，作为它们获得成功的标志之一，就是演出过程中，观众爆发出的笑声都恰逢其时。

但是，文化交流的重要性并不仅仅局限于娱乐方面或者是艺术之间的相互充实。它在另外一个方面的重要性要远远超过这一点，那就是，它可以增进两国人民之间的相互了解。

我时常会被人们问及这样的问题：为什么中国要采取这样的政策？为什么中国不这样或那样去看待某个问题？在通常情况下，提问者缺乏对中国文化背景的了解，而正是这种文化背景导致了某个特定政策的产生。文化，从更大的意义上讲，它的确是一个社会的全部。文化交流可以使我们彼此对对方的社会有更多的了解。一旦有了更多的相互了解，我们对彼此政策的观察，就可以摆脱偏见的束缚，并且我们在各个领域的合作也能更有成效。

此时此刻，我想到了西藏问题。这个国家里有些人倡导西藏独立。

但是，如果一个人多了解一点西藏的历史和文化的话，西藏独立的论点立刻就会不攻自破。比如说，西藏的文化长久以来就是同中国的文化不可分割的。如果你参观过拉萨的布达拉宫和北京的雍和宫，并且观察过它们的规制的话，你很容易就能发现西藏和中国文化之间有着多么密切的联系。中国政府保护中国文化遗产的政策是坚定的，其中就包括保护藏文化。事实上，中国花在保护西藏寺庙上的经费超过了在其他任何地区的投入。我相信，加深我们之间的文化交流可以消除误解和偏见，并且推动我们之间全面关系的发展。

世界正处在快速变化之中。不论是在美国还是在中国，在从1990年代到2000年的十多年间，还会发生很多变化，我们比以往任何时候都更需要拓展我们的交流范围，以增进我们的了解，不再使了解流于表面。

中国政府鼓励和支持同其他国家的文化交流。中国正致力于使国家现代化，并且进一步改善人民的生活水平。我们需要一个和平的国际环境。我们将会为推动与其他国家的文化交流以及增进中国人民和其他国家人民的相互了解而不懈努力，因为这对增进全体人民的福祉至关重要。

有些人担心，随着越来越多的外国文化的进入，中国有可能失去她自己的有价值的传统，并且受到对中国文化不利的事情的影响。但是我们非常确信，中国文化能够生存，并且通过与外来文化的交流得到真正的丰富。我们必须悉心保护中国文化的精华和传统价值，我们要抵制那些对我们不利的东西，换一句话说就是，当我们打开窗户放进新鲜空气的时候，要把苍蝇挡在外边。

展望未来，我相信，我们之间的文化交流将扮演一个更重要的角色。我们两国之间建立在更加充分了解基础上的稳定关系将有利于维护世界的和平。如果世界上的人们能够更多地对彼此开放，如果他们能够通过增进联系和了解摆脱成见，那么世界大家庭的成员们就能够拥有更好的生活，可以更和谐地相处。和谐是中国政治哲学的精髓，它在今天有着特殊的价值。如果我们能朝着这一方向努力，世界的明天，我们的孩子和我们孩子的孩子的世界，就将成为一个比今天更美好的生活之所。我们不仅应该在不同的文化之间系起纽带，我们还应该在今天和未来之间系起纽带。毫无疑问，这是一项值得我们每个人都为之努力的高尚的事业。

谢谢你们！

《圣路易斯邮报》（*St. Louis Post-Dispatch*） 1988年3月21日

关于和平的谈话

——中国大使夫人敦促世界和谐

记者：Patricia Rice

与葛绮云谈话的重心是和谐。不论是谈论中国的政策、民间水彩画、国际经济或者是她的童年，她都会巧妙地将话题引向和谐。

葛在中国外交部工作了30年，其中包括作为外交官参加在纽约召开的联合国裁军问题特别会议以及日内瓦裁军会议。但是在这个国家，她更多地是作为中国驻美大使韩叙的夫人而为人所知的。

葛和她的丈夫最近访问了圣路易斯，和他一起出席一个被称作“中国工人和农民画展”的开幕式，展览是在圣路易斯的密苏里大学举办的。展览将一直延续到3月31日。

葛与很多圣路易斯人进行了非正式交谈，她的热情、和蔼赢得了他们的好评。她用英语交谈时显得比她的丈夫更轻松，并且她还会按照西方人的习惯与她的听众接触：拍拍对方的肩膀、胳膊肘或者是膝盖。

在访问大学时所做的简短采访中，她回忆起了自己年少时在上海度过的时光，从1938年到第二次世界大战结束，当时那座城市被日本人占领了。那是一段黑暗而可怕的时光，她说。

接踵而来的是中国内战。虽然她的家庭中没有人被杀，但是“我的很多朋友以及他们的家人”都死于内战。后来成为她丈夫的那个男人，就是曾与日本人作战的中国革命者。

“今天，所有的中国人都高度重视和平。”她说。

她低头看着自己的右手，然后伸出她的小拇指说，中国的核武器数量极少，“就像这根小拇指”。接着，她又伸出她的大拇指说，美国的核武器数量要大得多。

在同中国学生和教授举行的一个讨论会上，她说，当两个超级大国开始削减核武器时，中国也会采取相应的措施。中国观察家们认为，她的这种说法和最近其他人的类似说法，似乎表明中国的政策将发生变化。自1960年代后期以来，中国一直拒绝签署核不扩散条约。葛说，中国已经接近条约的目标，并且愿意朝此方向努力。

作为减少军费开支在国民经济中占比的一种尝试，中国已经裁军100万人，她说。最终，中国希望将用于武器的开支从18%减少到8%，她说。她坚决反对太空武器、化学武器和生物武器。

她强调说，她认为中国的角色应该是代表第三世界国家阻止核武器的扩散。

“我们是发展中国家。”她说。

对任何国家来说，一个务实的理由是，削减军备可以集中精力满足人民的经济需要。美国和苏联的经济问题，已经让这两个国家意识到要为和平而努力，她说。苏联需要刺激自己日渐衰落的经济，而美国则需要消除自己的赤字。减少国防开支将有利于两国的经济，她说。

另一方面，日本蓬勃发展的经济令很多中国人感到担忧。如果日本的国防开支超出了目前水准的1%，中国就将表示反对。即使日本只是将国防开支提高到1.1%，也会让中国人感到警觉，她预言到。

葛说，为和平而祈愿时她并不孤单。“全世界的妇女都特别渴望和平。”她说，“她们是士兵们的妻子和母亲。我有两个孙辈的孩子。”

在中国，妇女是有影响力的，她说。“妇女们有相对平等的机会，”她说，“她们有自己的名字和好工作。”

1950年从上海复旦大学毕业后，葛就进入了北京的外交部。她在国际司和外交部办公厅工作。

她的丈夫在1973年被派往美国，葛在1979年随往。她很喜欢在美国的生活，虽然她见不到她在北京的两个孙辈的孩子。

她用“非常好”来描述她同白宫的关系，在谈到同国务院的关系时，她说“很好……但是有一些参议员，你知道的……”并且抬了抬眉毛。

葛在过去的9年里访问了38个州，并且发现大多数美国人都是热情和持欢迎态度的。在美国工作，使他的丈夫有机会和自己的哥哥托尼沈团聚，他是孟山都公司的一名退休的化学家。他在1950年离开中国，并且生活在圣路易斯。

谈到美国人，葛喜欢他们的优点之一是“志愿者精神”。

“志愿者的真正含义是牺牲，”她说，“这也是中国人的精神。”

在这个国家，不论葛走到哪里，她都会被问到她的政府实行的只生一个孩子的政策。她和丈夫有一个女儿、两个儿子，他们是在实行这一政策之前出生的。

按照新闻报道，最近两年，中国的人口出生率为2%。如果按照这个速度继续下去，到2030年，按照联合国提供的数字，中国的人口将在10亿的基础上再增加一倍。今冬早些时候，中国政府的一份官方报纸《人民日报》，将这种人口危机称为“失控”。

父母们如果生了第二个孩子，将被罚款270美元——根据国际上的有关报告，这是农村地区的平均年收入。在城市里，工人们如果生了第二个孩子，可能会被停止工作并被罚款。

中国今天面临的最大挑战之一就是人口的增长，葛说。

“如果一个孩子不正常的话，就有理由”要求再生一个，她说。“我们的55个少数民族不受这项政策的约束。在农村地区，家庭也可以生更多的孩子以从事农业生产。”

“我们必须引导第三世界国家——他们也都有太多的孩子。”她说，“不论是对那些国家，还是对我们国家，对全世界，对和平，太多的孩子都不是一件好事。”

4月13日

旧金山：在斯坦福大学的讲坛上

在我们出使美国的那些年间，中国所实行的计划生育政策一直是一个广受美国公众关注的问题。在大多数情况下，或者说在人们完全不了解中国实行这一政策背景的情况下，人们对此或者质疑，或者持批评态度。

一部分人认为，生育是人的天然权利，任何人，包括政府都无权干涉和剥夺。而在大量有着基督教背景的人看来，这根本就是无法容忍的，尤其是因为避孕失败而导致的堕胎现象。

在美国这样一个地广人稀，并且有着深厚基督教传统的国家里，人们持有这样的看法是完全可以理解的。事实上，面对美国国内日益增多的堕胎现象，来自有基督教背景反对者的批评不绝于耳。美国甚至一直存在一个持久而强大的反堕胎运动，其目的是倡导通过寻求法律禁令和其他手段来禁止任何形式的堕胎行为，因为这一运动的倡导者和参与者普遍认为，人类的胎儿——在大多数情况下指人类的胚胎——同样是一个人，因此也应该享有和所有已经诞生的人同等的生命权。

正因为如此，不管我们走到哪里，我们经常要回答这样一个问题："中国为什么要实行计划生育政策？"特别是我，作为一位女性，人们总希望和我讨论这个问题。

这是一个基于国情和文化背景不同而产生的正常分歧。我们尊重那些不同的看法。但是当我们向人们详细解释中国不得不暂时采取这一政策的背景情况后，至少有一部分人表示了不同程度的理解。

这原本是一个单纯的问题，但是在80年代中后期，它开始被美国国会中某些一向敌视中国的议员们加以利用，以达到在美国公众中制造中国“恶劣形象”的目的。在国会山的讲台上，中国的计划生育政策经常被他们作为中国“对个人人权和自由实施重大限制”的例证加以引用，而且这种指责从1986年起，还被写进了美国国务院发表的世界人权报告。

伴随着1987年的到来，中美关系中的杂音——也包括对中国计划生育政策的指责——越来越多。这并不是因为那些议员们突然发现了中美之间存在着如此多的分歧，而是因为国际形势的变化让他们认为，没必要像以前美国在战略上迫切需要“打中国牌”以抗衡苏联时那样在乎中方的态度和感受了。

是的，最初促使中美两国走到一起的首要因素——对来自苏联威胁的担忧——仍然在根本上决定着当时中美双边关系的状况。尤其是当美、中、苏三国之间原有的力量对比状况发生变化时，这种因素的作用立刻就会凸显出来。当1985年担任苏共中央总书记的戈尔巴乔夫开始在苏联按照他的“新思维”实行改革时，美国国会中那些一向敌视中国的议员们立刻就表现得相当兴奋，因为如果戈尔巴乔夫实施的改革将使苏联变得更加亲西方的话，那就意味着来自苏联的威胁正在降低，这便使他们有机会要求美国政府转而对中国采取更加强硬的遏制政策。正是在这种背景下，中国的计划生育政策就成为他们首先选中的打击中国的靶子。

我们当然不希望看到这样一种情景——因为某些反华议员别有用心的言论，使大多数不了解中国国情和事实真相的美国公众对中国产生误解。因此，我们比任何时候都更需要一个公开的机会，让我们可以完整地阐释中国在人口问题上所面临的巨大困境以及计划生育政策的具体内容和实施效果。不论美国公众是否赞同我们的观点，但至少要让他们了解真相。

感谢美国莫瑞森人口与资源研究所的朋友们给了我们一个这样的机会，他们邀请韩叙出席了于13日在斯坦福大学（Stanford University）举行的会议，并且请他在会上做了题为《中国的人口增长和计划生育》的演讲。我们也要感谢媒体的记者们，特别是《斯坦福大学校园报道》

的记者们，他们完整地向公众传达了演讲的主要内容。

事实上，不论是在个人之间，还是在国家之间，当我们面对分歧时，我们最需要做的就是认真地倾听，倾听对方的声音，并且努力找出那些导致分歧的深刻原因。

THE STANFORD UNIVERSITY

Campus Report

China's ambassador defends 'one couple, one child' policy

By MARY ANN SEAWELL

Harsh circumstances have forced China to adopt its stringent family planning policy of "one couple, one child," Han Xu, China's ambassador to the United States, said in a talk at Stanford April 13.

Speaking at a colloquium sponsored by the Morrison Institute for Population and Resource Studies, Han noted that planning is not a terribly popular term in the United States. "Some well-wishers have suggested to us that as the economy develops, the population will regulate its own growth." However, he added, that "is a luxury China cannot afford."

As it is, he said, China's farmland is disappearing at a rapid rate, with more space needed to house the increasing number of people. "That means it will be even harder for China to keep its population well fed."

In many rural areas of the country, where 80 percent of the population resides, firewood remains the main source of energy. As population grows, more trees are cut, and this has led to a rapid shrinkage of China's forest cover, upsetting the ecological balance.

'Family planning involves every household in a country of one billion people. Without popular support, no amount of coercion can possibly sustain the program'

In addition, overcrowding in big cities "has become a social problem."

In presenting this "rather gloomy picture," the ambassador said, "I do not intend to suggest that China is powerless in facing up to this problem of its own creation."

The country's goal, he said, is to increase fourfold, between 1980 and the turn of the century, its industrial and agricultural output. The optimal size of China's population would be within 1.2 billion by the year 2000.

To ensure that population growth does not consume any economic gains, Han said, the Chinese government since 1979 "has encouraged the practice of one couple, one child."

Contrary to what some Americans have alleged, he said, the family planning program relies not on coercion, but on voluntary participation.

PHOTO/ED SOUZA

Allowing the population to regulate its own growth is a luxury China cannot afford, says Ambassador Han Xu

"The reason is clear: Family planning involves every household in a country of one billion people. Without popular support, no amount of coercion can possibly sustain the program."

As to charges that forced abortion is a primary means used to control population growth, Han said that the program focuses on contraception and abortion is permitted only when birth control fails.

He conceded that "cases of abuse have indeed occurred in rural areas. However, it needs to be pointed out that such practices have never been conducted with government sanction. On the contrary, such abuses are stopped whenever they are found, and those responsible duly punished."

It is important to differentiate, he said, between government policy and the excesses of individuals charged with implementing a program that involves hundreds of millions of families.

The one couple, one child policy is not intended to be permanent, he said, but was adopted to meet specific historical circumstances. He added that the policy is not enforced uniformly throughout the country. Ethnic minorities may be exempt: for example, no family planning is required for Tibetans.

Between 1973 and 1986, China's annual average birth rate was kept at 20 per thousand. However, said Han, a new challenge is looming as people born during the baby boom of the early 1960s enter their childbearing years.

In 1986, 21 million babies were born, 3 million more than in 1985. China's birth rate in that year was 20.8 per thousand. By the end of 1987, China's total population reached 1.0722 billion, showing a net increase of 14.97 million over the previous year.

At this rate, Han said, China's population will reach 1.284 billion at the minimum by the end of this century, "which threatens to exceed the target of keeping the country's population within 1.2 billion."

"If we allow the baby boom of the early 1960s to reappear, whatever economic growth China has been able to achieve will be quickly eaten up by the explosive growth of the population," and the goal of modernizing the country will be beyond reach.

The Chinese government is prepared to meet the challenge, Han said. Among other efforts, a national census will begin on July 1 and the data collected will be used to improve the family planning program.

In a question session after his talk, the ambassador was asked about the sociological impact of one-child families.

There is a danger, he said, that these children will be spoiled by their parents and grandparents, and education may be needed to deal with the problem.

The point, he said, was illustrated by a recent cartoon in a Chinese newspaper of four birds carrying one small bird in a cage. The baby bird is saying "I want to fly by myself" and the adults are replying "Honey, we can't allow you to fly because you are the only child we have."

• 《斯坦福大学校园报道》记者拍摄的韩叙演讲时的照片。

韩叙在斯坦福大学的演讲

1988年4月13日

中国的人口增长和计划生育

女士们，先生们，

我很高兴有机会面对你们这些杰出的听众。在我开始今天的演讲时，我想提及一个值得我们所有人记住的日子。1987年7月11日，一个新出生的婴儿成为我们这个地球大家庭中的第50亿个成员。鉴于这一天的重要性，它成为被世界纪念的“50亿人口日”。但是，我认为这也是一个值得沉思的日子。摆在我们面前的问题很明了：在这个日益变小的地球上，是否还有足够的资源和生存空间留给不断增长的世界人口？人类有一天会不会成为自身不加控制的增长的牺牲品？考虑到这些问题，我愿意和你们分享一下我个人对中国人口增长和计划生育政策的看法。

我想，一个普通美国人对我将要谈到的这个题目的自然反应应该是：为什么要计划生育？我对这种反应一点儿都不感到吃惊，毕竟，美国人足够幸运，因为在这个国家，不必面对人口爆炸式增长的问题。

但是在中国，情景就完全不同了。在我的国家，人类控制自身的增长，已经成为一场持久的尚未打赢的战争，而其结果将深刻地影响到中国的未来。让我把问题放到一个能使你们了解中国人口增长的全面情况的背景下加以陈述。

中国是世界上最大的发展中国家，它有三个显著特点：第一，它有世界上最多的人口，到去年年底，人口数已经达到了10.72亿。第二，它在经济上依然落后，人均国民生产总值刚刚超过300美元。第三，资源相对匮乏。它的人均可耕地面积只有世界平均水平的1/3，森林和水的人均拥有量分别是世界平均水平的1/9和1/4。中国要用仅占世界可耕地面积7%的土地，为占世界人口总数22%的人提供衣食和住房。如果我们把中国和美国放在同一张图片上，其不同将更加引人注目：就地理面积而言。两国非常接近。但是中国并没有像美国那样受到自然之母的庇佑。中国2/3的土地是不适合人类居住的高山、高原和沙漠。中国的人口几乎是美国的5倍，但人均可耕地面积只是美国的1/10。美国的大陆刚刚被开发了200年。但是在中国，经过数千年的开发，土地的肥力已经被极大地消耗了。

在过去的岁月中，严酷的自然条件对中国的人口造成了沉重的打击。每当自然灾害发生时，饥荒夺去数百万人的生命是常见的事情。为生存而斗争，是贯穿中国整个历史的基本主题。

但是，情况在1949年开始有了变化。新中国成立39年间，已经成功地为不断增长的人口提供了衣食和住房。饥荒和灾害已经不再是导致死亡的主要原因。作为一个结果，中国的人口以极快的速度增长。从1949年新中国成立到1973年，中国在册人口的年均自然增长率超过了20‰。

在各种因素中，有两个因素导致了中国在此期间人口的过度高增长。

在1950年代早期，由于中国开始工业化进程而出现的暂时的劳动力短缺，使得控制人口增长的需要被忽略了。人们更多谈论的是，人作为生产者，是生产关系中最活跃的要素。很显然，这是事实。但是另一方面，政策制定者们却忘记了人也是消费者，因而需要在人口增长和提供满足这种增长需要的资源之间实现平衡。由于没有真正努力控制人口的增长，从1949年到1954年，中国人口的自然出生率高达37‰。这给中国政府敲响了警钟，因而开始采取措施阻止人口的盲目增长。

1966年，“文化大革命”爆发了，国家陷入混乱。中国的经济社会发展进程整个被破坏了，中国的人口重新开始高速增长。从1966—1972的7年间，中国的年均自然人口出生率达到了33‰。

如此高的人口增长率使中国不堪重负。有限的资源不断被投入到衣食和住房建设中，以满足蓬勃发展的人口的需要，只有剩余的少量资金被投入到基础设施等优先发展的领域。

在过去的10年间，中国经济保持了令人印象深刻的增长，其增长率远高于世界平均水平。今天，中国拥有世界上最大规模的农业经济，在国民生产总值方面位列第七。但是，如果按人均计算的话，数字又少得令人印象深刻。规模庞大的人口已经成为中国经济发展的巨大拖累。

更重要的是，中国的人口分布不均衡。80%的中国人口在农村，全部人口中的90%集中在南部和东南部，它们只占全部国土面积的一半。

在中国的许多农村地区，木材仍然是主要的能源。随着人口的增长，更多的树木被砍伐。这已经导致了中国森林覆盖面积的急剧缩小和植被的退化。许多地区的生态平衡已经遭到严重破坏。在大城市中，过度拥挤已经成为一个社会问题。中国正在为自己的人口增长付出沉重的代价。

我描绘这样一幅相当暗淡的图景，并不是说中国没有能力解决自身所造成的问题。事实上，在1970年代早期，中国的政策制定者们就已经意识到中国急需控制人口的增长。一个决定性的转折点出现在1973年，当时中国政府决定，将计划生育政策纳入经济社会的整体发展计划。

我知道，“计划”在美国不是一个十分流行的概念，而“计划生育”就更是如此。这应该是由人们自己来决定该怎么做的事。一些人还善意地对我们说，当经济发展起来之后，人口的增长会自然得到调整。好吧，但这是一种中国无法负担的奢侈。

就在眼下，中国的可耕地正在以每年0.5%的速度消失，更多的空间被用于为不断增长的人口建造住房。这意味着，中国想要满足其人口所需将变得更加艰难。留给中国的唯一的替代方案，就是采取全面的人口发展战略，以确保人口增长和经济增长同步。为了实现这一目标，中国政府成立了国家计划生育委员会，中国制定的经济发展的战略目标是，到本世纪末，使工农业总产值在1980年的基础上翻两番，以使人民过上小康生活。在此期间，中国的人口规模最好能够被控制在12亿以内。我们希望，中国下个世纪的人口能稳定在这个水平并且逐渐下降。

实行计划生育政策是中国人口发展战略的核心。它提倡晚婚、少生和优生以及提高人口质量。

由于中国人口的基数很大，并且年轻人占比很大，所以中国政府从1979年开始鼓励“一对夫妇只生一个孩子”。坦率地说，这不是一个令所有人都高兴的主意。在中国，已经出现了简单化的强迫执行的情况。但是，如果我们采取其他替代方案的话，中国的人口压力将变得更加沉重，以至于超过中国所能承受的限度。

另一方面，这只是一个在特定历史时期内实施的方案。它不是一成不变的。我们希望在不太遥远的将来，我们就可以不再这样做。而且，它也不是一个普遍实行的做法。生活在不同的社会、经济和人口条件下的人们有不同的需求。这一政策在农村地区实行起来就比在城市中更加灵活，和汉族相比，少数民族就可以更多地生育。举个例子，西藏地广人稀，所以西藏人就不用计划生育。

中国的计划生育政策在美国引起了很大的争议，我想做出一些澄清。

在美国，有些人说中国实行计划生育政策的主要手段是强制。没有什么比这种说法更偏离事实了。事实是，国家指导下的自愿参与是中国计划生育政策的一项基本原则。原因显而易见：计划生育政策牵涉到这个国家10亿人中的每一个家庭。如果没有普遍的支持，即使再多的强迫，计划生育政策也不可能维持。我们工作的重点，是提高人们对于迫切需要控制人口增长以及缩小家庭规模好处的认识，从而鼓励人们积极参与这项行动。

还有一种指控是，实行计划生育就是强制堕胎。这是又一种不符合事实的说法。事实是，采取避孕措施是计划生育的主要手段。

中国政府已经开始了一场大规模的公共行动，以普及计划生育知识。向已婚夫妇提供——免费提供——各种计划生育工具，以便他们选择。堕胎只是在计划生育失败的情况下实行。

另一方面，滥用政策的情况的确在某些农村地区发生过。但是，需要指出的是，由于政府的制裁，这样的行为从未普遍发生。相反，每当这种情况发生时，它们都被制止和纠正了，而且那些责任人也受到了惩处。重要的是，要将一项政府政策本身，与可能发生在执行这项涉及千家万户政策过程中的过激行为加以区别。未能把握住这一点，就很容易得出错误的结论。

我列举了这样两种观点，并不是想责怪任何人。我们欢迎所有建设性的批评，这可以帮助我们完善中国的计划生育政策。但是我们首先要寻求理解。我相信中国的努力将带给它的人民体面的生活，他们理应得到善意的关注。

女士们，先生们，

中国正在同试图平衡人口增长这一巨大的困难作战。虽然它是困难的，但它肯定不是一场失败的战斗。因为事实是，我们在这些年间已经取得了很大的进步。

1973—1986年间，中国的年均出生率保持在20‰的水平。最近几年，自然人口增长率从1950年代早期—1970年代早期的20‰下降到11%—14‰。这已经低于世界自然人口增长率的平均水平了。1973年以来，死亡率保持在7‰左右。中国的人口发展已经逐渐转变为一种低出生率、低死亡率和低自然增长率的模式。在过去的10年间，中国经济快速增长，同时人口的增长也得以控制，中国人民的生活水平有了改善。1979年以来，中国城乡居民的人均收入翻了一番。

另一方面，一个新的挑战也迫在眉睫：由于在1960年代早期婴儿潮时出生的人已经进入了生育年龄，一个生育高峰期已经从1986年开始了。那一年，有2100万个孩子出生，比1985年增加了300万，增长率达到了18‰。1986年，中国的出生率和自然人口增长率分别达到了20.8‰和14.08‰。

截至到1987年年底，中国的总人口为10.722亿，比此前一年净增长了1497万人。1987年的自然人口增长率是14.08‰，比预期出生人数多了149万。按照这个增长率，到本世纪末，中国的人口最少也会达到12.84亿，这已经对将人口控制在12亿之内的增长目标构成了威胁。

育龄妇女的人数在1986年增长了800万。去年，又新增加了700万。今年，还将有800多万女性进入育龄，她们加在一起，总数是1.97亿。因此，中国的出生率和自然人口增长率在1988—1989年间将达到高峰，而且将延续到1995年才有可能下降。

中国所面临的这一挑战的确很大。如果我们让1960年代早期的婴儿潮重现，中国所能实现的经济增长，将会被新增的人口迅速消耗掉。中国的现代化目标将可望而不可及。但是，中国政府和人民已经意识到了这一点，并且做好了应对这一挑战的充分准备。一个大规模的针对公众的宣传活动正在进行，以帮助人们认识到问题的紧迫性。我们还将采取各种措施持续不断地推进计划生育政策。此外，一个全国性的抽样调查将从7月1日开始，并将在今年收集到最大范围的人口数据。这些被收集的数据将有助于完善计划生育政策。

中国的计划生育政策对全世界来说意义深远。世界上90%的人口增长都发生在发展中国家。中国的人口数量占发展中国家人口数量的1/3，中国人口增长的降低，将会明显降低整个人口的增长率。如果不是中国成功地实行了计划生育政策，世界纪念“50亿人口日”的时间将提前两年。

世界人口的爆炸已经严重影响了环境和破坏了生态的平衡。这对人类自身的生存构成了直接的威胁。由于这已经成为一个全球性的问题，所以要求我们做出集体回应。所有的国家，不论是否直接面临这个问题，都要承担各自的责任。在最近召开的中国第七届全国人民代表大会上，中国总理李鹏再次强调了控制人口的重要性。他在政府工作报告中指出，实行计划生育政策，控制人口增长和提高人口质量，是中国的基本国策之一。在平衡人口增长的同时，中国也清楚地意识到自己所承担的国际职责。我们相信，我们现在所做的事情不仅有利于中国人民，也有利于整个世界，而且我们有信心达成我们的目标。

谢谢！

《斯坦福大学校园报道》(*The Stanford University Campus Report*)
1988年4月20日

中国大使为“一对夫妇只生一个孩子”的政策辩护

记者：Many Ann Seawell

恶劣的环境迫使中国采取“一对夫妇只生一个孩子”的严苛的计划生育政策，中国驻美大使韩叙4月13日在斯坦福的一次讲话中这样说。

讲话是在莫瑞森人口与资源研究所举行的一个座谈会上发表的。韩说，“计划”在美国不是一个特别流行的词汇，“一些抱有善意的人对我们建议说，随着经济的发展，人口自身就会调节它的增长”。但是，他接着说，“这是一种中国无法负担的奢侈。”

关于这一点，他说，中国的农田正以极快的速度消失，因为更多的空间要被拿出来建造住房，以满足新增人口的需要。“这意味着对中国来说，要充分供养它的人口将变得更加艰难。”

在很多农村地区——在那里居住着中国80%的人口——木柴仍然是主要的能源资源。随着人口的增长，越来越多的树木被砍伐，这导致了中国森林覆盖面积的快速缩小，破坏了生态的平衡。

此外，在大城市中，过度拥挤“已经成为一个社会问题”。

在描绘了这样一幅“阴暗的图景”时，大使说，“我并不是说中国无力面对它自己造成的问题。”

他说，国家的目标是从1980年到本世纪末，使工农业产出翻两番。到2000年，尽可能将人口规模控制在12亿以内。

他说，为了保证人口的增长不至于消耗掉所有的经济成果，中国政府从1979年起“鼓励一对夫妇只生一个孩子”。

他说，与一些美国人断言的相反，计划生育政策不是靠强迫实行的，而是以自愿参与为基础的。

“其原因很明显：计划生育政策涉及一个10亿人口国家的每一个家

庭。如果没有得到普遍的支持，即使再多的强迫，这项政策也不可能持续下去。”

针对有关控制人口增长的主要手段是强制堕胎这一指控，韩说，这个项目的重点在于避孕，堕胎仅仅是在避孕失败时才被允许的。

他承认，“滥用政策的问题的确在农村地区发生过。但需要指出的是，由于政府的制裁，这样的事情不再发生了。现在的情况是，不论何时，滥用政策的问题一旦被发现，都会受到制止，而且那些责任人还会被严厉地惩处。”

他说，重要的是，要将政府的政策本身与某些个人在执行一项涉及千家万户政策时的过激行为加以区分。

他说，一对夫妇只生一个孩子的政策不是永久性的，它只是特定历史环境下的一种选择。他还补充说，这项政策也不是在全国所有地方都统一实施的。少数民族就可能被豁免，比如西藏人就不用实行计划生育。

1973—1986年间，中国的年均人口出生率一直维持在20‰的水平。但是，韩说，由于在1960年代早期婴儿潮时期出生的孩子已经进入了生育期，一个新的挑战正在出现。

1986年，2100万婴儿出生，比1985年多了300万。中国的人口出生率在1986年达到了20.8‰。到1987年年底，中国的总人口将达到12.84亿，这表明人口数比前一年净增长1497万。

按照这个速率，韩说，到本世纪末，中国的人口数量最低限度也将达到12.84亿，“这已经威胁到了在本世纪末将人口控制在12亿以内的目标”。

“如果我们允许在1960年代早期出现的婴儿潮重现，中国已经取得的经济成果，就将被爆炸式增长的人口消耗殆尽”，而且使国家现代化的目标也将无法达成。

中国政府已经做好了应对挑战的准备。韩说，作为诸多措施之一，中国将于7月1日开始进行全国范围的人口调查，通过调查所收集的数据将被用于完善计划生育政策。

在演讲结束后的提问环节，大使被问到了关于独生子女家庭的社会学影响问题。

有一个风险，他说，这些孩子将被他们的父母和祖父母溺爱，对他们的教育有可能成为问题。

谈及这一点时，他提到了他最近在中国报纸上看到的一幅漫画插图：在一个笼子里，四只成年鸟拉着一只小鸟，小鸟说："我想自己飞。"大鸟们回答说："亲爱的，我们不能让你飞，因为你是我们仅有的孩子。"

5月6日—7日

内布拉斯加：红色记忆

1988年的春天刚到，我们就接到了老朋友、内布拉斯加大学林肯分校校长罗纳德·拉斯根（Ronald Roskens）先生的来信，他邀请我们去参加5月的毕业典礼，因为学校除了要向当年的毕业生们授予学位之外，还要授予韩叙荣誉法学博士学位。

看着拉斯根热情洋溢的来信，我的脑子里顿时涌出了关于林肯市和内布拉斯加大学林肯分校的红色记忆。

在内布拉斯加流传着这样一则笑话：一对夫妇要离婚，分家时，丈夫对妻子说，孩子可以归你，但球票得归我。这则笑话要告诉人们的是橄榄球比赛在那里有多受人们的喜爱。如果你生活在在内布拉斯加州的首府林肯市的话，你一定不会觉得这个笑话过于夸张，因为那座城市里的每个人似乎都是橄榄球迷。

这和他们拥有一支全国闻名的好球队有关——内布拉斯加大学校队，它被人们亲切地称为“剥玉米人”（Huskers）队。这是个极富内布拉斯加特色的昵称，因为那个州盛产玉米，所以它又被人们称作“剥玉米人之州”。

由于球队的主场队服是大红色的，所以如果你刚好在赛季去林肯市的话，你就会发现你走进的是一座红色的城市。你能想象投资大师沃伦·巴菲特（Warren Buffett）曾经这样说吗：“橄榄球对我有很多意义，可以说意味着一切。”尽管他居住在奥巴哈，但是毕业于内布拉斯加大学林肯分校的他，每年都会穿着球队的红色队服回母校看球。“如果他们需要我站出来，我随时准备上场。”他在83岁的时候还有这样的雄心壮志。

作为拥有这支令人骄傲球队的大学校长，拉斯根先生也是一个橄榄球迷。他第一次邀请我们访问林肯市时，就是在1985年秋天的那个赛季。我们到的那天是个周六，刚好有“剥玉米人”队和艾奥瓦州队的一场比赛。我们见过很多大学校长，但是我们从未遇到过像那天那样的情形——拉斯根穿着一身大红西装前来迎接我们，因为他要把我们直接带往比赛场地！他对我们说，当天将会有六七万人观看比赛。他还为我们准备好了红色的领带、围巾以及球队的胸章，我们立即就被打上了“剥玉米人”队球迷的标记。

比赛就在大学的体育场（Devaney Sports Center）举行。一路上，我们看见的都是兴致勃勃的身穿红色球迷服前往体育场的人，街边的摊位上也挂满了红色的球迷服和球迷用品，空气中到处都弥漫着大赛前的兴奋。

当我们走进体育场时，场面更加令人震撼，能够容纳数万人的观众席已经如同一片红色的海洋，不仅是因为人们都穿着红色的衣服，就连座位也是同样的红色。“剥玉米人”队那天表现得格外神勇，他们没给对手任何机会，以49∶0的比分大获全胜。刹那间，红色的海洋沸腾了，人们欢呼雀跃、欣喜若狂。如果那个体育场有屋顶的话，它一定会被人们的欢呼声掀翻的。在那样一个时刻，即使你再不喜欢橄榄球比赛，你也无法不被人们的激情感染到热血沸腾。

媒体对中国大使和球迷们一起观看比赛一事进行了报道。一家名叫《周日世界先驱报》(《Sunday World-Herald》）的报纸还刊出了韩叙和拉斯根一起坐在观众席上的大幅照片，报道的标题是:《比赛使大使“感受到了美国人民的脉搏”》。还有什么是比这更好地与当地人共度周末的方式呢？

精力过人的拉斯根先生是位实干家，他对与中国合作也怀着火一般的激情。他所领导的大学似乎要在与中国合作方面拔得头筹。从第一任中国驻美大使柴泽民开始，每一任中国大使都受邀访问过林肯分校。同样受到邀请的还有北京大学的三任校长——周培源、张龙翔、丁石荪。他曾经前后七次访华，与中国的几十所大学都建立了联系或达成了合作项目。通过这些项目，到林肯分校就读的中国留学生多达一两百名。

每逢节假日，他都会开门迎客，将这些留学生请到他的家中欢聚。

即使我们远在华盛顿，也同样能经常感受到来自拉斯根的友谊和热情。他的真诚和睿智，使他成为韩叙格外信赖的朋友之一。为了使我们5月的内布拉斯加之行更加圆满，他和夫人甚至在4月中旬专程赶到华盛顿，和我们当面商讨了访问的各种细节安排。然而他对我们还有一个秘而不宣的计划，那是他想送给我们的一份特殊的惊喜。

我们是在6日上午抵达林肯市的。拉斯根特意为两位中国的荣誉学位获得者——北京大学的丁石荪校长和韩叙——举行了一个欢迎午宴。来宾包括内布拉斯加州的州长、当地商界及社团的领袖、林肯分校的董事会成员以及部分教授和学生。韩叙在欢迎午宴上所做的简短讲话中以及在随后接受记者采访时，盛赞了内布拉斯加大学林肯分校为中美两国教育交流所做出的杰出贡献。他说，教育交流与文化和商业往来一样，都有助于两国人民了解对方，从而促进理解。他还谈到了教

• 我们此行下榻在罗纳德·拉斯根校长家中。我们在他家院子里盛开的鲜花前合影。右一即为罗纳德·拉斯根校长，右四是他的夫人露易斯（Lois）女士。右三为北京大学校长丁石荪先生。

育交流对中国经济发展的特殊重要性。他说，为了实现工业化和发展经济，中国迫切需要提升自己的技术水平，而教育交流则为中国改进自己的技术基础提供了机会。

在我们当天下午的日程表上有两项安排：一项是与林肯分校的中国留学生座谈，另一项是参观林肯分校的20世纪美国艺术藏品展。然后我们将去出席校方在林肯乡村俱乐部为各项荣誉学位的获得者举行的招待会和晚宴。当然，它们都不是拉斯根打算送给我们的惊喜。就在我们参观完艺术藏品展之后，拉斯根夫妇亲自陪同我们前往学校的继续教育中心——原来正在参加美国总统竞选的布什副总统夫妇马上就要在那里举行筹款晚餐会。

作为布什的好友，拉斯根一手安排了这次筹款活动。但他显然还想让布什夫妇在筹款活动上见到更多的老朋友。我们喜欢拉斯根的这个安排，对我们而言，这的确是个惊喜。但是在此之前，我们一直小心谨慎地避开与布什竞选有关的各种公开活动，因为我们不希望他和中国的良好关系对他造成什么不利影响——在任何一次美国大选中，

• 布什副总统（左三）在筹款晚餐会上与我们和拉斯根夫妇合影。

中国问题总会被某些人搬出来制造麻烦。但布什本人对此并不担忧，他甚至还把他与中国的良好关系作为他的一个竞选优势。就像在那天的筹款晚餐会上，他对我们的出现感到非常高兴，而且他希望人们都能知道这一点，所以当他谈到自己与中国的良好关系时，特地指着在座的韩叙对大家说："你们看，大使本人就在这里，这就是证明。"的确，我们出席他的筹款晚餐会本身，就是为他的竞选投了一票。是的，我们希望他能当选，但是直到布什真的成功当选总统之后，韩叙才对媒体公开表明了自己的态度："布什是我的朋友，对于他的当选我个人感到很高兴。"他还说，"我不能更多地解释美国的政治，但有一点我可以肯定，那就是新总统将致力于发展中美两国间的友好关系。"

毕业典礼和荣誉学位的授予仪式在第二天上午举行。知道它是在哪里举行的吗？就在举行橄榄球比赛的那个体育场！那又是一个周六，我们又一次看到了那片令我们印象深刻的红色观众席，而且就连比赛场地中央临时摆放的一排排座椅也是红色的！尽管这一次将要举行的不是橄榄球比赛，但这里依旧是一片海洋——一片由3700多名毕业生和他们的家人朋友组成的欢乐的海洋。

荣誉学位的授予仪式是整个毕业典礼的第一部分。一共有八个人被分别授予了法学博士、科学博士等荣誉学位。获得法学博士学

• 授予学位仪式现场。

• 我和拉斯根校长夫人在观众席上。

- 韩叙在典礼主席台上。右一为美国总统贸易代表克莱顿·尤特先生。（上左）
- 韩叙在接受荣誉法学博士学位。（上右）
- 韩叙和克莱顿·尤特。（下左）
- 韩叙、丁石荪校长获得学位后与拉斯根校长及校董的合影。（下右）

位的一共有三个人，其中就包括美国总统的贸易代表克莱顿·尤特（Clayton Yeutter）。

尤特先生和韩叙可以说是老熟人了，他们之间经常要为有关中美贸易的问题展开交涉。但是在这个仪式上，他们不必交涉任何问题，他们只需要并排而坐，并且轻松地交谈，对他们两人而言，这可真是一个难得的机会。

作为一个曾经在林肯分校获得过三个学位的内布拉斯加人，尤特代表所有的荣誉学位获得者向毕业生们发表了讲话。"回家真好！"当他用浑厚的男低音说出这句话时，全场一片欢腾。他告诉毕业生们如何走好自己的人生之路，包括如何处理人际关系以及如何看待社会和世界。在那个仅有十几分钟的讲话中，他竟然还谈到了中国。他告诉那些毕业生们中国是个多么重要的国家。他还说，中国正有成百上千万的人在努力学习英语。作为总统的贸易代表，他对中国如此重视，并且愿意在一个如此重要的场合，和代表美国未来的年轻人分享他的看法，这令我十分赞赏。

毕业典礼结束后，校方在威克校友中心为所有的荣誉学位获得者及其家人举行了庆祝午餐会。这既是庆祝的时刻，也是告别的时刻。午餐会一结束，我们立即就要赶往机场，乘机返回华盛顿了。而拉斯根则兴奋地对我们说，几天之后，他将开始一段更长的旅程——他的第八次中国之行。对他而言，与中国的合作才不过刚刚开始。

今天，当我看着二十多年前的那些老照片时，我依然能感受到我们的老朋友拉斯根对中国所怀有的火一般的热情。除此之外，他绝对还是一位很棒的东道主，他总能找到既独特又令人惊喜的方式，让我们有机会和美国人民共享欢乐和激情。不管时光如何流逝，那些我们曾经共同分享过的情感都将永不褪色。

- 韩叙在获得学位后接受记者的采访。（上左）
- 拉斯根校长在庆祝午餐会上向韩叙赠送学校的水晶玻璃校徽。（上右）
- 韩叙回赠给拉斯根校长一只红漆雕瓶。（下左）
- 大家在午餐会上举杯庆贺。（下右）

《林肯星报》(*The Lincoln Star*) 1988年5月7日

大使说：中国只想平等分享

——内布拉斯加大学为更好的中美关系尽力

记者：James Joyce

中国大使韩叙周五说，他的国家不想称霸亚洲。

“我们只想成为国际大家庭中的一个平等的成员。”韩在午餐会后的一个简短的新闻记者会上说，午餐会是在第一餐厅的顶层举行的。

韩叙是在回答一个记者的提问时说这番话的，记者问他是否认为中国最终将会成为亚洲主要的经济力量。

有些出口迹象已经预示，到下个世纪中叶，环太平洋国家，包括日本和韩国，将成为世界经济中的主要力量。

虽然日本和韩国目前在工业发展和世界贸易方面领先于中国，但是有迹象显示，中国，这个世界上人口最多的国家，最终将会超越它们。

午餐会是为韩和北京大学校长丁石荪的一项荣誉举行的。他们两人将在内布拉斯加大学林肯分校周六举行的毕业典礼上被授予荣誉学位。

内布拉斯加大学林肯分校是在中美两国实现关系正常化后同中国大学建立关系的首批美国大学之一。

在简短的午餐会演讲中，韩呼吁大力推进“我们两个伟大国家”之间的关系，并且肯定了像内布拉斯加大学林肯分校这样的为增进合作和了解而做出贡献的大学。

他说，教育交流与文化和商业往来一样，都有助于两国人民了解对方，从而促进理解。

“我希望这种关系能够继续蓬勃发展，因为它能够给我们两国带来多方面的好处。”韩说。

在随后举行的新闻记者会上，韩还谈到了教育交流对中国经济发展的贡献。

中国——一个拥有十多亿人口的国家——的经济仍然以农业为主要基础。

为了实现工业化和发展经济，中国继续提升它的技术水平。

这个国家也需要提升它的农业生产技术，以使它能继续在粮食生产上自给自足，因为尽管它比美国的面积大，但是只有7%的土地是可耕地。

教育交流为中国改进自己的技术基础提供了机会，韩说。他还说，不久前召开的中国共产党全国代表大会将改进教育和技术确定为优先发展目标。

“我们了解技术和教育的重要性。”韩说。

此外，韩赞同大学校长罗纳德·拉斯根在午餐会上谈到的一个看法，即更多的美国人需要学习中文，以便推动两国之间的进一步合作和了解。

在中国的学校里，英语是被教授得最多的第二流行语言，韩说。他还说，中国准备帮助美国的学校教授中文。

他说，中国将很高兴派教师来美国教授中文，他笑着说，应该称呼他们为“中美志愿者，这比和平队的称呼更好”。[①]

---

① 美国和平队有针对苏联文化渗透之意。后与中国教育部门签署美中友好志愿者项目，为文化交流和扶助项目。

1989 年

7月23日—24日

棕榈滩：告别演说

7月23日—24日

棕榈滩：告别演说

还记得我们在1986年1月第一次访问棕榈滩时，当时的市长玛丽克斯女士曾经热情地对我们说我们会再次收到重返棕榈滩的邀请吗？“我希望你们到时能接受。”她还这样表达了自己的愿望。1989年7月，我们果然又收到了来自棕榈滩圆桌论坛俱乐部的邀请。就像玛丽克斯女士当年所期望的那样，我们接受了邀请，而且韩叙还决定，在那里做他四年任期结束时的告别演说。

但那不是我们期待的告别时刻，而且韩叙准备和大家谈论的话题也不是我们期待的话题。事实上，我们收到这份邀请的时候，是我们出使美国四年间最困难的时期。

问题肇始于当年4月发生的北京风波。但是整个5月，两国的关系都处于正常状态。而且不仅如此，由于一向同中国有着良好关系的老布什刚刚当选为美国总统，人们普遍对中美关系的前景抱有更加乐观的预期。如果说北京风波在那时对两国关系有什么影响的话，那仅仅是间接的，比如在5月访美的中国全国人大常委会委员长万里不得不因国内原因大大缩短了他的访问日程，而原定在万里之后访美的钱其琛外长则临时取消了他的访美计划。不过当韩叙就这两项变更与美方进行协商时，人们普遍表示了理解。

但是到了6月3日晚上，情况急转直下。美国警方不得不对中国大使馆实行24小时保护，以防止聚集在门外的抗议者危及使馆人员的安全。在那之后的一段时间里，中国大使馆外的街心花园和环形车道成了华盛顿最著名的抗议场所。迫于国会和舆论的强大压力，布什总统不得不在4日中午发表声明，宣布对中国实行制裁，其内容包括：暂停政府间的一切武器销售和商业性出口；暂停双方军事领导人之间的互访；对中国留学生延长逗留时间的要求给予同情的考虑。但是布什几乎立刻就遭到了国会和媒体的抨击，因为在后者看来，这些制裁措施的力度还远不足以表达美国人的愤怒。

毫无疑问，在那段时间里，我们不得不面对我们之间最大的分歧之一。这种分歧是由历史文化传统、特别是近代以来的民族际遇、现实国情、社会发展程度的不同等极为复杂的因素导致的。但在当时的情况下，人们根本顾不上去思考这些，人们急于表达的是强烈的情绪。而美国的媒体对挖掘事件背后的原因也毫无兴趣，相反，他们的报道犹如火上浇油，令美国公众群情激奋。迅速蔓延的激烈情绪不仅使我们彼此之间的官方关系在一夜之间陷入了危机，也使中国和美国公众之间的关系陷入了危机。

我们的不少老朋友也难抑心中的气愤和失望。我们看到他们的身影就出现在使馆外面的抗议人群中。还有很多老朋友则取消了此前向我们发出的各种邀约。也有些老朋友打算拒绝我们的邀约，比如《纽约时报》的专栏作家哈里森·索尔兹伯里（Harrison Evans Salisbury）先生——他是美国20世纪最杰出的记者之一，1984年，他曾沿着中国红军当年的长征路线进行了实地采访，并撰写了《长征：前所未闻的故事》一书，该书于1985年在美国出版，并引起巨大轰动——就气愤地表示，他绝不会出现在韩叙任期结束时将要举行的离任招待会上。但尽管如此，我们依然深信，这些老朋友的强烈反应完全是出自良好的初衷以及对中国的深厚感情。

当然，这里描述的并不是我们所有朋友的情形，有些朋友以另外的方式表达了他们对中国及中美关系的关心。比如曾经长期担任美中贸易全国委员会主席的克里斯托弗·菲利普斯（Christopher Phillips）先生，就在6日晚上宴请了我们。他坚信中美关系不会因为碰到了暂时的困难而停滞不前。“两国人民之间的友好关系一定会发展下去，我对此有充分的信心。”他在当晚的祝酒词中这样说。《华盛顿邮报》的董事长凯瑟琳·格雷厄姆（Katharine Graham）女士同样很愿意邀请我们出席在她家中举行的自助晚餐。而哥伦比亚广播公司（CBS）的新闻主播丹·拉瑟（Dan Rather）先生则在5日给韩叙发传真说："我知道，您和您的同事们正处于困难时期，但请相信，很多美国人，特别是我本人，（对中国）仍然怀有良好的愿望和理解。"美国广播公司（ABC）的著名记者戴维·布林克莱（David Brinkley）夫妇也一如既往地热情邀请我们去参观他们刚刚布置好的新居。

与此同时，韩叙也主动向我们的一些老朋友发出了邀请。美中友好协会的主席弗瑞德·普塔什尼就是最早一批收到邀请的朋友之一。他和夫人在6月中旬特地从明尼苏达州赶到华盛顿来见我们。他们本来是带着一肚子问题走进我们官邸的，但是当他们同韩叙促膝交谈了一个晚上之后，他们的心情好多了。

在那段日子里，韩叙每天要么是在忙着和美国政府的有关人士及部门进行沟通与交涉，要么就是在忙着会见老朋友。但是仅有这些还不够，我们还要让美国公众听到我们的声音，或者说，要让他们了解事件发生的背景以及我们之间产生分歧的深刻原因。幸运的是，棕榈滩论坛俱乐部刚好给了我们一个这样的机会。要知道，那是棕榈滩一年中最为炎热的季节，俱乐部从不在这个季节举办任何论坛，但是那一年，他们很愿意为我们破个例。

当我们在23日下午抵达棕榈滩时，论坛俱乐部的当值主席鲍勃·科克派屈克（Bob Kerkpatrick）先生和夫人亲自到机场迎接我们。演讲被安排在了第二天，它将以午餐会的形式举行。美中友协南方区的主席玛格丽特·凯特（Margaret Kate）女士在得知我们第二天上午还有一点儿空余时间后，特意为我们临时安排了一个轻松的小节目——参观希贝尔画廊。她希望通过这样的安排告诉我们，尽管发生了许多事情，但是我们之间的友谊没有任何改变。

论坛俱乐部的午餐会大厅一共可以容纳540多人，在那一天，整个大厅里座无虚席。

"作为中国驻美大使，我曾经到美国各地演讲过。我和人们谈论中国的经济发展以及我们两国人民之间关系的进展。坦率地说，我一点儿也不希望谈论我们今天将要谈论的话题，我希望那些事情没有在我的国家和我们两国的关系中发生过。"韩叙这样开始了他的演讲，"我猜

• 画廊女主人埃德娜·希贝尔（Edna Hibel）女士（左一）邀请我上台讲话。

• 美中友协佛罗里达州分会前会长波莉·弗斯特尔（Polly Feustel）女士（左一）也赶到画廊和我们会面。

想你们每个人的心里都有这样一些问题：中国究竟发生了什么？而且它将对中美关系的前景产生怎样的影响？”

在回答第一个问题时，韩叙向人们解释了中国是在怎样贫穷和落后的情况下开始改革开放的。他告诉人们，中国的改革开放面临着极大的风险和不确定性，正因为如此，对中国而言，稳定和秩序是压倒一切的。但他并不希望人们仅仅因为这次事件就担心中国会放弃改革开放的政策，他向人们保证说：“中国将比以前更有力地推进改革开放。”他还特别提到了那些对此持怀疑态度的人，他说：“我对他们的全部希望就是他们能保持足够的耐心，我相信时间能让他们相信这是真实的。”

在回答中美关系的前景问题时，他谈到了他的个人心情。他说：作为一个有幸在18年前参与了缔造中美两国新关系的人以及在这个国家工作时间最长的大使，没有谁会比他看到几个月来所发生的一切更加痛苦了。而他同时也感受到了美国人民的情感，因为在过去的几个月里，他接到的来信和电话像潮水一样多。“有些人表达了他们对中国的同情和关心，而另外一些人则表达了他们的失望，甚至是愤怒。”但他恰恰是从这些来信和电话中看到了希望，因为“有一点是共同的，那就是没有一个人希望我们的关系受到损害。”他说，“我曾经这样想，如果类似的悲剧发生在世界上的另外一些城市，美国人民将不会像现在这样表达自己的感情。这让我感到高兴，它表明美国人民关心中国和我们之间的关系，这给了我很大的鼓励。”

在分析了修复和推进中美关系的一系列有利条件后，他告诉人们，这既是他几个月以来的第一次公开演讲，也将是他任期结束前的最后一次演讲，或者说是他的告别演说。“我将完成我的任期并在下个月回国。我知道，我将带着复杂的心情离开，但我可以肯定那不是失望。”他语气坚定地说：“我坚信，在我们的关系中出现的困难是暂时的，它们一定会被克服。我相信所有在座的人都有这种信念。”他以这样一段话结束了自己的演讲：“作为中国大使，我想站在这个讲台上最后对你们说一次：我向你们呼吁，并且通过你们向美国人民呼吁，让我们一起努力，来支撑和保护我们这两个伟大国家和人民之间的关系。”

难以想象的情景出现了——人们站起来长时间地为他鼓掌。说到这里，我必须要感谢我们的两位老朋友：内布拉斯加大学的校长罗纳德·拉斯根以及当时担任美国前总统尼克松顾问的中国问题专家奥克森伯格。在韩叙准备演讲稿的过程中，他们参与其中，并提供了宝贵的意见。他们在我们遭遇最严重的困难时所给予的帮助弥足珍贵，它令我们终生难忘。

当地几乎所有的媒体都突出报道了这次演讲，这使它的影响很快就超出了佛罗里达州。而此前一直在激烈批评中国的索尔兹伯里做了一件他自己都没有想到的事——他将韩叙的演讲稿推荐给了《纽约时报》。这家报纸在8月21日以《中国大使的说法》为题，在评论版上刊登了演讲稿的主要内容——当然，它同时也登载了一篇说法完全相反的文章，对此我们非常理解。尽管索尔兹伯里还不能接受我们的看法，但是作为一位具有公正精神的记者和作家，他的这一举动令我们十分钦佩和感动。

《华盛顿邮报》也为这份演讲稿拿出了自己的版面。这两家颇具影响力的主流媒体的做法，使更多的美国人听到了我们的声音。我们知道，我们不可能改变大多数人的看法，但是我们向人们提供了一个不同的视角。

我们开始接到一些不同的信函和电话，它们传递了更多的理解。一位备受人们尊敬的国际狮子会会员比尔·库派克（Bill Kupec）在写给韩叙的一封信中这样说："看过你的演讲稿后我非常高兴，你讲得太好了。你的忠告是明智的，而你的判断是合理的。我认为我必须给你写这封信，以便让你知道，你在美国有很多朋友，他们都将为我们两国之间友好关系的发展而继续努力。"

我们知道，比尔代表不了大多数美国人。但有一点也使比尔不同于大多数美国人，那就是他对中国有更多和更直接的了解。比尔曾担任过校长，因为热爱中国，他深深地介入了一些与中国有关的事务和组织。退休后，他作为一名志愿者，到中国为孩子们教授过英文。他还与北京、上海和广州的很多机构保持着密切联系。就在5月，他刚刚访问了中国，并且与北京和广州的有关部门讨论了他重返中国的可

• 韩叙在发表演讲。

• 午餐会大厅里座无虚席。

• 韩叙在演讲结束后和来宾们交谈。

能性，因为他希望继续为中国的孩子们提供教育服务。比尔的故事告诉了我们相互了解的重要性。在很多问题上，我们并不需要保持一致，但是我们却需要理解、尊重和包容，而这一切的前提，则是更多、更深入和更真实地了解对方。

索尔兹伯里虽然没有给韩叙写信或打电话，但是他却改变了此前的一个决定——他原本不打算出席韩叙的告别招待会的，但是在看过韩叙的演讲稿后，他认为自己不能拒绝中国大使的邀请。

我们在告别招待会上果然见到了索尔兹伯里。而后来发生的事情则更加令我们欣慰：1992年，已经83岁高龄的索尔兹伯里萌生了一个了不起的想法，他希望自己能对中国再作一次实地采访，而这一次他选中的采访路线则是邓小平南巡的路线，因为他看到了一个事实，这个事实正像韩叙当年在演讲中向人们保证的那样："中国将比以前更有力地推进改革开放。"但非常遗憾的是，他在萌生这个想法不久后就因患中风住院，并于1993年去世，这让我们深感哀痛。

是的，中美两国的关系终究还是经受住了那次巨大危机的考验，并且在那之后有了长足和深入的发展。但是，那段痛苦的经历对今天的我们仍然深具启示。事实上，任何痛苦的经历都有正面的意义。就像那一次，它让我们对彼此的分歧以及导致分歧的原因都有了更多的了解，而这些东西，在我们关系顺畅的时候是很难看到的。但是，我们要做的显然不仅是了解得更多，我们还应该在不断深入了解的基础上，更好地理解和尊重彼此间的不同，同时更好地管控风险，因为对我们来说，更具价值和意义的事情，是使我们的关系得以继续发展，并使两国的人民和整个世界得享其益。

韩叙在棕榈滩论坛俱乐部的演讲

1989年7月24日

中国目前的事态和中美关系

鲍勃·科克派屈克先生，

俱乐部的成员们，

女士们、先生们：

首先感谢艾林顿先生热情的介绍。我十分高兴能有机会与听众们见面并发表演讲。自从几个月前中国国内发生动荡以来，这还是我第一次对美国公众发表演讲。作为中国驻美大使，我曾经到美国各地演讲过。我和人们谈论中国的经济发展以及我们两国人民之间关系的进展。坦率地说，我一点儿也不希望谈论我们今天将要谈论的话题，我希望那些事情没有在我的国家和我们两国的关系中发生过。但是，也许正因为如此，我更应该来到这里，对在座各位发表演讲。人们提出了许多问题，有必要对这些问题加以回答。

整个世界正密切关注着最近几个月在中国发生的事件的进展和中美关系中出现的不幸趋势。我猜想你们每个人的心里都有这样一些问题：中国究竟发生了什么？而且它将对中美关系的前景产生怎样的影响？在这些问题上，弥漫着一种悲观、沮丧甚至绝望的情绪。人们担心中国将会再一次退回到封闭状态，而中美关系将无法修复。但我的看法刚好相反。我想跟大家谈一谈我个人对于这些至关重要问题的一些看法。

我的政府认识到，它在北京正面临着一场严重的政治动乱。政府宣布，由一小撮分子控制的暴徒业已妨害了国家事务的正常进行。比如说，示威者妨害了戈尔巴乔夫总统的重要来访。政府的军事力量在一再忍耐之后，经过相当长时间的事先警告，驱散了暴徒。双方都有死亡，对此我感到非常遗憾。我想任何其他国家的政府在面对这样空前严峻的挑战时未必能比我的政府处理得更好。

我知道你们当中的大多数人是用和我的政府不同的方式来描述这件事的，对此我能够理解。我想这恐怕是由于媒体没有为你们提供了解此事的全景，或者说是非常重要的历史背景的缘故。对于在这有限的时间里能否说服各位接受我国政府的观点，我并无把握。

我不打算将时间花在徒劳的解释上。相反，我将向诸位扼要地描述我的政府面临的政治和经济处境，并且说明它所要实现的目标。我确信，一旦你们掌握了这些背景情况，才有可能理解为什么我国政府如此强调“秩序”和“统一”，为什么它要对混乱和骚动迹象做出强有力的反应。

过去十年里，中国人民在中国政府的领导下一直在从事着或许是当代世界最重要的社会“实验”，即改革这个国家的经济，并使之对外开放。这项伟大事业是在什么条件下进行的呢？世界上没有哪个政府面临着像中国政府所遇到的相似的挑战。中国地域广阔，民族众多。它的人口达到了11亿，占世界人口总数的22%；然而它只有占世界可耕地面积7%的土地来养活这么多人口。在11亿人中，8亿是农村人口，其中大部分仍然要依靠手工工具维持生计。中国的许多工业落后于当今世界标准几十年甚至一个世纪。大部分地区处于欠发达和贫困状态。科技水平还很低，将近四分之一的人口是文盲或半文盲。所有这些都意味着中国的改革之路必然布满荆棘与陷阱，充满风险和不确定因素。中国正航行在一片没有航标的水域里。因此，维护秩序和稳定是中国政府的头等大事。

今天，人们群情激愤，这很容易导致他们忽视一个事实：在极端困难的情况下，中国政府和人民取得了令人难以想象的成就——在世界为日益扩大的经济差距、饥饿与贫穷所困扰的时候，中国却做到了使它的占世界人口总数几乎1/4的人民过上了更体面的生活。在十年的时间里，中国的GNP和人均收入实实在在地翻了一番。不断增长的繁荣已经成为数亿中国农民可以亲身感受到的活生生的现实。我们进行了大胆的实验来改革僵硬的经济管理体制。一个新的富有进取心的私营企业家阶层业已诞生，他们向经济注入了活力。在近代史上，中国第一次以前所未有的规模对外开放。在这场大胆的实验中，中国比任何其他社会主义国家都走得更远。我想告诉你们：不管过去几个月在北京发生了什么事，这一切变革都将继续进行。

那么为什么中国出现了动荡？原因是多方面的和复杂的。从旧有的经济体制向新体制的转变引起了某种程度的市场混乱。一些腐败官员和投机者利用了这种情况，他们不惜损害公共利益来肥自己的腰包。随之而来的收入不平等引起了强烈不满。日益扩大的需求加剧了经济过热，最终导致了无法控制的通货膨胀。而电视机的迅速普及使人们产生了难以满足的期望。随之而来的沮丧情绪使形势一触即发。还有人想照搬外国的政治体制，并且在一夜之间将其复制到中国。总之，经济快速发展引发的各种社会矛盾在中国都有体现。对中国来说，北京所发生的事情无疑是一场悲剧，但我们必须记住，我们遇到的困难并不是由于经济的失败和停滞，相反，它们是中国的活力与成功的必然产物。考虑到在过去十年中发生在中国大地上的令人难以置信的变化，我可以向诸位保证，为了人民的利益，中国政府将继续致力于改革开放事业。随着北京的局势趋于正常，政府正在进行深刻反思，吸取正反两方面的教训，以保证继续深化改革。

有两点是明白无误的。首先，尽管出现了示威和暴乱，但中国政府和人民都高度一致地认识到，改革开放必须继续进行下去。而且现在这个信念非但没有削弱，而是大大增强了。中国在最近十年的实践雄辩地证明，倒退没有出路。只有改革，中国才有前途。对于所有怀着极大的兴趣关注中国形势的人士来说，这是最重要的一条信息。不明白这一点，就无法把握中国的全局。

其次，中国的改革，无论是政治改革还是经济改革，只有逐步进行才能取得成功，也可以说，改革必须有序、渐进。想要在一夜之间进行激烈的变革或提出堂而皇之的不切实际的要求，事实上只能阻碍改革的进程。

我知道，必然会有人怀着怀疑的心态来看待中国政府为恢复秩序、坚持改革所做出的努力。我对他们的全部希望，就是他们能表现出足够的耐心。我相信时间能让他们相信中国政府是言行一致的。今天我在这里对诸位发表演讲，仅仅是寻求美国人民的理解。你们有自己珍视的价值观和政治体制，对此我表示尊重。同时应该认识到中国也有自己独特的政治和经济情况。它是在完全不同的环境下向现代化的目标迈进的。

最后，我想谈谈我们两国之间的关系问题。我回想起在过去的几个月里，我接到的信件和电话简直像潮水一样多。有些人表达了他们对中国的同情和关心，而另外一些人则表达了他们的失望，甚至是愤怒。不过有一点是共同的，那就是没有一个人希望我们的关系受到损害。我曾经这样想，如果类似的悲剧发生在世界上的另外一些城市，美国人民将不会像现在这样表达自己的感情。这让我感到高兴，它表明美国人民关心中国和我们之间的关系，这给了我很大的鼓励。

的确，中美正经历着两国关系中的困难时刻。没有哪个人比我看到几个月来所发生的一切更加痛苦了。18年前，我有幸参与了缔造我们之间新关系的过程。我在你们这个国家工作的时间比任何一位中国大使都长，我亲眼看到了我们之间的关系是如何快速成长并给我们带来多方面的利益的。但是，就在我的眼前，这种关系正在受到越来越严重的损害。

我敢说，你们都不希望看到我们大家在过去数年里精心培育的关系在一夜之间分崩离析。我们应竭尽全力修复并推进两国关系，这对双方都是十分重要的。

修复和推进中美关系有没有基础？答案是肯定的。我想请大家注意以下重要事实。

第一，中美两国都是世界大国。两国人口加起来足足占到了世界总人口的29%。当今世界正日益“变小”并相互依存，中美两国保持友好关系无疑符合两国人民乃至世界人民的最高利益。

第二，两国对相互的根本利益都不构成安全威胁。我们两国间曾一度对立，事实证明斗则两害。在两国关系中，敌对是绝不能接受的。

第三，我们之间的共同利益远大于我们之间的分歧。其中最重要的一点是，两国都秉承一个基本信念，即维护世界的和平与稳定。任何人都能看到，中美关系的和解对亚太和平与稳定做出了重大的贡献。

第四，互惠互利的经济关系已成为推动双边关系前进的动力。我们两国都从这些卓有成效的关系中得利。双边贸易以每年20%的速度增长。美国已经成为中国的第二大贸易伙伴，中国则跃升为美国的第13大贸易伙伴国。中国已成为美国出口增长最快的市场之一。它也一直是美国谷物最大的和可靠的老客户。而美国则是中国最大的外国投资者，其投资额达到了34亿美元，用于660个项目。现在有很多要对中国实施进一步经济制裁的说法，对此必须坚决抵制。制裁将对美国和中国带来同等的伤害。它对中国所具有的唯一后果，就是将中国再推回到过去那种封闭状态。我想那种前景并不是诸位所希望看到的。

第五，中美两国人民代表了世界的两种伟大文明，他们彼此之间素怀友好情意。两国人民的友谊源远流长，根深蒂固。自从双方交往的大门敞开以来，人民之间的交流以史无前例的规模扩展。两国人民之间已经铸就了持久的友谊。我相信这是维护两国关系的最终保证。由于这些因素，我对双边关系的未来仍持乐观态度。如前所述，我高兴地看到，我并不是唯一持有乐观态度的人。好几个民意调查显示大多数美国公众是赞成维护中美关系的。许多知名公众人物都站出来演讲，保护双边关系。而我应邀在这里对你们发表演讲这一事实本身，即证明了美国人民关心他们与中国的关系。

在当前，最重要的一点是，不要干预中国的内部事务，特别是当中国正处于困难之时，不要使事情变得更糟了。互不干涉内政原则是中美关系的基石，必须严格遵守。同时，也必须坚决反对任何只能损害双方国家利益和感情的行动。

中国在涉及国家主权的问题上历来坚定不移。向中国施加压力不是正确的行事方式，很不明智，也不会奏效，最终只会损害双方的共同利益。在此我必须指出，尽管受到了种种强加于中国的制裁，我国政府仍表现了极大的克制。我希望美国政府和国会也能保持更大程度的克制。此刻，让我们凭借历史和理性的力量引导我们前行。让我们着眼于未来。一位中国古代的智者曾经说过："覆水难收。"这句话里蕴涵了很大的智慧，我们可以从中获得启发：只要中美关系的基础得到维护，就总会有希望的。

我在演讲开始时说，这是我几个月来所做的第一次演讲。而另一个事实是，这也将是我离开这个国家前的最后一次公开演讲，或者说这是我的告别演说。我将完成我的任期并在下个月回国。我知道，我将带着复杂的心情离开，但我可以肯定那不是失望。我坚信，在我们的关系中出现的困难是暂时的，它们一定会被克服。我相信所有在座的人都有这种信念。作为中国大使，我想站在这个讲台上最后对你们说一次：我向你们呼吁，并且通过你们向美国人民呼吁，让我们一起努力，来支撑和保护我们这两个伟大国家和人民之间的关系。谢谢！

结束语

中国有句老话，叫以史为鉴，对此我深为赞同。在和大家分享了我们在三十多年前的这些经历后，我特别想说的是，这段历史不仅让我们看到了中美之间友好关系的发展，也向我们展示了一直存在的分歧，甚至展示了前所未有的困难时期。尽管我们没有完全消除分歧，甚至我们的关系曾经面临严重的危机，但是我们都走过来了，而且我们还使我们的关系变得更加牢固，更加密不可分，尤其是，这种关系使我们两国的人民一直从中受益。我想，这其中一定蕴含着对今天和未来具有启示意义的历史经验。

中美关系走到今天，我们比以往任何时候都更加需要真正有效和深层面的沟通。不管别人怎么看，也不管别人如何怀疑，我始终相信沟通的力量，因为我相信中美两国的人民，相信我们有足够的理性和智慧，相信我们有超越眼前狭隘利益的能力。不然的话，我们还应该相信什么呢？

本书的出版得益于多方的努力，在此我要向有关各方表达诚挚的谢意。

我首先要感谢的是本书的执笔人阮虹。她在2004年完成《韩叙传》的写作后，又在2016年完成了本书的写作。在《韩叙传》出版后的十多年时间里，我们曾经持续讨论了本书的写作计划。它可以被视为《韩叙传》的姊妹篇，它延展了其中一个更具现实意义的主题——公共外交，并提供了丰富得多的细节。这是我们反复讨论和选择的结果。

我还要感谢的是本书的责任编辑贾如梅女士严谨和辛劳的工作，当然，还有世界知识出版社，特别是章少红总编辑的鼎力支持。

是的，这是我们和世界知识出版社的第二次合作。这不仅是源于我们上一次合作的愉快经历，也因为我们对本书的出版意义有着同样的判断。

最后我要感谢家人的支持，特别是我的妹妹葛素云和儿子韩巍强，他们为本书的主题呈现及资料提供做了大量工作。

致谢的同时，我也殷切地期望，我们大家的共同努力，能够让更多的人相信沟通的力量。

葛绮云

2016年5月于北京

附　录

1985—1989年韩叙应邀在美国各地发表公开演讲及讲话情况概览

日期	地点	内容
1985年		
6月20日	纽约市	在华美协进社为韩叙到任举行的午宴上讲话
6月29日	印第安纳州诺特丹市	在诺特丹大学举行的“关于美国商业与高等教育问题”研讨会上演讲：《变化中的世界经济：美国和第三世界的关系》
8月13日	夏威夷州火奴鲁鲁市	在第24届美国副州长会议开幕式上演讲：《中国经济改革和中美关系》
8月14日	夏威夷州火奴鲁鲁市	在东西方中心的“中华论坛”上讲话
8月15日	加利福尼亚州旧金山市	在加州议会俱乐部报告会上演讲：《中美关系的恢复与加强》
8月30日	明尼苏达州明尼阿波利斯市	在美中友协第10届年会上演讲：《中国经济改革和中美关系》
10月4日	华盛顿州西雅图市	在杰克逊国际关系学院午餐会上演讲：《世界经济中的中国》
10月7日	加利福尼亚州洛杉矶市	在加州大学举办的“变化中的中国”研讨会上演讲
10月10日	纽约市	在美国对外政策协会上讲话
10月17日	纽约市	在约翰霍普金斯大学高级研究学院演讲：《中国对外政策》
10月17日	纽约市	在第71届全美对外贸易会议上演讲：《同中国贸易的问题及展望》

续表

11月14日	明尼苏达州 明尼阿波利斯市	在“明州会晤小组”会议上演讲
12月4日	北卡罗来纳州 格林斯伯勒市	在北卡罗来纳州格林斯伯勒商会晚餐会上演讲：《中美关系与经济合作》
12月6日	纽约市	在美中关系全国委员会第十二次年会上讲话
12月8日	加利福尼亚州 洛杉矶市	在“太平洋区域的变迁”研讨会上演讲：《不断变化中的世界及其稳定：对领导者的挑战》
12月11日	纽约市	在纽约电台13台“站在21世界门槛上的中国”研讨会上同基辛格等三人答记者问。
1986年		
1月16日	佛罗里达州 棕榈滩市	在棕榈滩圆桌论坛俱乐部上演讲：《中国的外交政策》
1月17日	佛罗里达州 坦帕市	在南佛罗里达大学外交论坛及对外关系委员会演讲：《中国的外交政策》
2月2日	纽约市	在哈佛大学国际学生会馆演讲：《中国的外交政策》
2月12日	北卡罗来纳州 夏洛特市	在北卡罗亚纳州立大学演讲：《中美外交关系》
2月13日	纽约市	在哥伦比亚大学东亚问题研究中心“中国在变化中”学术讨论会上讲话
2月24日	纽约州 宾汉顿市	在宾汉顿市俱乐部讲演：《中国的外交政策》 在美中贸易委员会演讲：《中国经济改革和中美经济关系》
3月7日	俄克拉何马州 俄克拉何马市	在比肯俱乐部演讲：《进一步发展中国与俄克拉何马州的关系》
3月10日	弗吉尼亚州 诺福克市	在诺福克世界事务委员会演讲：《中国的经济改革和中美经济关系》
3月18日	乔治亚州 亚特兰大市	在国际问题研究南方中心演讲：《关于中美关系》
3月26日	南卡罗来纳州 哥伦比亚市	在南卡罗来纳州立大学国际研究中心演讲：《中国的现代化及其对世界的影响》

续表

4月4日	纽约市	在外交关系委员会俱乐部演讲：《中国对外政策和中美关系》
4月11日	密苏里州圣路易斯市	在对外关系委员会演讲：《中国的对外政策和中美关系》 在世界事务委员会演讲：《新中国的新目标》
4月18日	得克萨斯州托尔萨市	在国际观光者托尔萨市委员会演讲：《中美经济关系》
4月19日	得克萨斯州休斯敦市	在美中友协和全美华人协会联席会议上演讲：《中国人民生活的最新变化》
4月22日	得克萨斯州休斯敦市	在休斯敦论坛俱乐部讲演：《中美关系》 在休斯敦世界事务委员会演讲：《中国的对外政策及中美关系》
4月23日	得克萨斯州休斯敦市	在休斯敦亚洲协会讲演：《中国经济改革及中美经济关系》
4月24日	亚拉巴马州莫比尔市	在第八次东南部国际贸易会议上演讲：《中美经济关系》
4月30日	科罗拉多州丹佛市	在外交关系委员会讲演：《中国的对外政策》
5月1日	科罗拉多州丹佛市	在中国商贸会议上演讲：《中国的经济改革和中美经济关系》
5月9日	印第安纳州波利斯市	在印第安纳波利斯市对外关系执委会演讲：《中国的开放政策和中美经济关系》
7月18日	加利福尼亚州洛杉矶市	在洛杉矶世界事务委员会演讲：《中国的外交政策》
7月21日	加利福尼亚州洛杉矶市	在南加州世界事务委员会演讲：《中国的外交政策》
7月31日	俄亥俄州克里夫兰市	在世界贸易协会演讲：《中国的开放政策和中美经济关系》
9月4日	伊利诺伊州芝加哥市	在对外关系委员会演讲：《中国的经济改革》

续表

9月11日	西弗吉尼亚州 查尔斯顿市	在查尔斯顿大学演讲：《中国的教育问题》
11月6日	马萨诸塞州 剑桥市	参加塔夫茨大学弗来彻法律与外交学院关于“中美关系”的讨论并讲话 参加哈佛大学《剑桥论坛》的讨论并演讲：《中国的外交政策》 在哈佛大学肯尼迪政府学院演讲：《中美关系——挑战与机遇》
11月7日	马萨诸塞州 剑桥市/波士顿市	在哈佛大学费正清东亚研究中心演讲：《中国改革的持久性》 在波士顿外交事务委员会举行的晚宴上演讲：《中国和亚太地区》
11月16日	纽约市	在社会教育全国委员会会议上演讲：《中国的中小学教育和中国教育制度的改革》
11月20日	爱荷华州 艾姆斯市	在爱荷华州立大学演讲：《中美关系：挑战与机遇》
12月3日	宾夕法尼亚州 匹茨堡市	在世界事务委员会演讲：《亚洲安全问题：中国观点》
12月4日	宾夕法尼亚州 匹茨堡市	在匹茨堡大学演讲：《中国对外政策：中美关系》
1987年		
2月4日	马里兰州 安娜波利斯市	在国际俱乐部演讲：《中国经济发展近况和中美关系》
2月12日	俄亥俄州 辛辛那提市	在世界事务委员会商界领袖会上演讲：《中美经济关系和中国发展近况》 在辛辛那提大学教授座谈会上演讲：《中国经济发展近况和中美关系》
2月19日	特拉华州 威明顿市	在扶轮社聚会上演讲：《中美经济关系及中国发展近况》
2月25日	弗吉尼亚州 普林斯顿市	在伍德罗·威尔逊学院演讲：《中美关系：挑战与机遇》
3月25日	亚利桑那州 凤凰城市	在对外关系委员会演讲：《中美关系：挑战与机遇》

续表

3月26日	亚利桑那州 凤凰城市	在由联合国协会、妇女选举联盟和亚利桑那州中国委员会联合举行的会议上演讲：《中国的对外政策和中美关系》
3月26日	亚利桑那州 吐桑市	在对外关系委员会演讲：《全面双边关系中的中美经济关系》
3月31日	纽约市	出席中国人民银行、中国日报、华侨日报联合举办的“中国在发展金融关系上的新步骤”研讨会并发言
4月1日	纽约州 罗切斯特市	在罗切斯特大学演讲：《中国外交政策和中美关系》
4月14日	新罕布什尔州 康科德市	在世界事务委员会理事会演讲：《中美关系》
4月24日	亚拉巴马州 伯明翰市	在对外关系委员会演讲：《中国对外政策和中美关系》
5月11日	康涅狄克州 哈特福德市	在世界事务中心演讲：《中国对外政策和中美关系》
8月12日	俄勒冈州 波特兰市	在世界事务委员会演讲：《中国对外政策和中美关系》
8月26日	阿拉斯加州 安可雷奇市	在世界事务委员会理事会演讲：《中美关系》
9月5日	纽约市	在美中人民友协第十一届全国会议上讲话并回答问题
9月15日	纽约州 长岛市	在纽约州立大学演讲：《中美关系》
11月18日	纽约州 伊萨卡市	在康奈尔大学演讲：《中国的经济发展》
11月19日	纽约州 长岛市	在霍夫斯特拉大学“第六届总统年会”上演讲：《尼克松总统和中美关系》
12月1日	密歇根州 安阿伯市	与市长、工商界名士会晤并演讲：《中国的政治、经济和投资环境》 在密歇根大学商学院演讲：《中美关系：进展和挑战》

续表

12月3日	密歇根州 安阿伯市	在底特律经济俱乐部组织的特别会议上演讲： 《中美关系：期望和挑战》
12月7日	伊利诺伊州 杰克森威尔市	在世界事务委员会和商界领袖会议上演讲： 《中国对世界开放》 在伊利诺伊大学授予荣誉法学博士学位典礼上演讲：《我的经历和使命》 参加记者招待会并作中国农业和 中美合作情况介绍
12月15日	纽约市	在联合国全球商务讲坛演讲： 《中国的政治、经济和投资形势》
1988年		
1月14日	肯塔基州 路易斯维尔市	在路易斯维尔市俱乐部演讲： 《中美关系现状》
1月15日	肯塔基州 路易斯维尔市	在接受路易斯维尔大学颁发的荣誉校友证书后演讲：《中国经济改革现状》
1月19日	乔治亚州 亚特兰大市	在亚特兰大市国际研究南方中心演讲： 《中美关系：政治与经济》
1月21日	阿肯色州 小石城市	在阿肯色州俱乐部演讲： 《中美政治与经济关系》
2月1日	华盛顿州 西雅图市	在西雅图市中国交流理事会年会演讲： 《中美经济的回顾与展望》
2月4日	俄亥俄州 克里夫兰市	在世界事务委员会演讲：《中国共产党 第十三次代表大会和对中美关系的展望》
2月22日	田纳西州 纳什维尔市	在范德堡大学法学院演讲： 《亚太背景下的中美关系》
2月23日	田纳西州 什瓦尼市	在塞沃尼南方大学演讲： 《中美关系：已经走过的道路和未来的前景》
2月25日	伊利诺伊州 芝加哥市	在芝加哥大学俱乐部演讲：《中美经济关系》
3月10日	密苏里州 圣路易斯市	在密苏里—圣路易斯大学演讲： 《中美关系中文化交流的重要性》
4月6日	宾夕法尼亚州 费里多菲亚市	在费城世界事务委员会演讲： 《中国的改革开放和外交政策》

续表

4月13日	加利福尼亚州 帕罗阿托市	在斯坦福大学演讲： 《中国的人口增长和计划生育》
4月25日	马里兰州 大学公园市	在马里兰大学演讲： 《中国发展现状和对外政策》
5月3日	得克萨斯州 达拉斯市	在商务委员会演讲： 《中国的对外开放和投资环境》 在对外关系委员会演讲： 《中国的对外开放政策》 在达拉斯大学演讲： 《愿中美友谊更美好》
5月4日	得克萨斯州 休斯敦市	在工商界同济会演讲： 《让中美关系更加牢固》 在对外关系委员会演讲： 《中国的对外开放和投资环境》
8月25日	缅因州 波特兰市	在世界事务委员会演讲： 《中国的改革开放》
9月3日	田纳西州 查塔努加市	在美中友协南部地区会议上演讲： 《中国的现状和美中关系》
11月1日	纽约州 锡拉丘兹市	在纽约州锡拉丘兹大学演讲： 《走向更加牢固的中美关系》
11月10日	弗吉尼亚州 诺福克市	在弗吉尼亚大学演讲： 《让中美关系更加牢固》
11月21日	俄亥俄州 牛津市	在迈阿密大学牛津分校演讲： 《中美经济关系》
11月28日	田纳西州 查塔努加市	在接受该市荣誉市民证书后演讲： 《中国的对外政策以及对其国际发展的透视》
1989年		
2月9日	马萨诸塞州 波士顿市	在世界事务委员会演讲： 《中国经济改革及其对中美关系的意义》
2月15日	加利福尼亚州 洛杉矶市	在雷德兰兹大学及南加州世界事务委员会联合会议上演讲： 《中国经济改革及其对中美关系的意义》
2月17日	新墨西哥州 阿尔伯克基市	在新墨西哥大学演讲： 《中国经济改革及其对中美关系的意义》

续表

3月28日	北卡罗来纳州 罗利市	在北卡罗来纳大学演讲： 《中国经济改革及其对中美关系的意义》
4月10日	俄勒冈州 波特兰市	在俄勒冈州大学演讲： 《中国经济改革及其对中美关系的意义》
4月11日	加利福尼亚州 洛杉矶市	在南加州大学戴维逊会议中心演讲： 《中国经济改革及其对中美关系的意义》
4月12日	加利福尼亚州 洛杉矶市	在世界事务委员会洛杉矶分会演讲： 《中国的外交政策及其与美苏的关系》
4月28日	俄亥俄州 辛辛那提市	参加世界事务委员会分会年会 并回答与会者关心的问题
7月24日	佛罗里达州 棕榈滩市	在棕榈滩论坛俱乐部演讲： 《中国目前的事态和中美关系》

图书在版编目（CIP）数据

1985—1989：我们眼中的彼此 / 葛绮云，阮虹著. —北京：世界知识出版社，2016.12

ISBN 978-7-5012-5385-2

Ⅰ.①1… Ⅱ.①葛… ②阮… Ⅲ.①回忆录—中国—当代 Ⅳ.①I251

中国版本图书馆CIP数据核字（2016）第308024号

书　　名　1985—1989：

我们眼中的彼此

1985—1989：

Women Yanzhong de Bici

作　　者　葛绮云　回忆及资料提供

阮　虹　执笔

责任编辑　贾如梅

责任出版　赵　玥

出版发行　世界知识出版社

地址邮编　北京市东城区干面胡同51号（100010）

网　　址　www.ishizhi.cn

电　　话　010-65265923（发行）　010-85119023（邮购）

经　　销　新华书店

排　　版　科鑫苑图文设计制作中心

印　　刷　北京毅峰迅捷印刷有限公司

开本印张　980×680毫米　1/16　19½印张　4插页

字　　数　288千字

版次印次　2016年12月第一版　2016年12月第一次印刷

标准书号　ISBN 978-7-5012-5385-2

定　　价　49.80元

版权所有　侵权必究